바람과 구름과 비

바람과 구름과 비 3

ⓒ 이병주 2020

초판 1쇄   2020년 5월 15일
초판 2쇄   2020년 9월 16일

지은이   이병주
펴낸이   이정원

펴낸곳   그림같은세상
등록일자   1995년 5월 17일
등록번호   10-1162
주소   경기도 파주시 교하읍 문발리 파주출판단지 513-9
전화   031-955-7374 (마케팅)
            031-955-7384 (편집)
팩스   031-955-7393

ISBN   978-89-960020-5-5 (04810)   978-89-960020-0-0 (세트)
CIP   2020017398

이 도서의 국립중앙도서관 출판예정도서목록(CIP)은 서지정보유통지원시스템 홈페이지
(http://seoji.nl.go.kr)와 국가자료공동목록시스템(http://www.nl.go.kr/kolisnet)에서 이용하
실 수 있습니다.

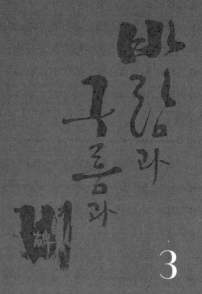

바람과
구름과
비

3

이 병 주 대 하 소 설

그림같은세상

차 례

247   149   091   007

청모만성인
菁眸萬星人

매화유향 미원촌
梅花有香迷源村

옥석불이 강자류
玉石不二江自流

갑자지춘
甲子之春

갑자지춘

甲子之春

청풍은 처음으로 온 곳 같지가 않았다. 황봉련이 그곳에서 기다리고 있다는 연유만으로서가 아니었다. 언젠가 긴 밤을 새우면서 봉련이 그려 보여준 청풍의 경색이 너무나도 완연히 최천중의 마음 속에 새겨져 있기 때문이었다. 그때, 봉련은 시를 읊듯 다음과 같이 청풍을 그려 보였던 것이다.

"청풍은 옛날 사열이라고 했던 곳이죠. 동으로 단양까진 삼십구 리, 서로는 충주까지 사십 리, 남으로 문경까지 사십 리, 이때까지 살던 제천은 북으로 십칠 리, 산천기수山川奇秀하니 '위남도관爲南道冠'이란 현판이 한벽루寒碧樓에 걸려 있죠. 정추의 다음과 같은 시구도 있구요. '천년교목천봉합千年喬木千峯合 일도징강일읍전一道澄江一邑傳.'* 인지산, 무암산, 삼방산, 병풍산 등 천봉이 수려하고 북진北津, 고교천高橋川, 월천月川의 흐름이 맑기도 하답니다."

---

* '천년의 높은 나무 천 봉우리에 합쳐지고, 한 줄기 맑은 강 한 고을로 전해진다.'

최천중은, 청풍성의 남문을 빠져 백야산白夜山 줄기의 기슭에 있는 황봉련의 마을을 향하면서, 봉련이 들먹인 그대로를 연치성에게 말했다.

연치성도 놀라며 되물었다.

"선생님은 청풍이 초행이라고 하시고서, 어떻게 그처럼 이 고장의 지리에 밝으십니까?"

"훗흐."

하고 최천중이 웃곤 덧붙였다.

"임의 고향은 내 고향일세."

연치성이 그 말뜻을 알지 못했다. 그러나 최천중은 굳이 설명하려고 하지 않고 한 수의 시를 읊었다.

"'도화촌로신선경桃花村路神仙境'*이라. 정인지鄭麟趾의 시야. 정인지도 아마 이 길을 걸었던 모양이지. 봄철이 되면 복숭아꽃이 핀다누면."

하고, 길가 언덕에 드문드문 서 있는 잎 떨어진 나무를 가리켰다.

"아마 저게 복숭아나무인 것 같애."

"봄철이면 경치가 썩 좋겠습니다."

연치성도 감상 어린 눈으로 주위를 휘둘러보았다. 황량한 겨울 경치 속을 걸어온 나그네의 눈에, 그 일대의 풍치는 어느 곳과도 달리 마음을 끄는 데가 있었다.

"가위 청풍淸風이로다."

---

* '복사꽃 마을길은 신선의 지경.'

최천중이 혼자 중얼거리며 고개를 끄덕였다.

마을이 가까워졌을 무렵, 네 사람이 달려오는 것이 보였다. 최천중이 파안일소하고 말했다.

"저기 철룡이 달려오고 있구먼."

"만석이도 달려오고 있습니다."

연치성이 소리쳤다.

만석의 뒤엔 허병섭, 그 뒤로 강직순 등이 들길을 달려오고 있었다.

최천중과 연치성이 발꿈치로 말의 배를 찼다. 말은 쏜 화살처럼 달렸다.

그렇게 긴 동안 떨어져 있었던 것도 아닌데, 재회가 이처럼 기쁠 줄이야 싶은 마음이 최천중의 가슴을 저몄다. 모두들 같은 기분이었다. 구철룡, 유만석, 허병섭, 강직순이 땅바닥에 엎드려 절을 했다.

최천중이 말에서 내려, 땅에 꿇어 있는 그들을 안아 일으키고 어깨와 등을 두들겨주며 반겼다.

"모두들 잘 있었구나, 반가우이."

"마님이 기다리십니다. 빨리 가시죠."

구철룡이 부신 듯 최천중을 바라보며 말했다. 말을 유만석에게 맡기고 최천중은 구철룡과 허병섭, 강직순을 끼고 들길을 걸었다.

고향에 돌아온, 바로 그런 기분이었다.

청풍 황봉련의 집 구조는 널따란 뜰을 앞에 한 바깥사랑, 뜰이 화단으로 되어 있는 안사랑, 그리고 기역자 형으로 광을 낀 안채 등 삼동三棟으로 어울려 있었다.

주인이 출타 중이었으므로 바깥사랑은 쓰지 않았던 것인데, 구철룡 일행을 위해 그것을 쓰게 되었다. 최천중이 안내된 곳은 안사랑이었다.

그런데 곧 최천중은 자기가 객인客人으로서의 대접을 받고 있다는 사실을 알았다. 갈아입을 옷을 버선까지 곁들여 사랑으로 가지고 나온 여노女奴가,

"아씨께서, 먼길에 수고가 많으셨다는 인사 말씀과, 잘 오셨다는 치하 말씀이 있었사옵니다."

하고 전했던 것이다. 객인 취급을 하지 않는다면 옷은 반드시 내실에서 갈아입도록 되어야 하는 것이었다.

'박숙녀와의 혼례 때문일까?'

하면서도 최천중은 서운한 감정을 느끼지 않을 수 없었다. 그러나 구철룡을 통해 알았던지 의양衣樣* 알맞게 연치성의 입성까지 준비해둔 황봉련의 주도한 마음 씀이 갸륵했다. 구철룡의 말대로라면 황봉련이 청풍에 돌아온 것은 사흘 전의 일이다. 그동안 그 모든 준비를 해두었다는 것은 대단한 일이라고 아니 할 수 없었다.

저녁 식사는 일행 다섯을 안사랑에 불러놓고 같이했다. 그 자리에서 최천중이 음성에서 있었던 일을 간단하게 설명했다. 그러자 유만석이 불쑥 나섰다.

"그런데 그 채가 놈을 그냥 두고 오셨단 말입니까요?"

"하는 수가 있나, 일이 그렇게 된걸."

"그럼 그 일은 제게 맡겨주십시오."

---

* 옷의 치수.

12

무슨 생각을 했는지 유만석이 이렇게 말했다.

"어떻게 할 거냐?"

"그놈 집구석에다 불을 질러버리겠습니다요."

"원한을 푸는 게 문제가 아니라 재산을 찾는 게 문제다."

"불을 질러놓고 나면 차차 방도가 생길 겁니다요."

"마지막 수단은 언제나 마지막에 쓰는 법이야. 만석인 덤비지 말고 잠자코 있거라."

하고, 최천중은 곧 그 일을 위해서 음성에서 사람이 올 것이라고 덧붙였다.

"저도 불부터 먼저 지를 생각은 없습니다."

하고, 만석은 허병섭과 강직순이 같이 거들어주면 쥐도 새도 모르게 그놈으로부터 항복을 받을 수 있을 것이라고 장담을 했다. 그리고 약간의 설명을 보탰는데, 미상불 황당무계한 꾀는 아닌 것 같았다.

그러나 최천중은 절대로 후환이 없는 방법을 택해야 한다면서 유만석의 경거망동을 말렸다.

어젯밤 눈을 붙여보지도 못한 연치성을 위해 모두들 빨리 자기로 했다. 최천중 자신도 고단했다. 노비를 시켜 인사를 했을 뿐 아무런 동정이 없는 황봉련의 심사가 궁금했지만, 어젯밤 잠을 설친데다가 먼길을 말을 타고 온 피로를 이겨낼 수는 없었다.

연치성, 구철룡, 허병섭, 강직순 등을 바깥사랑으로 보내고, 최천중은 이불 속에 발을 뻗었다. 그러고는 곧 잠에 빠져들었다.

삼경이 지났을 무렵이다.

갈증을 느껴 잠을 깬 최천중이 머리맡의 물사발을 찾고 있는데 바깥에서 인기척이 있었다.

"게 누구냐?"

최천중이 나직이 물었다.

"잠이 깨셨으면 안으로 잠깐 들어오시라는 아씨의 분부이옵니다."

여노의 음성이었다.

"곧 들어갈 테니 그렇게 일러라."

최천중이 일어나 옷을 챙겨 입기 시작했다.

"중문을 열어두겠습니다."

하는 말과 함께 신을 끄는 소리가 사라져갔다.

달이 밝은 탓으로 중문을 곧 찾을 수가 있었다. 최천중이 내당 마루에 올라서자 큰방의 문이 열려 불빛이 흘러나왔다. 이윽고 단장한 황봉련이 나와 말없이 최천중의 손을 끌어 방안으로 맞아들였다. 봉련은 선 채 머리를 최천중의 가슴팍에 묻었고, 최천중은 봉련의 허리를 안았다. 불과 한 달 남짓한 이별이었는데, 다시 만난 것이 이처럼 반갑고 정다울 줄이야 미처 몰랐다.

"순전히 객인 취급을 하기에 난 정말 섭섭했소."

최천중이 자리에 앉으며 한 말이다.

"객인 취급을 할 수밖에요. 이곳에 오면 전 서씨가徐氏家의 과수 노릇을 해야 합니다. 그리구 당신은 영원히 제 객인이구요."

황봉련의 미소는 화사했지만 그 눈엔 비애가 있었다. 서로 사랑하면서도 부부로서 결합할 수 없는 숙명에서 오는 비애일 것이었다.

"부인의 얘기를 들었소?"

최천중이 어색한 마음이 없지 않아 물었다.

"얘길 들은 것이 아니라 제가 알았죠. 먼빛으로나마 숙녀라는 분도 보았구요."

"그래, 어떻습디까?"

"눈이 높으신 분은 다르다고 감탄했어요."

"나를 원망할 생각은 없구?"

황봉련은 잠깐 말을 잊고 멍청히 최천중을 바라보고 앉아 있더니 깊은 한숨을 쉬었다.

"사람은 팔자대로 살 수밖엔 없는 거예요. 그 얘길 미리부터 내 입에서 했는데 누굴 원망하겠어요. 전 그늘에서 살아야 할 여자인 걸요. 당신의 사랑이 식지 않는 것으로 족합니다."

"백, 천의 여자가 있을망정 당신에게 대한 사랑이 식을 까닭이 있겠소."

최천중이 봉련의 손을 잡고 넋을 잃었다.

"장부에겐 정실이 있어야 하는 거예요. 정실을 소중하게 여기세요. 제겐 사랑만 있으면 돼요. 미안하다는 생각은 아예 하지 마세요."

최천중은 무어라 대답할 수가 없었다.

"한데, 한양에서 일이 생겼어요."

하고 황봉련이 말투를 바꿨다.

"무슨 일이우?"

"김문근이 죽었어요."

"영은부원군이?"

"제가 길을 떠난 사흘 전의 일예요."

최천중은 일순 그 돼지처럼 살이 뒤룩뒤룩 찐 노인을 염두에 올

15

려보고 '아차' 하는 생각을 가졌다. 그 생각이 말이 되었다.

"그럼 내가 잘못 짚은 건가?"

"뭣을 잘못 짚으셨다는 거예요?"

"나는 임금이 죽을 것으로 짚었는데…."

"부원군이 죽었다고 임금이 죽지 말라는 법이 있어요?"

황봉련이 생긋 웃었다.

"그러나…."

하고 최천중이 우물쭈물했다.

"한데, 임금이 금년 안으로 꼭 죽어야 할 무슨 일이라도 있어요?"

"있소."

"…."

"만일 그 짐작이 틀리면 앞날에 대한 내 짐작이 다음다음으로 틀리게 될 뿐 아니라…."

"될 뿐 아니라, 또 뭐예요?"

"내가 장담을 해둔 것이 있소. 그 장담이 어긋나면 나는 통찰력이 없는 사람으로 되어 적잖은 손해를 보게 될 것이오."

"그렇다면 안심하세요."

황봉련이 장난스런 얼굴이 되었다.

"어떻게 안심하라는 거요?"

"임금은 해를 넘기지 못합니다."

황봉련의 말은 단호했다.

"얼마 남았건, 남지 않았건 임금은 이해를 넘기지 못합니다."

하고, 황봉련이 바깥을 향해,

"주안상을 가져오너라."

하고 일렀다.

그 신호를 기다렸다는 듯 김이 무럭무럭 나는 찌개를 곁들인 조촐한 술상이 들어왔다.

"삼경이 넘었는데 술을?"

그러나 그의 얼굴엔 감지덕지하다는 표정이 일었다.

"초목이 잠들고, 벌레도 울기를 끝냈는데, 홀로 사람이 잠깨어 술잔을 드는 기쁨이 있어도 좋지 않겠어요?"

봉련이 주전자를 들었다.

"가인에, 가야佳夜에, 가주라면 이게 삼가三佳가 아니오."

최천중이 차고 맑은 술로 목을 축이고 고기에 김치를 합친 찌개 국물을 마셨다. 홀연 마음이 깨고 몸이 동하는 기분이 황홀했다.

"임은 총명하셔. 나는 취하는 술만 알았지, 이처럼 몸과 마음을 깨게 하는 술은 일찍이 몰랐단 말요."

하고, 최천중은 반 잔쯤의 술을 봉련에게 권했다.

"당신이 마시면 깨는 술이, 제가 마시면 취하는 술이 될 텐데요."

하면서도 봉련은 그 잔을 얌전히 비웠다.

이렇게 잔과 함께 얘기가 오가다가 최천중이 문득 한마디 했다.

"생각하면 인간이란 두려운 거라. 죄 없는 임금이 죽길 기다리는 사람이 여기에 있으니 말이오. 자기의 통찰력을 과시할 그 요량만으로 사람이 죽길 바란다는 것, 이게 죄가 되지 않을까 몰라."

"우리가 죽이는 것도, 억지로 죽길 바라는 것도 아닌데 죄가 될 것이 뭐 있겠어요? 우리가 그의 정명定命을 판단했을 뿐인걸요."

"그럴는지도 모르지. 요는 그렇게 세상이 바뀐 뒤의 일이 우리에 겐 중요하단 말이오."

"그럴 테죠. 그러나 지금 우리에게 중요한 일은⋯."

"이렇게."

하고 최천중이 한 팔로 황봉련의 어깨를 안고, 한 손으론 술상을 밀쳐놓았다.

"사경이 넘었어도 밤은 아직 남았소."

최천중이 가만히 속삭였다.

최천중은 한 손으로 봉련의 허리를 안고, 한 손으론 봉련의 턱을 살며시 밀어 올렸다. 그러고는 속삭였다.

"망지望之 명월이며 악지握之 주옥珠玉이로다*. 내 어찌 당나라 현종을 부러워할손가."

몸과 마음이 이미 동한 봉련이 윤기 흐르는 눈을 아래로 깔고 가냘프게 한숨을 지었다.

"현종의 망령도 바람직하지 않거니와, 부디 노애嫪毒처럼 추하진 마소서."

"여불위呂不韋가 될망정 어찌 내가 노애일 수 있을꼬."

"아니와요. 전 한단녀邯鄲女가 되긴 싫사와요."

'한단녀'란 한때 여불위와 동서同棲한 여자인데, 배 속에 여불위 의 아이를 밴 채 당시 태자의 측실로 들어갔다. 그 아이가 정政이 며, 뒤에 진시황이 된 사람이다.

---

* 멀리에서 바라보면 명월인데, 가까이서 쥐어보면 주옥이다.

그러니 시황은 여불위의 아들인 것이다. 그런데 태후가 된 후에도 한단녀는 여불위와 정을 통하고 있었다. 이윽고 한단녀의 음탕을 감당하지 못한 여불위는 대신 노애라는, 남근이 거대하고 정력이 절륜한 사나이를 한단녀에게 붙여주었다.

태후는 노애와의 사음에 빠져들었다. 이 사실을 안 시황은 노애를 죽여버렸다. 이러한 고사에 비춰, 최천중을 여불위에 비유하면 자기는 한단녀에 비유할 수밖에 없는 처지가 되기 때문에 황봉련이 그 농담을 싫어한 것이다.

"그럼 오직 나의 천녀로서…"

하고 최천중이 황봉련을 안아 누이려고 방안을 둘러봤다. 금침의 흔적이 없는 것이 이상했다. 황봉련이 최천중의 포옹을 풀고 일어서서 뒷미닫이를 열었다. 최천중의 눈이 번쩍 뜨였다. 바로 그 미닫이 저편에 촛불이 청영清影을 하늘거리고, 사향 그윽한 침방이 마련되어 있었던 것이다.

최천중은 봉련이 인도하는 대로 그 방으로 들어섰다. 원앙의 금장錦帳, 난봉鸞鳳의 수금繡衾, '풍류風流'의 두 글자는 천종千種의 태態! 최천중이 숨을 몰아쉬고 신음하듯 중얼거렸다.

"금생에 이런 호사를 볼 줄이야."

미상불 황봉련이 성심껏 꾸며놓은 그 규방은, 궁중의 심규深閨**를 방불케 하는 호화로움이었다.

봉련의 치마가 흘러내려 대륜大輪의 꽃으로 피었고, 봉련의 그

** 여자가 거처하는, 깊이 들어앉은 방.

교옥巧玉의 나신은 오채금수五彩錦繡를 바탕으로 영롱무비의 무늬를 놓았는데, 그 무늬가 살아 움직여 나한羅漢을 닮은 최천중의 나신에 얽혔다. 경천동지할 운우가 합충하는 직전의 고요가 방 내외에 깔렸다.

풍무동風無動, 충불언蟲不言*… 신음과 함께 꿈틀거리기 시작한 봉련의 나신은 궁앵백전宮鶯百囀의 묘기로 화하고, 최천중의 나한은 양연쌍서梁燕雙栖**의 동작으로 옮겨가고….

이렇게 운우의 정사가 계속되길 이각二刻, 오경五更의 계명鷄鳴과 더불어 산천은 다시 고요를 찾았다. 황봉련으로 화한 최천중, 최천중으로 화한 황봉련이 각기 스스로를 찾을 수 있기까지엔 그 긴긴 겨울밤도 드디어 동을 틔워야만 했다.

낮의 황봉련과 밤의 황봉련은 다르다. 밤의 황봉련은 정감에 넘친 여체이며 여심이지만, 낮의 황봉련은 싸늘한 이지理智로써 일을 처리하는 책사인 것이다.

헤어져 있을 무렵의 대소사를 서로 보고하는 가운데 음성 채문호와의 사이에 있었던 얘기를 듣자, 황봉련은 긴장하는 얼굴빛이 되었다.

"그래, 어떻게 할 거예요?"

"임자와 의논해서 할 양으로 먼저 이곳으로 온 것이오."

하고, 최천중은 혹시 쓰일 데가 있지 않을까 해서 윤치휴 댁에서

---

* 바람도 움직이지 않고, 벌레도 숨죽인다.
** 궁앵백전: 궁 안의 꾀꼬리 소리, 양연쌍서: 들보 위 짝지은 제비. 백낙천의 시 '상양백발인(上陽白髮人)'에 나오는 말들을 차용함.

사권 세 사람을 청풍으로 청해놓았다는 얘길 덧붙였다.

황봉련이 그들의 사람 됨됨이를 소상하게 묻곤 다음과 같이 말했다.

"당신께서 볼품이 있다고 본 사람들이 범연하겠소. 그러나 그 사람들이 오거든 바깥사랑에 거처하도록 하고 안사랑엔 들여놓지 마세요. 그리고 그 사람들을 후대는 하되 이 일에 관여시키진 마세요. 제게 요량이 있어요."

황봉련은 그 자리에서 하인을 불러, 건넛마을에 가서 황천리를 불러오라고 일렀다.

"황천리가 누구요?"

최천중이 물었다.

"아버지의 먼 친척이 되는 사람예요. 제가 아저씨라고 부르죠. 걸음이 빨라 하루에 천 리 길을 간다고 해서 별명을 황천리라고 한답니다. 앞으로 당신께서도 중용할 만한 사람이에요."

그러고는 황봉련은 지필을 준비시키더니 다시 한 번 채문호와의 경위를 최천중에게 묻곤 활달한 필체로 무언가를 써 내려갔다. 그러나 그 내용을 최천중에게 알리진 않고 봉하더니 겉봉에 상대편의 이름을 쓰는데 김병덕金炳德으로 되어 있었다. 김병덕은 이조, 형조를 거쳐 지금은 예조판서로 있는 교동 김문 가운데서도 중진으로 꼽히는 사람이다.

"넉넉잡고 십 일 이내로 무슨 조처가 취해질 것이니 그때까진 잠자코 계세요."

황봉련의 말은 이렇게 자신만만했다.

21

뒤이어 앞으로 할 일에 대한 의논이 있었다.

양근, 삼전도, 과천의 가역을 서둘 필요가 있다는 것, 인재를 모으되 신의를 핵심으로 하고 모아야 한다는 것, 이재에 밝은 사람을 시켜 한양의 상권을 장악할 것과 지방에서도 화식貨殖*에 힘쓰도록 노력할 것 등등이 중요한 골자였다.

"그러나 서둘진 말아야 해요. 관의 오해를 사지 말도록 관의 힘을 업고 힘을 가꾸도록 해야 해요. 그러자면 관의 요로 군데군데에 우리의 심복을 심어두어야 합니다. 신의가 있는 사람을 골라 등과시키는 것도 하나의 방법이죠."

하다가 황봉련이 말을 바꿔,

"동학에 관해 알아본 것이 있으세요?"

하고 최천중에게 물었다.

최천중은 문득 악현惡峴에서 있었던 일이 생각났다.

'혹시 그들이 동학의 패거리가 아니었을까?'

천한 몰골들이었지만 그들의 태도는 늠름했고, 하는 말에 조리가 있었다. 단순한 화적들이 아니란 생각이 새삼스러웠다.

"별루 알아본 일은 없지만."

최천중이 악현에서 겪었던 얘기를 하고 덧붙였다.

"혹시 그들이 동학의 패거리가 아닌가 하는데…."

"경천애인을 내세우고 있는 그들이 화적 노릇을 하겠수?"

황봉련은 단번에 부인했다.

---

* 　재물을 늘림.

"죽인다고 위협을 해도 두목의 이름을 대지 않았소. 뭔가 믿는 것이 없곤 그렇게 버틸 수가 없을 것이오. 뿐만 아니라, 불원 그들 두목의 이름이 나타날 거라고 장담까지 했소."

"백귀횡행百鬼橫行하는 세상이니 무어라고 할 순 없지만, 심복 몇쯤은 동학에 입문시켜보는 것도 좋을 것 같지 않아요?"

황봉련은 천하에 펼 뜻이 있어야만 동지를 모을 수가 있으며, 그 뜻으로써 단결할 수가 있고, 그래야만 천하를 잡을 수 있는 계기가 생긴다고도 했다. 그런데 그 뜻은 깊으면서도 알기 쉽고 만인의 가슴에 울려야만 하는 것이니, 동학 같은 것을 공부할 필요가 있다는 것이다.

"그야말로 서둘 게 없소. 아직은 그런 데 보내야만 할 만큼 동지가 많은 것도 아니고 급한 일이 아니기도 하니까."

"뜻을 익힌다는 건 밥 먹는 것처럼 쉬운 일이 아니니까, 미리미리 준비를 해둬야 할걸요. 아무튼 그 일을 염두에 두고 계세요."

이런 말 저런 말이 오가고 있을 때 바깥에 인적기가 있었다.

"황 생원께서 오셨습니다요."

하인의 말소리가 잇달았다.

나타난 사람은 황천리였다. 나이는 마흔 안팎, 깡마른 체질이었는데, 칠 척이 넘는 거구였다. 최천중이 관상으로 판단한 바에 의하면, 우직스러울 만큼 정직한 사람이었다. 그만큼 믿음직스러웠다.

서로 수인사가 있은 뒤 황봉련이 말을 보탰다.

"아저씨, 이 최천중 선생으로 말하자면 큰 뜻을 품고 있는 선비예요. 앞으로 사귀시면 피차에 좋은 일이 있을 거예요."

황천리는 눈을 껌벅거리며 듣고 있었다.

황봉련이 편지를 밀어놓으며,

"아저씨, 내일 아침 한양으로 떠나세요. 교동엘 가면 김병덕 대감 댁을 수월하게 찾을 수 있으리다. 청풍 황씨녀의 심부름으로 왔다고 하면 곧 접견이 될 것이오니, 명심코 직교直交*하도록 하세요."

하는 당부를 했다.

"알았네."

황천리는 편지를 집어 들어 품 안에 넣었다.

최천중이 물었다.

"며칠이면 한양에 갈 수 있겠소?"

"새벽에 떠나면 해거름께 당도할 수 있소."

최천중이 놀라 되물었다.

"여기서 한양이 얼만데요?"

"삼백오십 리입니다."

"삼백오십 리를 하루에?"

최천중은 믿어지지 않았다.

"그러니까 '황천리'란 별명이 붙어 있는 것 아네요?"

하고 황봉련이 웃었다. 그리고 다시 황천리를 보고 말했다.

"하회를 기다려 회답을 가지고 돌아오시도록 하세요."

"그렇게 하지."

황천리의 대답은 무뚝뚝했다.

---

* 직접 만나서 전함.

이틀 후, 황해도 출신 이건성李建成이 청풍으로 왔다. 하루를 걸러 강원도 출신 지갑성池甲成, 전라도인 심명택沈明澤이 나타났는데, 심명택은 뜻밖에도 경상도인 정재호鄭在虎와 하태진河泰辰을 동반하고 왔다. 변명을 겸해 심명택이 최천중에게 다음과 같이 귀띔을 했다.

"내가 떠나려고 하는데 돌연 정과 하가 따라 나오지 않겠어요. 같이 갈 수 있는 곳까지 동행하겠다는 걸 어떻게 거절할 수 있었겠습니까요. 하는 수 없이 같이 길을 떠나고 보니, 도중에서 헤어질 수도 없고 해서 이렇게 되어버렸습니다."

"좋습니다."

최천중은 너그럽게 말하지 않을 수 없었다. 마침 바깥사랑엔 방이 다섯 개나 있는 터라, 그들 두 사람을 더 수용한다고 해도 불편은 없었다.

환영의 자리를 겸해 저녁 식사를 하는 자리에서, 자기의 수원隨員들을 그들에게 인사시키고 다음과 같은 말을 했다.

"계해년도 이럭저럭 저무는 판이니, 이곳에서 함께 과세**나 합시다."

그러나 최천중은 정재호와 하태진에게 마음을 놓을 수가 없었다. 관에 쫓기는 사람을 데리고 있다가 탄로가 나면 어떤 화를 입을지 몰랐다. 식사가 끝나자, 최천중이 정과 하만을 불러 바깥사랑에 붙어 있는 골방으로 데리고 갔다.

** 過歲: 설을 쇰.

"나는 다소 세상의 물정을 아는 사람입니다."

이렇게 서두해놓고 최천중이 물었다.

"형씨들은 관에 쫓기는 사람들이오. 나는 그것을 잘 알고 있소. 같은 지붕 밑에서 한솥밥을 먹는 처지가 되었으니 사정을 알아야 되겠소. 내가 사정을 알았대서 형씨들 손해 갈 일은 안 하리다. 솔직하게 말하시오."

정재호와 하태진은 서로의 얼굴을 말끄러미 쳐다보고 있더니, 정재호가 입을 열었다.

"알고 묻는 일인데 대답을 안 할 수가 없군요. 사실 우리들은 관에 쫓기는 신세올습니다. 비호 있으시면 그 은혜 백골난망이겠소."

"내가 묻는 것은 무슨 까닭으로 관에 쫓기는 처지가 되었느냐 하는 거요."

정재호와 하태진은 긴장된 얼굴이 되었다. 차마 입을 떼지 못하겠다는 심정인가 보았다.

최천중이 약간 거친 말투로 말을 시작했다.

"나를 믿지 못해 사정 얘기를 털어놓을 수 없는 심정인가 본데, 그렇다면 나도 형씨들을 비호하지 못하겠소. 나를 믿지 못하는 사람을 어떻게 내가 도울 수가 있겠소? 박절한 말입니다만, 사실을 내게 말하지 못할 형편이면 내일 새벽 이곳을 떠나주시오."

"당연한 말씀이오."

하고 정재호는 망설이듯 하면서도 다음과 같이 말을 시작했다.

"최 선생께서도 임술년, 그러니까 작년 이월에 진주에서 있었던 민란 얘기는 알고 있겠지요?"

"대강은 알고 있소."

"나와 하공은 바로 그 사건의 연루자입니다."

"주모자였단 말이오?"

"그렇다고 할 수 있지요."

최천중은 긴장하지 않을 수 없었다.

"그때의 얘기를 좀 더 소상하게 해보시겠소?"

최천중이 조용히 물었다.

"진주 근처의 백성들은 관폐 때문에 살 수 없는 지경이 되었소이다."

하태진이 이렇게 말을 꺼냈다.

"별의별 명목을 빌려 취잉取剩*한 돈이 십만 냥을 넘었고, 쌀로는 오만 석이 넘었으니 백성의 생로生路가 말이 아니었소. 이렇게 죽으나 저렇게 죽으나 죽는 건 마찬가지니, 탐관과 오리들에게 화풀이나 하자고 하게 된 것입니다. 방을 써 붙이고 호소를 했더니 순식간에 수천 명이 몽둥이를 들고 나서게 되었소. 이서吏胥의 집 수십 채를 단숨에 불태우고, 이방 권준범과 포리 김희순을 불태워 죽이고, 우병사 백낙신을 사로잡았습니다. 이방 김윤구는 때려죽이고, 권준범과 아들 만두는 밟아 죽이고, 마동의 정 영장鄭營將, 남성의 성 부인成富人, 청강의 최 진사 등의 집을 태우고 놈들을 박살을 냈소. 그리고 그 소동은 나흘이나 계속되었소. 그때의 우리들의 위세엔 관도 대항할 수가 없었소."

---

* 환곡의 이자를 많이 받는 것.

"그러나."

하고 다음 얘기는 정재호가 이었다.

"그러나 관군의 수가 부쩍 느는 바람에 드디어 진압되고 말았소. 수백 명이 붙들렸죠. 난의 주모자라고 해서 좌상 이계열을 비롯한 유계춘, 김수만, 이귀재 등 십삼 명은 효수형을 받고, 십 수 명은 귀양 가고, 사십이 명은 징방懲放되었지만, 대개 장독杖毒에 걸려 죽었습니다."

"동지들은 그렇게 당했는데, 당신들만 요행히 도망칠 수 있었던 게로군."

최천중이 비난하는 뜻으로서가 아니라 이렇게 말했다.

정재호가 말했다.

"도망친 사람이 우리들뿐만은 아닙니다. 두령 격의 사람도 몇몇은 난을 피했습니다."

"두령 격의 사람이란 누구요?"

"그 가운덴 이필제李弼濟도 있소."

"이필제란 어떤 사람이오?"

"지략이 비상하고 대담한 사람입니다."

"그래, 그 사람은 지금 어디에 있소?"

"잘은 모릅니다. 우리는 사실 그분을 찾아다니는 길입니다. 풍문에 듣기로 경상도와 충청도 접경 근처에서 많은 부하를 거느리고 권토중래를 준비하고 있다고 합니다."

"그럼 이필제가 있는 곳을 알기만 하면 그리 갈 참이오?"

최천중은 짚이는 데가 있었다.

"물론입니다. 이렇게 숨어 다니다가 붙들려 죽느니보다, 그 어른과 합세해서 한바탕 일을 쳐서 남아의 기세를 과시해보았으면 죽어도 한이 없겠습니다."

정재호가 진심을 말하고 있다는 것은, 그 음성을 보아서도 알 수가 있었다.

"형씨들은 그러한 거사가 성사될 줄 아오?"

"성사 못 할 바도 아니죠. 지금 백성들의 심정은 마른 나뭇가지와 같습니다. 불을 붙이기만 하면 한꺼번에 타오르게 돼 있소. 경륜이 탁월한 사람이 앞장만 서면 역성혁명도 가능하다고 믿소."

"주어조문晝語鳥聞이고 야어서문夜語鼠聞*일세."

하고 하태진이 정재호를 견제했다.

"최 생원을 믿을 만한 사람이라고 알고 있으니까 하는 소리 아닌가?"

정재호의 대답이었다.

"경주에 도인이 났다는 소식이 있습니다. 그 도인은 재작년 교형絞刑을 당했으나, 그 제자 중 그에 못지않은 도인이 있다고 합니다. 우리가 듣기를, 이필제는 그 도인과 기맥을 통하고 있다는 거였소."

정재호의 말이었다.

"지금 형씨가 말하고 있는 건 혹시 동학이란 것 아니오?"

하고 최천중이 물었다.

"그렇습니다. 바로 그 동학입니다."

---

* 낮말은 새가 듣고 밤말은 쥐가 듣는다.

29

하태진의 대답이었다.

최천중은 악현에서 만났던 사람들을 생각했다.

천한 인품들이었지만, 단순한 화적으로 보기엔 그 태도가 늠름했고, 그들의 말엔 뼈대가 있었다. 죽이겠다고 위협해도 두목의 이름을 대지 않는 강직함도 있었다. 혹시 그 무리의 두목이 이필제가 아닌가 하는 생각이 들었다.

뿐만 아니라 그 짐작이 확실할 것이란 자신 같은 것이 솟았다.

"이필제가 있는 곳을 알면 형씨들은 꼭 찾아가겠소?"

"찾아가고말고요."

정재호가 힘주어 말했다.

"그런데 혹시 문경 땅에 이필제가 있다는 소식을 듣지 못했소?"

"대강 그 근처에 있을 것이라고는 들었소."

하태진의 말이었다.

"그럼 그곳으로 찾아가지 않구?"

최천중이 중얼거렸다.

"확실하지 않은 소식만을 믿고 어떻게 낯선 지방을 배회할 수가 있습니까?"

최천중이 악현에서 당했던 일을 간추려 얘기했다. 그랬더니 정과하는 그 지대가 어디쯤인가 물었다. 최천중이 도면까지 그려 그들에게 제시했다. 그리고 덧붙여 말했다.

"형씨들이 그곳으로 가볼 생각이 있으면 각각 백 냥씩을 드리리다. 이런 곳에 숨어 있다간 어떤 변을 당할지 모르니, 결심이 정 그렇다면 내일 새벽에라도 떠나도록 하시오."

그렇게 하겠다는 양인의 말을 듣고 최천중은 백 냥의 돈을 가지고 와서 그들에게 주었다. 그러면서도 최천중은

"만일 찾아간 곳이 틀릴 땐 언제든지 이 집으로 돌아오도록 하시오."

하는 말을 잊지 않았다.

"이 후의를 평생토록 잊지 않겠소."

한 것은 정재호였고,

"혹시 우리의 일이 성사되는 날엔 기필 최공을 찾으리다."

한 것은 하태진이었다.

"만사에 신중을 기하시오. 생명만 보전하면 우리 다시 만날 날이 있지 않겠소. 언제이건 새로 일을 시작할 수도 있구요."

최천중은 이렇게 말했다.

　그러고도 세 사람은 밤늦게까지 얘기했는데, 최천중은 그들의 얘기를 통해 재작년부터 작년까지 각지에서 일어났던 민란의 생존자들이 서로 은근한 방법으로 연결 짓고 있다는 사실을 알았다.

　지각을 뚫고 풀이 솟아나듯 짓밟힌 백성들의 원한이 사방에서 솟아나 서로 얽히고설켜 하나의 힘으로 자라고 있구나 하는 실감은, 최천중의 처지로선 결코 불쾌한 것이 아니었다.

　정재호와 하태진은 그 이튿날 새벽에 떠났다. 지갑성, 이건성, 심명택에게, 최천중은 무슨 까닭이 있어 그들이 떠난 것으로 안다고만 일렀다.

　최천중은 밤엔 황봉련과의 긴 밤 짧게 새우는 정화情話를 즐기고, 낮엔 지갑성, 이건성, 심명택 등과 청담淸談을 즐기며 지냈다.

연치성은 남의 눈을 피해 안사랑 뜰에서 구철룡, 강직순, 허병섭 등을 상대로 무술을 가르치는 데 여념이 없었다.

유만석은 아침에 밖으로 나가면 저녁때가 되어서야 돌아오곤 했다.

이렇게 한가한 나날이 지났다. 북풍이 사나운 계절인데도 청풍의 황봉련가엔 언제나 춘풍이 감도는 느낌이었다.

12월 8일의 밤중, 서울 갔던 황천리가 돌아왔다. 그는 돌아오기가 바쁘게 임금이 죽었다는 소식을 알렸다.

"언제 죽었다고 합디까?"

최천중이 다급하게 물었다.

"오늘 묘시卯時에 승하하셨다는 얘기였어유."

묘시면 아침밥 때쯤이다.

"다음 임금은 누구라고 합디까?"

"영의정과 승지가 운현궁으로 새 임금을 모시러 간다고 하던데유."

최천중은 아랫입술을 깨물었다. 일찍이 그렇게 되리라곤 예상하고 있었지만, 막상 그 얘기를 들으니 꺼림했다. 황봉련이 재빨리 그 눈치를 알아채곤,

"이하응이 아무래도 버거운 게로구먼요."

하고 웃었다.

"버거울 건 없지만, 꺼림하긴 하오."

최천중이 우선 자기의 신변을 염려한 것이다.

"꺼림할 것도 없어요. 앞으로 이하응은 내게다 맡기세요. 당신에게 불리한 짓은 못 하도록 할 테니까요."

봉련이 자신 있게 말하고 황천리에겐,

"그래, 가지고 간 서장에 대한 하회는 없었수?"

하고 물었다.

"충청감사에게 사람을 보냈다고 들었네. 그 사람 돌아올 때까지 기다리고 있었는데, 임금이 승하하셨으니 겨를이 있겠는가 싶어 돌아와버렸지."

"잘하셨수. 이 판국엔 사사로운 일을 처리할 겨를이 없을 테니까요."

"채문호란 놈, 하여간 악명이 높은 놈이로군."

최천중이 중얼거렸다.

"그렇지도 못할 거예요. 충청감사에게 무슨 분부가 있어도 있었을 테니까. 앞으론 이편에서 처리하도록 해야죠."

황봉련의 심중에 무슨 책략이 서는 것 같았다.

황천리가 물러난 뒤 봉련이 말했다.

"우리 도사님은 통찰력이 대단하셔. 이해 안으로 임금이 죽을 것이란 예언이 적중했으니 말예요."

"덕택으로 삼만 냥을 벌기는 했는데…."

하고, 최천중은 지난 초여름 이하응으로부터 받아놓은 어음을 언급했다.

"이하응의 어음이 통할 세상이 되었군요."

황봉련은 감개무량한 표정이 되었다. 최천중의 감회도 무량했다.

돌연, 황봉련이 자세를 고쳐 앉았다.

"도사, 우리 장난을 한번 해봅시다."

최천중이 어리둥절한 표정으로 봉련을 바라봤다.

"돈이 들 것도, 힘이 들 것도 아니니 우리 한번 해봅시다."

"뭣을 하겠다는 거요?"

최천중이 물었다.

그 말엔 대답하지 않고 황봉련은 하인을 불렀다. 하인이 나타나자, 황봉련이 즉석에서 편지를 썼다. 그리고 봉하더니,

"너 황급히 성안으로 가서 사또를 찾아 이 편지를 전하거라. 그리고 지체 없이 돌아오너라."

고 일렀다.

영문을 모르고 봉련이 하는 짓만 바라보다가 하인이 떠난 후 최천중이 물었다.

"도대체 어떻게 된 일이오?"

봉련이 생긋 웃었다.

"황천리가 전한 일을 청풍 사람이 알자면 이틀은 걸릴 거요. 역마로 전해 온다고 해도 내일 늦게가 아니면 사또는 그 소식을 알수 없을 거란 말예요."

"그래서 어떻다는 거요?"

"사또께 편지를 썼죠. 상감이 승하하셨으니 앞으로의 처지에 어긋남이 없으려면 이 황씨녀를 찾으라구요. 만일 내 말을 들으면 입신과 출세는 틀림없을 것이니, 편지를 받는 즉시 이리로 오라고 했어요."

최천중은 무어라 할 말을 잊었다.

"걱정 마세요. 사또가 오면 즉시 안사랑으로 들게 해서, 주렴 너머로 제 뜻을 전할 테니까요."

"사또가 올까?"

34

"상감이 승하했다는 소식을 전하고 앞날의 입신을 보살펴주겠다
는데 오지 않고 배겨요?"

"지금 사또가 누군데?"

"그건 저도 몰라요. 조석으로 변하는 사또의 이름을 전들 어떻게
알겠수. 그러나 청풍의 황씨녀는 어느 사또라도 도임하자마자 알게
돼 있죠."

그건 최천중도 이해할 수 있었다. 한양 고관대작들의 지우知遇*
를 받고 있는 황봉련을, 그 출신 고장의 사또가 모를 까닭이 없을
것이었다.

"그럼 사또가 올 때까지 기다려야 하나?"

"그럴 것까진 없어요. 당신은 먼저 주무세요. 사또가 온다고 해
서 당신이 나설 일은 없을 테니까요."

"자진 않겠어. 술이나 한잔 주오."

황봉련이, 주안상을 차리라고 이르는 한편, 대문에 초롱을 달고
안사랑 오른편 방을 치우라고 하녀들에게 명령했다.

"그래, 사또가 오면 어떻게 할 거요?"

최천중이 술 한 잔을 들이켜고 물었다.

"사또가 오거든 그때 들어도 늦지 않을 거예요."

하고 황봉련이 염연艶然히** 웃었다.

"소이부답笑而不答인데 갱하문更何問일꼬."***

---

* 인격이나 재능을 알아보고 잘 대우함.

** 곱게.

*** "웃으며 대답을 안 하는데, 어찌 다시 물을꼬?"

최천중이 독작으로 술을 마셨다. 황봉련이 그 동작을 보며,

"철이 안 든 대인과, 철이 든 소인을 비교하라고 하면…."

하고 최천중에게 눈짓을 보냈다.

"내가 철이 안 든 대인이란 말요?"

최천중이 노려봤다.

"섬섬옥수를 두고 독작하는 대인이 철이 든 대인이우?"

황봉련이 웃었지만 그건 교태가 아니었다.

청풍 고을에선 신통력을 가진 여성으로서 그 이름이 높아 누구도 모를 사람이 없는 정도이긴 했지만, 황봉련이 부른다고 해서 현감이 밤중에 달려온다는 것은 믿어지지 않을 일이다.

그러나 그 당시는 조야가 모두 미신에 사로잡혀 있는 터라, 점술사의 말이라고 하면 그대로 통하는 풍조로 되어 있었다. 더욱이 황봉련 같은 신통력을 가졌다고 하면 더 말할 나위가 없었다. 서울의 몇몇 대관 댁은 일상다반사에 이르기까지 봉련의 지시를 받고 꾸려나가는 상황이었다.

권모술수가 판을 치고, 내일의 운명을 가늠하지 못하는 세상에서 생명과 지위를 보전하자니, 자연 그러한 미신에 사로잡히게 된 것이다. 바야흐로 천하를 움직이는 것은 점술사라고 하여 식자 간에 한탄도 있었다.

청풍의 현감 우석규禹碩圭도 그러한 풍조에 초연할 순 없었다. 황씨녀로부터 서찰을 받자, 미복으로 갈아입고 통인通引 하나만을 데리고 황봉련의 집으로 달려왔다. 상감이 승하했다는 소식만으로

도 그의 의식을 동전動顚시키기에 충분했던 것이다.

초롱이 걸린 문으로 들어서자, 하인이 안사랑에 마련된 자리로 현감을 안내했다. 좌정하자, 주렴으로 격한 이웃 방에서 낭랑한 봉련의 소리가 울려왔다.

"밤늦게 오시라고 해서 황송합니다만, 워낙이 황급한 일이므로 외람됨을 무릅쓰고 오시라고 한 것이에요."

"천만의 말씀이오. 한데, 상감께서 승하하셨단 말씀은 사실이온지요?"

우석규의 말은 은근했다.

"사실 아닌 얘길 어떻게 감히 발설하리이까. 상감께선 오늘 새벽 묘시에 승하하셨소. 후명일쯤엔 그 소식이 당도할 것이오. 그리고 운현궁 이하응 대감의 아들이 그 자리를 이었소."

황봉련이 위엄을 갖추고 말했다.

"어떻게 그 사실을 아셨소? 오늘 새벽 묘시에 사백 리 밖 한양에서 있었던 일, 그것도 대내大內에서 있었던 일을…."

"사실이 중하지, 어떻게 알았건 그건 대단한 문제가 아닐 줄 아뢰오. 사또께서 하실 일이 급합니다."

"소관이 할 일이란 무엇입니까?"

"향청으로 돌아가시는 즉시 말 여섯 필을 준비하시오."

하고 황봉련은 그 말에 실을 물건의 품목을 들먹였다. 송이, 대추, 봉밀, 자초紫草, 인삼 등 토산물을 골고루 갖추어 한 필의 말에 싣고, 두 필의 말엔 포목을 싣고, 세 필의 말엔 돈을 실어야 한다는 것이었다.

"그렇게 준비해서 즉시 한양으로 떠나세요. 한양엘 가거든 곧 운현궁을 찾아 그 봉납물을 바치세요."

우석규가 어쩔 줄을 몰라 답도 못 하고 있는데, 봉련이 다음과 같이 덧붙였다.

"운현궁으로 가거든, 사또의 관직과 이름만을 써서 그 봉납물을 사또께서 가지고 왔다는 흔적만 남기고 지체 없이 돌아서서 회행*하시오. 지체를 하거나 망설여선 안 됩니다."

"알겠소."

하고 그제야 우석규는 황봉련의 말을 납득할 수 있었다는 시늉을 했다.

그때 황봉련은 미리 준비해둔 서장 하나를 하인을 시켜 사또 앞에 놓았다. 이어 봉련의 말이 있었다.

"돈을 실은 세 필 말 가운데 한 필의 말엔 이 서장을 끼워놓으세요."

사또가 그 서장을 집어 들었다. 봉피封皮엔 청풍역려淸風逆旅에서 최천중 봉상崔天中奉上이란 글자가 있었다.

"그렇게 해야 할 까닭은 후일에 가면 알게 될 것입니다. 그 서장으로 인해 사또의 앞날이 틔게 되는 것이옵니다."

현감은 정중히 그 서장을 도포의 소매에 넣었다. 황봉련이 다시 말을 이었다.

"그럼 빨리 서둘도록 하세요. 빨리 서둘면 운현궁 문후問候 제일

---

* 돌아옴.

착第一着의 지영至榮을 차지할 수 있을 것입니다. 제일착 문후는 원래 공신功臣 제일위第一位와 맞먹는 법이에요. 사착, 오착이 되면 받지를 않을지도 모를 일입니다. 잊지 말 것은 그 서장을 소중히 할 일입니다. 그것 없인 모든 게 도로徒勞로 끝날지 모르니 말예요. 그 서장에 적힌 분의 덕력德力으로 사또의 신수에 광명이 있게 되는 겁니다. 대접 없어 미안하오나, 지체할 일이 아니어서 하는 수가 없사와요. 빨리 서둘도록 하세요."

"복장을 어떻게 하오리까?"

우석규는, 국상을 당했으니 거기에 상응한 복제服制를 따라야 하지 않겠느냐고 물은 것이었다.

"아직 영令이 나질 않았으니, 평소대로 미복 차림을 하시는 게 좋을 겁니다."

"그럼 가보겠습니다."

현감은 공손한 인사를 남기고 떠났다.

현감을 보내고 난 뒤, 황봉련이 염연한 웃음을 띠고 내실로 돌아왔다. 내실에선 최천중이 팔베개를 한 채 천장을 쳐다보며 누워 있었다.

'나라가 새 빛을 얻었으니 만백성의 생로生路가 틔었도다. 비록 몸은 초야에 있을망정 진심갈력盡心竭力** 신왕을 돕겠다. 왕과 대감의 만수무강을 빈다.'

는 내용의 편지가 너무나 경솔하지 않았나 싶어, 그것이 마음에 걸

** 몸과 마음을 다 바침.

39

려 있던 터였다.

"현감이 당신의 수에 넘어가겠소?"

최천중이 황봉련에게 빈정대는 투로 말했다.

"넘어가잖구."

봉련은 자신만만했다.

"그 능구렁이에다 여우를 겹친 것 같은 이하응이 천하를 호령하게 되었으니 모든 일이 전 같진 않을 거라."

최천중이 혼잣말처럼 중얼거렸다.

"김씨 세도는 한물가겠지만, 그 세상이 그 세상이지 별게 있겠수?"

"아니오. 앞으론 더욱 거친 세상이 될 거요. 정신 바짝 차려야지."

"한데, 지금 우리가 한양을 비워두어도 될까요?"

"한양에 있으면 또 뭘 하겠수?"

"그건 그래요."

하고 황봉련이 치마와 저고리를 벗었다. 그리고 요염한 교태를 부리며,

"자, 침실로 가요. 밤이 꽤 깊었으니."

"그렇게 합시다."

최천중이 일어나서 침방의 미닫이를 열었다.

'임금이 죽었건 말건, 세상이 바뀌건 말건 우리는 이 밤을 즐기면 그만이다.'

최천중이 덜렁 황봉련의 나신을 안아 포근한 요 위에 뉘었다.

철종이 승하한 계해년癸亥年, 즉 1863년 12월 8일부터 며칠 동안 있었던 일을 실록에서 간추려본다.

8일. 경진庚辰, 왕 창덕궁 대조전에서 승하하다.

대왕대비 조씨[익종비翼宗妃] 교敎를 내려 영중추부사領中樞府事 정원용을 원상院相에 임명하다.

대왕대비 조씨, 영중추부사 정원용, 판중추부사 김흥근, 영의정 김좌근, 좌의정 조두순을 창덕궁 중희당重熙堂으로 소견召見*하고 언문 교지를 내려 흥선군 하응昰應의 적출 제2자 명복命福으로 익종翼宗을 승통承統케 하여 익성군에 봉하고, 영의정 김좌근, 도승지 민치상, 흥인군 최응崔應 등을 운현 흥선군 사제私第에 보내어 사왕嗣王을 봉영奉迎 입궐케 하다.

철종의 빈전을 환경전歡慶殿으로 하도록 명하다.

9일. 흥선군 이하응을 흥선대원군, 부인 민씨를 여흥부대부인驪興府大夫人으로 봉작하다.

10일. 예조에서 복제절목服制節目을 올리다.

12일. 익성군, 관례冠禮를 중희당에서 거행하다.

13일. 익성군, 빈전으로 나아가 대보大寶를 받고 창덕궁 인정문仁政門에서 즉위, 조하朝賀를 받고 대사大赦를 내리다.

대왕대비, 수렴청정의 예를 희정당에서 행하다.

철종 비 김씨를 높여 대비로 하다.

흥선대원군 하응으로 서정庶政**을 참결케 하고, 불신지례不臣之禮***로 대우하다.

---

*   윗사람이 아랫사람을 불러서 만나봄.
** 여러 방면의 정사.
*** 신하가 아닌 사람에게 바치는 예.

김흥근을 고부주청사告訃奏請使, 정헌교를 부사, 홍필모를 서장관書狀官에 임명하였다가 곧 조두순, 임궁수로 대체하다.

15일. 대행왕大行王의 시호를 문현무성헌인영효文顯武成獻仁英孝, 능호陵號는 예릉, 전호殿號는 효문孝文, 묘호廟號를 철종哲宗으로 정하다.

식년대소과式年大小科를 명추로 연기하다.

김재현을 형조참판, 민치구를 공조참의에 임명하다.

내외전內外錢 5만 냥을 삼도감三都監에 분송하여 경비에 충당케 하다.

18일. 대왕대비가 호조에 명하여 대원군궁 면세결免稅結 1천 결, 전토가은田土價銀 2천 냥을 수송하여 궁장宮庄이 완비될 때까지 5년에 한하여 호조태戶曹太 1백 석, 선혜청미宣惠廳米 1백 석을 수송해 주도록 하였으나 대원군이 고사하므로, 그 검약의 뜻에 따라 매월 미 10석, 전錢 1백 냥을 보내도록 하다.

20일. 당시의 인구와 호수의 보고가 있었는데 다음과 같다.

한성부 4만 5천 162호, 남 10만 976명, 여 10만 3천 948명. 경기도 12만 8천 80호, 남 31만 9천 465명, 여 33만 3천 717명. 황해도 12만 8천 250호, 남 30만 3천 438명, 여 26만 6천 678명. 전라도 26만 1천 175호, 남 49만 8천 726명, 여 49만 5천 617명, 경상도 35만 5천 034호, 남 72만 6천 470명, 여 49만 5천 617명. 공충도公忠道 22만 3천 448호, 남 42만 9천 513명, 여 44만 8천 842명… 전국의 호수 158만 8천 342호, 총인구 675만 4천 875명.

계해년이 가고 갑자년이 왔다. 바야흐로 대원군의 시대가 열린 것이다.

해가 바뀌자 한양으로부터 황봉련의 귀경을 독촉하는 편지가 빗발치듯 날아들었다. 시대가 바뀜에 따라 갈피를 잡을 수 없는 대관댁들이 불안에 겨워 황봉련을 필요로 한 것이었다. 그러나 황봉련은 좀처럼 거동하려 하지 않았다. 최천중과 같이 지내는 밀월의 나날이 그 여심을 사로잡았기 때문이었다.

정월 대보름을 지난 어느 날 밤,

"임자께선 아무래도 한양으로 가셔야 하겠소."

하고 최천중이 봉련의 마음을 떠보았다.

"천년만년 이렇게 살고 싶은걸요."

하는 봉련의 말은 막상 과장된 것이 아니었다.

"내 마음도 그러하오. 그러나 사람들이 필요로 할 때 나서주는 것도 좋은 일이오."

최천중이 침착하게 말했다.

"그런데 요즘 저는 신통력을 잃어가고 있는 것 같애요. 당신을 알고부턴 보통의 여자로 되돌아가는가 봐요."

그리고 봉련이 교태를 꾸미며 덧붙였다.

"그러나 그게 행복하거든요."

"신통력이 없어도 좋소. 총명이 있으면 되는 거요. 만천하의 사람들이 들떠 있을 때 홀로 침착할 수 있는 것도 총명이오."

"그러나저러나 교동의 김씨들이 잔뜩 불안해서 저를 청하는 모양인데 어떻게 하면 좋소?"

최천중은 한참을 생각하더니 지필을 내어 다음과 같이 썼다.

"명쟁위주明爭爲主하면 음해는 면할 수 있을 것이오."

봉련은 최천중의 말을 기다렸다. 그 글의 뜻이 알쏭달쏭했기 때문이다.

"명쟁이라는 것은 남이 보는 가운데 당당히 싸운단 말이오. 이를테면, 김씨 일문의 사람들이 할 일은 그것뿐이오. 대원군과 의견이 엇갈리면 어디까지나 대의를 좇아 당당하게 싸우란 말이오. 그렇게 하면 대원군이 김씨 일가를 박해할 수 없게 됩니다. 만일 김씨 일가를 박해하게 되면, 자기에게 반대하니까 그렇게 했다는 평을 받게 되오. 대원군 이하응은 쩨쩨한 인물이란 평을 받기 싫어하는 사람이오. 담대하고 도량이 큰 인물로 자처하고 싶은, 그런 인물이란 말요. 그러니 앞으로 김씨 일문이 당당하게 행동하기만 하면 별탈은 없을 것이오. 임자가 한양에 가서 그들을 만나면 그렇게 가르치시오."

황봉련이 고개를 끄덕끄덕했다. 그 말뜻을 납득할 수가 있었던 것이다.

최천중은 또 다음과 같이도 말했다.

"한양엘 가거든 무슨 수를 써서라도 이하응의 부인과 통할 수 있도록 하시오. 앞으로 십 년쯤의 천하는 이하응의 뜻대로 될 것이니, 그와 통하지 않으면 우리의 일은 뻗어나갈 수가 없을 것이오."

"그러니까 제가 꼭 한양으로 가야 한다는 말씀이세요?"

봉련의 눈에 원망하는 듯한 빛이 돌았다.

"그건 임자의 마음이겠죠."

"그럼."

하고 황봉련이 결연하게 말했다.

"당신을 위하는 뜻으로 제가 한양으로 가죠."

청풍에서 한양까진 3백5십 리.

가마를 바꿔 타며 가는 행차는 줄잡아도 닷새가 걸린다.

그러니 그 일행은 거창할 수밖에 없었다. 교군이 넷, 시중드는 계집애가 하나, 거기에 그림자처럼 황천리가 수행했고, 구철룡이 수행했다. 황봉련 본인을 합쳐 일행은 8명, 웬만한 대갓집 부녀의 행차도 그러지는 못할 것이었다.

봉련은 최천중에게 다음과 같은 말을 남겼다.

"한양에 가서 제반 뒷받침을 해둘 것이니 음성의 토지 문제를 밝히고 돌아오세요."

최천중은 그렇게 하겠다는 대답과 함께 미원촌엘 들러 갈 속셈으로 있었다.

미원촌 왕씨 출산을 이월 중순께로 잡을 수 있었으니, 최천중과 봉련은 두 달가량 서로 헤어져 있어야 하는 것이다.

최천중이 구철룡에겐 숙녀의 일을 당부했다. 충직한 구철룡이 최천중의 영을 어길 까닭이 없었다.

황봉련이 길을 떠나는 날, 마을 사람 거의 전부가 나와서 전송했다. 그만큼 후한 인심을 얻고 있는 터였다.

최천중은, 황봉련이 떠나고 난 뒤의 삭막한 나날을 연치성과 강직순, 허병섭에게 글을 가르치며 지냈다. 연치성은 강직순, 허병섭에게 무술을 가르쳤다.

그러는 가운데 유만석만은 어디를 쏘다니는지 이삼 일씩 보이지
않을 때가 있었다. 무슨 짓을 하고 다니는지 궁금하지 않을 수가
없었지만 그냥 챙기지 않고 지나고 있었는데, 하루는 어느 노인이
최천중을 찾아왔다.

건넛마을에 산다는 그 노인의 이름은 '오태주'라고 했다. 살림도
볏 섬지기나 하는 꽤 부유한 사람이었다.

수인사를 하곤 오태주 노인은 근심이 가득한 얼굴로 다음과 같
이 얘기를 꺼냈다.

"선비께서 거느리고 있는 유만석이란 사람이 있죠? 그 사람이
내 며느리와 눈이 맞았는가 봅니다. 밤이면 드나드는 사람이 있어
누군가 하고 꼬리를 밟아봤더니 그자가 바로 유만석이었소."

오 노인은 여기서 한숨을 쉬었다.

"당장 붙들어다가 경을 치는 건 쉬운 일이지만, 양반의 체면으로
그럴 수도 없구, 며느리를 내쫓자니 일곱 살, 다섯 살 난 손주가 있
어 그럴 수도 없단 말이유. 아직은 소문이 안 나 있으니 괜찮지만,
이 좁은 바닥에 그 일이 탄로 나지 않고 배길 수가 있겠수?"

"댁의 며느리는 과부인가요?"

최천중이 물었다.

"삼 년 전에 아들이 죽었죠. 후환이 두려워 그들의 내통을 내가
알고 있다는 기미를 보일 수가 없습니다."

"며느리를 불러 타일러보지 그러십니까?"

"내가 눈치챈 것을 며느리가 알기만 하면, 그 유만석이란 자와
야간도주라도 할 거요. 그러지 못하면 목을 매어 죽을지도 모르구

46

요. 그렇게 되면 집안 꼴이 뭐가 되겠습니까?"

오 노인은 다시 한숨을 쉬었다.

"그런데 나더러 어떻게 해달라는 겁니까?"

"이 댁 주인이 한양으로 가셨다지 않습니까? 유만석이란 사람을 그리로 보내버리면 일단 수습이 되지 않을까 합니다만…."

"우리도 두 달쯤 있으면 떠날 작정입니다."

"두 달!"

하고 오태주 노인은 시선을 방바닥에 깔며 중얼거렸다.

"두 달이면 너무 먼데유. 오늘이 급한데유."

그러나 최천중은 그 일 때문에 출향할 날을 앞당길 수도 없고, 유만석만을 혼자 어디로 보낼 수도 없었다.

"그러지 말고 댁의 며느리를 개가시키지 그래요?"

"그렇겐 안 됩니다요. 양반집 맏며느리를 어떻게…."

오 노인의 얼굴엔 수심이 가득했다.

"그 따위 행실이 나쁜 며느리를 붙들어두면 뭣 하겠소? 차라리 치워버리는 게 낫지."

"난들 왜 그런 걸 생각해보지 않았겠어유. 그러나 덮어두면 창피를 면할 것을 긁어 부스럼을 만들 것도 없구 해서유."

"창피는 이미 난 창피 아뇨."

"하지만 아직 나밖엔 모르니까유. 오늘 밤부터라도 그 유만석이란 사람만 나타나지 않으면 되는 거라유."

최천중은 유만석을 족쳐서라도 그 집에 가지 못하도록 하겠다고 약속하려 했으나, 요 며칠 보이지 않는 그놈을 두고 쉽게 약속할 수도 없었다. 최천중은 강직순을 불러 유만석을 찾아보라고 했다.

집엔 없다는 말이 돌아왔다.

"어떻소, 영감님. 집 안에 장정들이 있을 것 아뇨. 그 사람들을 시켜 유만석이 나타나거든 다리뼈를 부러뜨려놓으세요."

최천중은 오 노인의 속을 떠볼 생각도 있어 이렇게 말했다.

"그건 안 될 말입니다."

오 노인은 황급히 손을 저었다.

"왜 안 된다는 거죠?"

"이 일을 누구에게 알립니까유. 나는 누가 알까 봐 겁을 내고 있는 거라유. 더욱이 손주 놈들이 즈그 어미의 소행을 알게 되면 어떻겠어유."

"며느리를 친척들의 부인들과 같이 재우거나 해서 감시를 철저히 하면 되잖겠소?"

"그럴 수도 없어유. 내가 그런 사실을 안다는 걸 며느리가 알아선 안 되니까유. 그래서 며느리를 타이르지도 못한 거라우."

"며느리가 알면 그만큼 조심을 할 것 아뇨?"

"아닙니다유. 내가 자기의 소행을 알고 있다는 걸 알면 며느리는 집을 나가버릴 그런 사람이라우."

"제 발로 걸어 나가면 다행 아뇨?"

"그럼 손주 놈들은 어떻게 합니까유? 아비도 없구, 어미도 없는 손주들은유."

"만일, 며느리의 소행이 탄로가 나면 영감님은 어떻게 하실 거요?"

오태주는 멍청히 최천중을 바라보고 있더니 힘없이 중얼거렸다.

"내가 죽어야쥬."

이 말을 듣자, 최천중의 가슴엔 오태주에게 대한 동정심이 괴었다. 집안의 체면을 살리고 손주들의 충격도 막기 위해서 시아버지로서의 굴욕을 견디고 있는 마음이 갸륵했던 것이다. 최천중은 마음을 다지고 말했다.

"영감님의 마음을 알았소. 앞으로 그런 일이 없도록 할 테니 돌아가시오."

"어떻게 하건 우리 집에만 못 오게 하면 됩니다유. 아무튼 못 오게 해주세유. 오면 안 되유. 오늘 밤부터유."

최천중은 약속을 하고 오태주의 집이 어디에 있는가를 물어두었다.

오태주를 보내고 난 뒤 최천중은 연치성을 불렀다. 그리고 오늘은 공부와 훈련을 쉬고 강직순, 허병섭과 더불어 유만석을 찾아오라고 일렀다.

"이 근처 주막은 물론, 성내의 주막까지도 샅샅이 뒤져 꼭 그놈을 붙들어 오게. 만일 해 질 무렵까지 찾지 못하거든 건넛마을에 있는 오태주 노인 집 부근에서 망을 보게. 밤이 깊도록까지라도 거기서 기다려, 나타나거든 떠들썩하지 않도록 불문곡직하고 끌고 와서 바깥사랑의 손님들 모르게 중문으로 해서 내게로 데리고 오게."

하고, 최천중은 오태주 집의 소재를 가르쳐주었다.

최천중이 말한 그대로 연치성이 유만석을 붙든 것은 오태주의 집 근처에서였다. 성안, 성밖을 들추어도 없어서 연치성이 허와 강을 데리고 오태주 집 근처에서 밤중까지 서성거리고 있었더니, 아니나 다를까 유만석이 나타난 것이다.

연치성은 아무 말 못 하게 하고 유만석을 마을 밖으로 데리고 나왔다. 그러자 유만석이 불쑥 말했다.

"귀신이 탄복할 일이로군. 형님, 내가 이리로 올 줄 어떻게 아셨소?"

"선생님의 말씀이, 이때쯤 네가 그곳에 나타날 거라고 하더라."

연치성이 냉랭하게 대답했다.

"하여간 우리 선생님은 도사라. 내가 여기 오는 걸 어떻게 알았을까?"

그 말엔 연치성도 동감이었다. 오태주 노인과의 응수를 전혀 몰랐던 유만석과 연치성으로선 신기한 일이었던 것이다.

"그럼 형님, 내 조금 이따 갈 테니께 먼저 가세요."

유만석이 되돌아서려고 했다.

"그건 안 돼. 선생님이 널 보는 대로 곧 데리고 오라고 했어."

연치성이 유만석의 팔을 끌었다.

"그런데 형님, 내가 왜 이곳에 온 줄 아세요?"

"내가 알 까닭이 있나."

"그렇다면 선생님께 날 조금 뒤에 만날 걸로 하면 될 것 아닙니까요. 난 긴히 볼일이 있거든요. 오늘 밤에 큰일이 있단 말입니다."

"안 돼, 선생님의 분부다."

연치성이 유만석을 끌었다. 유만석의 덩치는 연치성보다 크다. 그

리고 연치성이 유만석의 팔을 그다지 세게 붙든 것도 아니다. 그런
데도 연치성이 끌기만 하면 유만석은 꼼짝없이 끌려갔다.

"그럼 내, 사정 얘기할게요."

유만석이 걸으면서 몸을 틀었다.

"사정 얘긴 선생님께 해."

"시기를 늦추면 탈이 날 일인데요?"

하고 유만석이 혼신의 힘으로 연치성의 손아귀에서 벗어나려고 했
다. 그러나 어림없었다. 유만석이 아무리 버텨도 그 큰 몸뚱어리에
댕강 들리는 듯하면서 발을 앞으로 떼어놓아야 했다. 으스름 달빛
에 비친 그 모양이 우스웠다. 허병섭이 뒤에서 킬킬댔다.

"만석 형님, 안 되겠시유. 순순히 갑시다요."

"오늘 밤 난 팔자를 고칠 판이었는데, 야단났네."

하고 유만석은 혀를 끌끌 차다가 각오했다는 듯이 간청을 했다.

"형님 이거 놓으세요. 순순히 걸어갈게요. 팔이 아파 못 견디겠
구만요."

연치성이 잡은 팔을 놓고 엄하게 말했다.

"어떤 일이 있어도, 네 말대로 팔자를 고칠 일이 있어도 먼저 선
생님의 분부를 따라야 해!"

"만석을 데리고 왔습니다."

연치성의 소리가 있자, 최천중이 일어나 등경에 불을 켰다.

"만석이만 들여보내고 자네들은 물러가 자게."

만석이 부신 얼굴로 빙글빙글 웃으며 방안으로 들어섰다.

"허파에 바람이 들었나, 그 웃는 꼴이 뭐냐?"

최천중이 노기를 띠었다. 그래도 아랑곳없이 빙글빙글하며 무릎을 꿇고 앉아 유만석이 한다는 소리가 해괴했다.

"저 오늘 밤 팔자를 고칠 판인데 좀 내보내주세요."

"팔자를 고쳐?"

"예."

"아닌 게 아니라 내가 오늘 밤 네 팔자를 고쳐줄 참이다."

"무슨 말씀입니까요?"

"난 너에게 이때까지 양반집 아들 복색을 시키고, 양반 행세를 시키고, 사람들이 널 양반의 아들처럼 대접하도록 마음을 썼다. 그랬지?"

"예."

"그런데, 네 소행으로 보아 지금부터 도루 상놈 취급을 해야겠다."

"원래가 상놈인데요. 그렇다고 해서 제 팔자 고치는 게 됩니까요?"

만석은 여전히 능글능글했다.

"그래도 좋단 말인가?"

"그럼요. 전 어떤 대접을 받아도 선생님 곁에만 있으면 좋아요. 그 대신 절 잠깐 내보내주세요. 참말로 오늘 밤 제 팔자 고칩니다요."

최천중은 먼저 만석의 얘기를 들어보기로 했다.

"어떻게 팔자를 고친단 말인가?"

"양반집 사위가 되든가, 그게 안 되면 이백 석지기 논이 생기든 가 합니다요. 양반집 사위가 되어도 전 선생님 곁을 떠나지 않을 게고, 이백 석지기 논이 생기면 몽땅 선생님께 바칠 겁니다."

"무슨 소릴 하느냐? 차근차근 일러라. 거짓말이 있었다간 가만 안 둔다."

최천중이 엄하게 일렀다.

"천지만물을 죄다 알고 계시는 선생님께 제가 거짓말을 하겠습 니까요. 오늘 밤 제가 그리로 가리라는 것까지 다 알고 계시는 어 른에게요. 그러니 선생님께선 오늘 밤 있을 일까지도 미리 다 알고 계시는 것 아닙니까요? 제가 말씀드릴 것도 없이 말입니다요."

"알지, 알구말구."

"그러시다면 절 내보내주세요. 새벽까진 돌아올 것이니께요."

"이놈아, 양반집 과부 겁탈하러 가는 줄을 알면서 내보내? 어림 도 없다."

이때까지 능글능글하던 만석의 얼굴이 긴장된 표정으로 변했다. 그것을 최천중은 당황하는 기색으로 판단했다.

만석은 한동안 말문이 막힌 듯하더니,

"겁탈하러 가는 것이 아닙니다요."

했다.

"서로 정이 통했대서 겁탈이 아니란 말인가? 남의 집 여자를 덮 치는 노릇은 겁탈이다. 그러나 나는 네가 겁탈한다고 해서 꾸짖으 려는 건 아니다. 때에 따라선 내가 네게 어떤 여자를 겁탈하라고 시킬 때도 있을 거다. 나는 지금의 법도에 구애되진 않는다. 하지만 우리들 사이의 법도는 지켜야 할 것이 아닌가. 그런 일이 있었으면 당장 내게 알려야 할 일이 아니냐? 좋지 않은 일이 뒤따르지 않도록 하기 위해서라도 말이다. 우리는 지금 같은 운명의 길을 걷고 있지 않느냐."

"그러지 않아도 내일 아침 말씀드리려던 참입니다요."

만석이 안절부절못했다.

"왜 하필 내일 아침이고, 오늘 저녁은 왜 안 되는고?"

"각단*을 내고 나서 말씀드리려고 한 것입니다."

"각단? 그때까지 변고가 나면 어떻게 하려고 했느냐?"

"변고가 나지 않을 거라는 자신이 있었습니다요."

"그게 모자란 소견이다. 미리 말한다고 해서 내가 네게 나쁘게 할 줄 알았느냐? 유리한 일은 도와줄 게고, 안 될 일은 말릴 거고…. 그렇게 해서 살아나가자는 게 우리들의 모임이 아니냐?"

"잘못했습니다요. 다신 그런 일이 없게 하겠습니다요."

"겁탈했대서 나쁘다는 건 아니다. 그런 일이 있었으면 곧 알려야 할 것을, 안 알렸다는 게 나쁘다는 거다. 그런 일뿐만이 아니다. 일일이 사전에 물어서 할 수는 없을 것인즉, 마음대로 하되 반드시 곧 알려야 한다, 이거다."

"알았습니다요."

"그렇다면 각단을 내야겠다고 한 그 각단이 뭔가를 말해봐라."

"예, 제가 연치성 형님에게 붙들린 곳이 오태주라는 노인의 집

---

* 일의 갈피와 실마리.

바로 앞이었습니다요."

"그건 나도 알고 있다."

"그런데 오태주 영감은 말은 볏섬 한다고 하지만 알부자입니다
요. 삼백 석은 실히 될 것입니다요."

"그래서 어쨌다는 거냐?"

"오늘 밤 오태주 영감은 제게 자기 딸을 주든지, 말하자면 제가
그 집 사위가 되는 겁니다요. 그렇지 않으면 이백 석지기 토지를 제
게 넘겨주든지 해야 하게 돼 있습니다요."

"뭐라구?"

최천중은 깜짝 놀라 물었다. 유만석의 얘기는 다음과 같았다.

그는 근처의 과부들을 챙겨보았다. 이 마을엔 과부가 넷이 있고,
건넛마을엔 과부가 다섯 있다는 것을 알았다. 그 가운데 젊기도 하
고 살림도 있는 집 과부가 누군가 하고 알아본 결과, 오태주의 며
느리에게 점을 찍었다. 오태주의 며느리는 서른다섯의 나이에 무르
익은 여체를 감당하지 못할 만큼 되어 있다는 사실을 알았다.

그래, 기회를 노리고 있다가 어느 날 밤, 과부가 거처하는 별당을
눈여겨보아두었다가 유만석이 담을 넘어 별당 가까이로 갔다.

가만히 동정을 살피니 방으로부터 이상한 소리가 들려왔다. 남자
하고 방사를 치르고 있다는 것을 곧 알 수가 있었다.

'해괴하구나. 과부가 웬일일까?'

하고, 유만석은 몸을 숨겨 그 방에서 사내가 나오길 기다렸다. 이윽
고 방사는 끝난 모양인데, 여자가 흐느끼는 소리가 들렸다.

"걱정할 것 없어. 내가 다 알아서 처리할 테니…"

하는 사나이의 말이 있었다.

　조금 있으니 사나이가 나왔다. 그때 마침 조각달이 떠올라 그 사나이의 윤곽을 볼 수가 있었다. 분명히 노인이었다. 어느 곳으로 가는가 하고 가만히 그 행방을 지켜보았더니 그 노인은 사랑으로 들어갔다. 유만석은 그 노인이 집주인 오태주라는 것을 확인했다. 시아비와 며느리가 밀통하고 있었던 것이다.

　최천중은 비로소 오태주의 태도를 납득할 수가 있었다.

　"그래, 어떻게 했느냐?"

　"별당으로 들어갔습니다요."

　유만석이 우물우물 말했다.

　"들어가서?"

　"일부터 먼저 치렀습니다요."

　"수월하게 말을 듣던가?"

　"말 안 들으면 시아비허구 붙은 짓을 외고 펴고 할 거라고 했습니다요. 그랬더니…."

　유만석은 이어 그 과부와 한 번 잠자리를 하고 났더니, 매일 밤 밤중 지나서 찾아달라고 부탁하더라고 했다. 시아버지한테 들키면 어떻게 할 거냐고 물었더니, 시아버지가 나타나는 건 한 달에 두 번 있을까말까 한 일이며, 시아버지와의 불미한 관계를 끊기 위해서라도 들키는 편이 나을지 모른다는 말이 있었다. 그리고 몇 번인가 정사를 거듭하고 나니 죽어도 떨어질 수 없다고 여자가 유만석에게 매달리더라는 것이다.

　"그런데, 열흘 전쯤에 그 시아비란 노인에게 들키고 말았습니다요. 그래 놓으니 배짱이 생겼어요. 당신 며느리하구 타처에 가서 살 테니 재산을 얼마 내놓으라고 했지요. 그랬더니 울며불며 그러지 말라고 합디다요. 그래, 생각해보았습니다요. 오태주 영감한테 과년한 딸이 있더구만요. 참 예뻐요. 그래, 그 딸을 내게 주면 당신 며느리와 손을 끊겠다고 했습니다요. 생각해보겠으니 며칠 시일을 달라고 하더구면요.”

“그래서 어떻게 했나?”

“매일 밤 계속 그 집에 다녔습니다. 그랬더니 어젯밤 그 영감이 딸을 줄 수 없다고 잡아떼는 것이었습니다요. 그렇다면 재산의 삼분의 이를 내놓으라고 했습니다요. 답이 없더만요. 만일 내 청을 들어주지 않으면 며느리와 상피 붙은 걸 관에 고발한다고 하고 그 대답을 오늘 밤 하라고 했습니다요.”

최천중은 뭐라고 말할 수 없는 심정으로 생각에 잠겼다. 한편 오태주란 그 영감이 괘씸하기 짝이 없었다. 며느리의 불미스런 행실을 집안의 체면과 손주들을 위해서 감싸주려는 심정으로 알고 갸륵하게 여겼던 것인데, 결국 자기 자신의 죄를 은폐하기 위해 뻔뻔스러운 수작을 한 것이라고 생각하니 부아가 치밀어 오른 것이다.

“그러니 절 그곳으로 가도록 해주셔야겠습니다요.”

유만석이 사정 얘기를 다 털어놓았기 때문인지 다시 능글능글한 태도가 되며 이렇게 보챘다.

“아니다. 그 일은 내게 맡겨둬라. 내가 알아서 처리하겠다.”

그 말에 대꾸할 수가 없었던지, 유만석은 뒤통수를 긁적긁적했다.

“만석아.”

"예."

"그 밖에 또 한 일이 있지? 샅샅이 말해봐. 하나도 기심이 없으렷다."

만석은 빙글빙글 웃으면서 과부 덮친 얘기를 늘어놓았다. 최천중은 정말 어처구니가 없었다. 성안, 성밖을 통해 40세 미만의 과부를 모조리 손을 댔다는 얘기였기 때문이다.

"과부 아닌 여자로선 조가란 이방의 첩이 있습니다요."

"헛허!"

하고 최천중은 드디어 웃음을 터뜨리고 말았다.

그 이튿날 최천중은 유만석을 데리고 건넛마을의 오태주를 찾았다. 오태주는 간밤에 유만석이 나타나지 않았기에 최천중에게 한 호소가 혹시 주효한 것이 아닌가 하고 기뻐하는 마음이 돋을락 말락 하고 있었던 참인데, 최천중이 유만석을 데리고 나타나자 가슴이 철렁 내려앉았다.

좌정하자 최천중이 냉엄하게 태도를 꾸미고 물었다.

"당신이 한 짓을 천하가 알면 어떻게 될지 아시오?"

오태주는 새파랗게 질려 어쩔 줄을 몰랐다. 최천중이 다시 소리를 가다듬었다.

"음풍이 미만*하고 있는 세상이라곤 하지만 그래도 예의지국인데, 견마도 차마 삼갈 짓을 한다는 것을 알고는 군자로서 가만있을 수가 없소."

---

* 彌滿, 彌漫: 널리 가득 차 그들먹함.

"살려주시유, 나으리!"

오태주는 와들와들 떨었다.

"생명만은 보전토록 해줄 터이니 당장 이 고장을 뜨시오."

최천중이 말소리를 낮추었으나 그 어세語勢는 거칠었다.

오태주가 슬쩍 최천중의 눈치를 살폈다.

"자, 종이와 붓을 내어 당신이 가진 집과 논과 밭 전부를 내게 천 냥을 받고 팔았다고 쓰시오."

오태주는 무슨 말인가를 납득할 수 없다는 듯 두리번거렸다. 최천중이 아랑곳없이 말을 이었다.

"줄잡아 오백 리 바깥으로 나가 살아야 할 것이오. 동네 사람들이나 일가친척에겐, 어느 도사의 계시에 따라 이곳에선 횡사橫死의 액을 면하지 못하니 떠난다고 하고, 대강 세간을 챙겨 가족들을 데리고 당장 떠나시오. 만일 내 말대로 하지 않으면 당장 현감과 감사에게 고해 난장을 맞아 죽도록 할 것이니 지체 말고 내 시키는 대로 하시오."

오태주의 얼굴이 사색으로 변했다.

"단, 당신 딸만 이 집에 남겨두시오. 그리고 먼 훗날 당신이 죽고 난 뒤 이 재산을 당신 손주들께 돌려주도록 내가 일필을 적을 것이니, 주저 말고 내 시키는 대로 하란 말요."

오태주는 그저 떨고만 있었다.

"만석아, 너 당장 연공에게로 가서 이 사실을 관가에 고하라고 해라."

하고 최천중이 버럭 고함을 질렀다.

유만석이 후닥닥 일어섰다.

"나으리 살려주슈, 시키는 대로 할 테니께유."

오태주는 안절부절못하고 벼루를 당겨놓고 종이를 폈다. 먹을 가는 손이 바르르 떨리고 있었다. 오태주는 최천중이 이르는 대로 써내려갔다.

"오태주는 그가 가진 집과 전지 전부를 한양인 최천중에게 전錢 일천 냥에 팔았다. 그리고 딸 분순을 양주인 유만석과 혼례케 하고 이 집을 그들에게 넘겨준다."

먹물이 마르길 기다려 그 문서를 집어넣고 최천중이 일어서며 말했다.

"사흘 안으로 떠나시오. 떠나는 길에 나를 찾으시오. 그때 천 냥을 주리다. 한 푼 없이 내쫓아야 하는 것이지만, 당신의 노년이 가엾고 손자와 며느리의 정상이 가련해서 각별한 마음을 먹고 하는 처사이니 어김이 없으렸다."

오태주는 이마를 방바닥에다 대고 늙은 어깨를 들먹였다. 섶을 지고 불 속에 뛰어든 격이란 것을 깨달았지만 때는 이미 늦었던 것이다.

오태주의 집에서 나와 들길에 들어섰을 때 만석이 물었다.

"제가 그 집 딸과 혼인할 수 있는 것입니까요?"

"네가 원한 일 아니냐?"

최천중이 아무렇지 않게 말했다.

"재산을 송두리째 내놓겠습니까요?"

유만석은 아무래도 의심쩍은 모양이었다.

"일이 그렇게 되었는데 달리 도리가 있겠나."

"그렇다면 천 냥은 뭣 때문에 줍니까요?"

"쥐도 피할 구멍을 두고 쫓아야 하느니라. 궁서*, 고양이를 문다는 옛말이 있지. 샀다고 해야 떳떳할 것 아닌가."

"그렇겠습니다요."

유만석은 어느 정도 납득이 가는 모양으로 이렇게 중얼거렸는데, 이때부터 최천중의 가슴에 일말의 불안이 깃들이기 시작했다. 이제 막 자기가 말한 궁서, 고양이를 문다는 말이 새삼스러운 의미를 띠기 시작한 것이다. 돈 천 냥을 준다고 했을 때도 분명히 빠질 길을 틔워놓는다는 마음먹이가 있었던 것이지만, 이제 생각하니 오태주를 너무나 심하게 졸라맨 느낌이었다.

사람이 궁지에 몰리면 못 할 짓이 없다는 것은 세정世情을 다소라도 아는 사람이면 능히 짐작할 수 있는 일이었다. 최천중 자신, 음성에서 채 좌수와 일을 벌이길 주저한 것도 몸을 신중히 지니자는 보신책으로서였다.

최천중의 이러한 불안이 유만석에 대한 노여움으로 번졌다.

"만석아."

"예."

"너 앞으론 정말 조심해야 한다."

"예."

"세상이 그처럼 호락호락한 건 아녀. 운이 좋았기에 망정이지, 언

---

* 窮鼠: 쫓겨서 궁지에 몰린 쥐.

제 다리뼈가 부러질지 모르는 일 아닌가. 호되게 걸리면 죽을지도 모른다."

"과부쯤 건드렸다고 그럴 일이 있겠습니까요?"

유만석은 능글능글한 태도가 되어갔다.

"과부쯤이 뭐냐?"

최천중이 거칠게 언성을 높였다.

"과부치고 그것 마다하는 여자 못 보았습니다요. 이편에서 적선하는 셈인걸요. 적선지가엔 필요유여경*이라, 힛히."

"너 참으로 세상을 얕잡아보는 놈이로구나. 그러다간 앞으로 화가 닥치고 말 것 같다."

"화라고 해봤자 죽기보다 더하겠습니까요? 상놈으로 태어난 놈, 양반집 여자하구 재미 보다가 맞아 죽어도 과히 나쁜 팔자는 아니지 않습니까요."

"네 이놈, 네놈에게 그 짓 시키려고 내가 네놈을 데리고 있는 줄 아나?"

"그렇겐 알고 있지 않습니다요."

"그렇다면 앞으로 조심해! 만일 앞으로 또 시키지도 않은 일을 했다는 걸 알면 가만두지 않을 테니까."

유만석은 불만 어린 얼굴로 한동안 입을 다물고 있더니 마을이 가까워지자,

"오 영감 딸과 제가 혼사를 하면 전 따로 살게 되는 겁니까?"

---

* 선을 쌓은 집안에는 반드시 경사가 생김.

하고 물었다.

그 말투가 너무나 뻔뻔스러워 최천중이 야무지게 쏘았다.

"누가 널 그 딸과 혼사를 시킨다더냐? 문서에 그렇게 쓰게 했다 뿐이지 내 마음을 작정한 건 아냐."

그리고 입을 다물어버렸다.

종일토록 꺼림칙한 기분이었다. 막연한 불안이었다. 그러나 최천중은 모레라는 날을 기다려볼 수밖에 없었다.

사흘째 되는 날이 이미 점심때를 지나고 반나절쯤 되었는데도 오태주로부터 소식이 없었다.

최천중이 약간 어색한 마음으로 기울어들고 있을 무렵, 젊은 선비 하나가 찾아왔다는 전갈을 받았다. 최천중은 그를 가운데 사랑의 자기 거실로 안내하라고 일렀다.

나타난 사람은 아직 스물도 안 돼 보이는 청년이었으나, 양가의 아들답게 의관을 정제한, 그리고 그 의관이 국상의 복제에 맞추어 빈틈이 없는 치장이었고, 젊은 나이에 어울리지 않게 점잖은 기품을 가진 선비였다. 최천중은 일견, 범상한 인물이 아님을 당장 알아차렸다.

방으로 들어오자 그 젊은 선비는,

"나는 임청오란 사람이오."

하고 가볍게 인사를 차리고 앉았다.

최천중은 자기의 성명은 말하지 않고,

"어떤 일로 오셨소?"

하고 그 얼굴을 똑바로 봤다. 이목구비가 단정하며 미간에 패기가
넘쳐 보이는 것은 뭔가 각오한 바 있어 찾아왔다는 사정을 나타
내고 있었다.

"최천중 선생으로 알아 모셔도 될까요?"

임청오의 음성은 늠름했다.

"그렇소."

최천중이 위엄 있게 대답했다.

"최 선생의 선성은 익히 듣고 있었소. 헌데 후학의 입장에서 선배
에게 가르침을 받으러 온 것은 실례가 아닐 줄 아는데, 어떻는지요?"
하고 임청오도 최천중의 눈을 똑바로 쳐다봤다.

"실례될 거야 없지만, 과연 내게 가르칠 것이 있을지 모르겠소."

최천중이 팽팽히 맞서는 기분으로 말했다.

"선생은 선비된 도리 가운데 가장 으뜸가는 일을 무엇으로 치시
는지 알고자 하오."

임청오의 태도엔, 왜 그런 것을 묻느냐고 반문할 수 없게 하는
기백 같은 것이 있었다. 그러나 최천중이 말했다.

"내가 그것을 당신, 아니 임공이라고 하셨지, 임공에게 꼭 말해
야 할 까닭이 있겠소?"

"후학이 가르침을 청할 때, 선학께서 응답이 있어야 하는 것이
천하의 도리가 아니겠소. 천하의 도리가 뭣하면 선비의 도리라고
고쳐도 좋소."

임청오의 말엔 어긋남이 없었다. 선학과 후학 또는 유학幼學을
가려 장유지서長幼之序를 지키는 유학적儒學的 사회에서는, 나이

많은 자가 나이 어린 자의 도리에 어긋나지 않는 질문엔 답해야 하는 것이 불문적不文的인 것이었으며 의무처럼 되어 있었던 것이다.

그러나 그 말투가 너무나 당돌하고 그 태도가 너무나 거만했다.

"임공은 내 입으로 꼭 그 답을 들어야 하겠소?"

최천중이 냉소를 머금고 말했다.

"꼭 듣고자 합니다."

"그럼 말하리다."

하고 목청을 가다듬고 최천중이 이었다.

"선비된 도리는 장상長上*에게 공손히 대함이요, 뻔뻔스럽지 않고 교만하지 않음이 으뜸인 것으로 나는 아오."

임청오는 얼굴빛 하나 변하지 않고 다음과 같이 응수했다.

"장상이 장상답지 않은 거동이 있을 땐 차한此限에 부재不在**가 아니겠소. 간물奸物에게 교만한 태도를 취할 줄 모른다면 군자의 체모가 아닐 것이오."

이는 명백한 도전이었다. 최천중이 갖가지 간난을 헤치고 살아왔지만, 아직 이와 같이 나이 어린 자로부터 공공연한 수모를 받아본 적은 없었다.

"말이 지나치지 않을까?"

최천중은 분명히 노색을 보였다.

"내 비록 연소하다고는 하나, 말을 지나치게 할 만큼 지각이 모

---

* 지위가 높거나 나이가 많은 사람.
** 그 한계(한도)가 없음.

자라지는 않소."

"그렇다면 이제 막 들먹인 간물이란 말은 어떻게 되는 것이오?"

"나는 염치없이 이利만을 좇는 무리를 간물이라고 하오. 그런 짓을 하는 놈은 예외 없이 간물이오. 최공께선 그렇게 생각하지 않으시오?"

눈썹 하나 까딱하지 않고 임청오는 뱉듯이 말했다.

최천중은 끓어오르는 분격에 말문이 막혔다.

임청오의 말이 계속되었다.

"남의 약점을 노리고 금전을 탐하는 자, 남의 흠을 빙자하여 인류의 대사를 유린하는 자, 그렇게 하여 목적의 이를 좇는 자면 간물이라고 할 수 있지 않겠소? 이에 대한 최공의 답을 듣고 싶소."

'선생'이란 호칭이 '최공'으로 변해도 최천중은 연장자로서 임청오를 힐난할 수가 없었다. 꼼짝없이 궁지에 몰린 심정이었다. 그래, 기껏 이렇게 말했다.

"그런데 그 간물이란 누굴 두고 하는 소린가?"

"만일 최공이 자기를 볼 줄 아는 눈을 가졌으면 내게 그렇겐 되묻지 못할 것이오."

최천중은 목구멍으로부터 '네 이놈!' 하는 소리가 터질 뻔했다.

그러나 그는 꿀꺽 참았다. 분명히 오태주 건과 관련이 있다는 사실을 짐작했다. 맞섰다간 손해를 볼 뿐이라고 깨달았다. 이理로써 맞설 수 없는 때는 기氣로써 대항해야 한다. 기로써 대항하려면 한 칸 높은 데 서야 한다.

최천중이 얼굴에 화색을 띠고 너그럽게 말했다.

"담대한 소년 군자로군. 한데, 오태주와는 어떤 관계가 되는 사이요?"

임청오의 얼굴빛이 살큼 변했다. 그러나 이어진 말은 여전히 침착했다.

"오태주와의 사이가 이 자리에 무슨 관계가 있소?"

"오태주의 일로 당신이 여기에 왔으니 묻는 말 아닌가."

최천중이 너그럽게 말했다.

"나는 오태주의 일로 온 것이 아니고 경우를 따지러 왔소."

최천중이 껄껄 웃었다.

"경우를 따지려면 오태주의 경우부터 먼저 따져야지."

"오태주의 경우는 별도로 따지겠소. 이 자리에서 따질 것은 최공의 거동이오."

"내 거동이라면 오태주에게 대한 내 거동일 것인데, 선이 있어야 후가 생길 일. 어찌 선을 그냥 두고 후부터 먼저 따질 수 있을까?"

"오태주에게 당신이 한 짓, 그것만으로도 따질 수 있소."

"어떻게?"

"군자로서 취할 바 아닌 짓을 했기 때문이오."

최천중이 계속 웃음을 띠고 말했다.

"사나운 호랑이는 보면 잡아야 하는 것, 독사는 만나는 즉시 밟아 죽여야 하는 것, 금수만도 못한 인간에겐 상응한 벌을 주어야 하는 것, 그것이 군자로서 취할 바가 아니란 말인가?"

"벌을 주는 것과 벌을 빙자해서 이를 취하는 것은 다르지 않소?"

임청오는 한 발도 후퇴하지 않겠다는 기백으로 덤볐지만, 최천중의 수에 말려들어 반쯤 독기가 빠져 있었다.

"벌의 뜻과 이를 취하는 것과 겸행할 수 있는 방법이 상책이 아니겠소?"

최천중의 말은 어디까지나 부드러웠다.

"오태주가 나쁜 짓을 했다면 관에 고발해서 공정히 처단 받도록 하는 것이 옳은 일이거늘, 그것을 미끼로 양반의 규수를 상놈의 아내로 만들고, 삼만 냥 재산을 단돈 천 냥으로 갈취하려는 따위의 행실이 온당한 일이겠소?"

임청오의 이마에 굵은 힘줄이 돋았다.

"상피를 붙는 가문의 딸은 이미 양반의 규수가 아니오. 상피 붙은 사실이 탄로가 나면 삼만 냥의 재산이 아니라 삼십만 냥 재산도 오유烏有*가 되는 법이오. 황차, 목숨까지 위태롭게 될 지경이오. 나는 공정하게 거동해서 사람을 죽이고, 유족을 거지로 만들고, 딸을 노비로 만드는 비참한 일을 저지르긴 싫소. 조금 덜 공정하더라도 딸에겐 갈 곳을 찾아주고, 노인에겐 생명을 부지해주고, 가족에겐 호구할 방도를 남겨주는 것이 옳다고 생각했소. 성현의 말에도 있는 듯하오. 의를 행하고 각박한 것보다 다소의 절節을 굽히더라도 자비를 베푸는 것이 낫다고."

"그러나, 당신이 행한 짓이 비루하다는 것은 어쩔 수가 없소. 그로 인해서 남의 재산을 탐했으니 말이오."

---

* 어찌 있겠는가, 즉 있던 것이 없게 되는 것을 이름.

"말 삼가는 게 좋을 거요. 나는 탐하지 않았소. 그 노인이 죽고 나면 그 재산을 그냥 그의 손주들에게 돌려주기로 약속한 문서를 써주었소."

"그것을 어떻게 믿어요?"

임청오는 분연한 얼굴로 말했다.

"나는 나를 믿어요. 나는 내가 믿는 대로 말하고 행동하오."

나직이 이렇게 말해놓고 최천중이 언성을 높였다.

"그래, 그 노인이 관가에 붙들려 가서 난장을 맞게 해야 군자의 도리라는 것인가? 그렇다면 늦진 않았소. 지금이라도 관가에 알릴 순 있는 거니까."

"그렇게 하는 건 나의 본의가 아니오."

임청오의 말이 비로소 누그러들었다.

"그렇다면 어쩌자는 말인가? 그 불의, 그 불륜을 알고도 내가 가만있어야 한단 말인가? 그런 불의와 불륜을 안심하고 계속하도록 덮어달란 말인가? 당신이 내 앞에 나타난 목적을 말해보시오."

임청오는 묵묵히 한동안을 앉아 있더니 다음과 같이 말했다.

"오 영감은 나의 고모부올시다. 황급한 일이 있다기에 와보았더니 그런 통정이 있었소. 고모부의 행실에 분개도 했지만 동시에 최공의 행동도 비열하기 짝이 없다고 생각했소. 나는 고모부에게 자신이 한 짓에 대해 응분의 벌을 받을 것을 각오하라고 이르고, 당신의 그 비열한 책략을 힐난하기 위해 찾아온 것이오. 더욱이 나를 분개하게 한 것은, 그 아비야 어쨌건, 딸은 양반의 규수요, 내 고종 사촌이오. 듣건대 유만석이란 자는 황당 무뢰한 사람이라고 했소.

그런 사나이와 부부가 되게 강요한 처사를 나는 견딜 수가 없었소.
죄지은 고모부야 응당 벌을 받아 마땅하지만 내 고종사촌누이에게
까지 그 누를 입힐 순 없소."

"그렇다면 어떻게 하는 것이 좋겠소? 임공의 의견을 말해보우."

최천중이 너그러운 말투로 제안했다.

임청오는 왼손을 올려 갓끈을 바르게 하는 동작을 하더니 침착
하게 말했다.

"선생께 추호의 탐심도 없는 것이라면, 엊그제 내 고모부가 써 준
문서를 도로 돌려줄 수도 있지 않겠습니까?"

이건 너무도 뻔뻔스러운 소리였다. 최천중은 다시 울화가 치미는
것을 느꼈다. 그러나 가까스로 참았다.

"그렇게 쉽게 돌려줄 수 있는 문서를 무엇 때문에 내가 쓰게 했
겠소?"

여전히 부드럽게 말했다.

"그럼, 꼭 그 문서대로 하겠다는 거요?"

"아니지. 담대한 당신의 기백을 사서 그 내용을 다소 수정할 의
사는 있다는 거요."

임청오의 얼굴에 냉소가 돋아났다.

"수정을 하고 말고 할 재량권이 최공에게 있는 줄 아시오?"

최천중은 비로소 자기가 임청오에게 우롱을 당하고 있다는 것을
깨달았다. 나이 어린 소년이 꽤나 담대하다고 생각하고 호의를 느
끼게까지 했던 그의 마음이 찬물을 뒤집어쓴 꼴이 되었다. 최천중
이 싸늘하게 받았다.

"임공의 소원이 정론定論*을 따르자는 얘긴 것 같은데 좋소. 이 문제를 관가에 내어놓고 공론하기로 합시다."

"그렇게 합시다. 아까는 되도록 대사에 이르지 않도록 이 일을 수습하려고 했는데 최공의 태도를 본즉 그렇게 하긴 힘들 것 같소. 그러니 우리 서원에서 고모부 문제를 다루기로 결심했소. 동시에 최공이 취한 간교한 태도도 같이 서원에서 다룰 터이니 각오하고 있으쇼."

임청오는 당당하게 말했다.

최천중은 임청오가 서원을 들먹이는 말을 듣자 내심 움찔했다. 서원은 지방의 유생들이 모여 풍교風敎에 관한 대소사를 의논하는 곳이다. 때에 따라선 지방의 수령도 그들의 처사에 간섭하지 못할 만큼 강력한 집단이기도 했다. 뿐만 아니라, 서원에서 서독書牘**을 내리면 지방의 수령은 불문곡직하고 집행해야만 했다. 누구누구를 잡아들이라고 하면, 수령은 지명된 사람을 잡아들여야 하는 것이다. 그러나 최천중은 당황하는 빛을 보일 수는 없었다.

"좋소이다. 서원에서 대결합시다."

"그 각오 훌륭하오. 내 고모부도 응당 당하려니와 최공의 간교에 대해서도 추상같으리다. 그리고 그러기에 앞서 유만석이란 자를 오늘 안으로 끌고 가야 하겠으니 그리 아시오."

"당치도 않은 말!"

---

*   어떤 결론에 도달하여 확정된 의견이나 이론.
**   서한.

최천중이 드디어 고함을 질렀다.

"왜 당치도 않다는 말이오. 그놈은 양반의 집에 야심한 때를 틈타 침입해서 부녀자를 농락한 무뢰한 아니오. 우리 고을은 그런 놈을 용납할 수가 없소."

"꼭 그렇다면 당신 고모부인가 뭔가 하는 사람과 같이 치죄토록 해야지."

최천중이 버텼다.

임청오가 냉랭하게 말했다.

"고모부의 죄와 유가 놈의 죄는 각각이오. 우리는 기어이 유만석의 치죄부터 먼저 해야 하겠소."

그러고는 마루로 나가더니 집 밖을 향해 소리쳤다.

"여봐라!"

"여봐라!"

하고 외친 임청오의 말이 신호가 된 듯, 손에 손에 곤봉을 든 장정들이 중문 안으로 쏟아져 들어왔다. 미리 근처에 매복되어 있다가 신호를 기다려 밀고 들어오기로 계획되어 있었던 모양이었다.

임청오는 뜰을 메운 스무 명가량의 장정을 잠깐 멈추게 하곤 최천중을 돌아보고 말했다.

"그 유가 놈을 순순히 내어주면 별반 일은 없으리다. 그러나 불응하면 우리 청풍의 양반 맛을 보여줄 것인즉 그렇게 아오. 빨리 유가 놈을 이리로 내어놓으시오."

최천중은 손에 밧줄을 사려 든 연치성이 강직순과 허병섭을 데리고 바깥사랑의 모퉁이를 돌아 들어오는 것을 보았다. 연치성이 눈짓을 하며 입언저리엔 웃음을 띠었다. 안심하라는 의사 표시로 보였다. 최천중이 버럭 고함을 질렀다.

"네 이놈들! 이게 무슨 무례 막심한 짓이냐. 모두들 썩 물러가지 못할까?"

그러나 임청오는 냉소하는 눈빛으로 최천중을 힐끗 보고 자기들의 무리를 향해 물었다.

"바깥사랑의 대문도 단단히 지키고 있으렷다?"

곤봉을 든 무리들 가운데서 대답이 있었다.

"예, 열 명은 바깥 대문을 지키고 있습니다요."

답하는 투와 답하는 놈의 몰골로 보아 임청오가 상노들을 끌고 온 것이 분명했다.

"작당 행패가 어떤 것인지 알지? 이놈들, 빨리 물러가라!"

최천중이 다시 한 번 소릴 질렀다.

"우리 청풍의 양반은 떠돌이들에게 수모를 받고 가만있진 않소. 우린 작당 행패를 하려는 것이 아니라 양반의 체모를 지키려는 거요. 빨리 유가 놈을 이리로 내놓으시오."

이때 연치성이 나섰다.

"당신이 누군지 알 수 없소만 나와 상대합시다."

"나는 이 사람에게 볼일이 있지 당신에게 볼일이 있는 사람은 아뇨."

임청오가 싸늘하게 말했다.

"뭐라구? 우리 선생님께 불손한 자를 나는 가만둘 수가 없다." 고 연치성이 뜰에서 축담 위로 뛰어올랐다.

"간교한 인간을 선생으로 한 당신도 간교한 인간이구려."

임청오의 이 말이 채 끝나기도 전에 연치성이 던진 밧줄이 날더니 임청오의 다리를 휘감았다. 임청오는 사정없이 엉덩방아를 찧었다.

곤봉을 든 무리들이 와아 하고 달려들었다.

"직순이 넌 저 녀석을 빨리 묶어라."

하며 임청오를 가리켜놓곤, 연치성은 민첩하게 철추를 날리기 시작했다. 허병섭이 거꾸러진 놈으로부터 곤봉을 뺏어 들고 종횡무진으로 몸을 날렸다.

그러나 상대가 워낙 수가 많았다. 바깥문을 지키던 놈들까지 합세해서 덤벼들었다. 소문을 듣고 동네 사람들이 모여들었다. 그것이 연치성의 활약에 방해가 되었다. 엉뚱한 사람이 다칠까 보아 철추를 마음대로 날릴 수가 없었기 때문이다.

하는 수 없이 연치성도 곤봉을 집어 들었다.

이미 쓰러진 놈이 예닐곱 명 되었지만, 상대는 수를 믿고 끈덕지게 달려들었다. 두세 명을 쓰러뜨리고 난 뒤 허병섭은 기진맥진한 모양으로 위태위태했다.

연치성이 고함을 질렀다.

"동네 어른들, 밖으로 물러나주시오. 혹시 상할지 모르니 물러나주시오."

이렇게 연신 외치며 연치성이 허병섭을 끌어내어 뒤로 물러서게 하곤, 일거사타一擧四打의 술을 쓰기 시작했다. 일거사타란, 한 번의 동작으로 좌우양수左右兩手, 좌우양족左右兩足을 써서 한꺼번에 네 놈을 치는 무술을 말한다.

임청오를 묶은 뒤 강직순이 난투장으로 끼어들었다. 허병섭은 최천중에게 무리들이 덤벼들지 못하도록 하는 동시에 임청오를 감시하는 역할을 맡았다.

구경꾼들 때문에 연치성의 행동이 부자유하다는 것을 깨닫자, 과객으로 바깥사랑에 묵고 있던 이건성이 뛰어나와 동네 사람들을 문밖으로 밀어냈다. 지갑성과 심명택도 그 일을 도왔다.

이렇게 해서 뜰 안에 임청오의 패거리만 남게 되자, 연치성의 동작은 그야말로 비호와 같았다. 철추로써 한 놈의 이마를 깨고, 발로 차서 한 놈을 넘어뜨리고, 왼손으로 한 놈을 치곤 해서 순식간에 놈들의 반수 이상이 시체처럼 마당에 뻗어 늘어졌다.

그렇게 되자 몇 놈이 도망을 치려고 했다. 한데, 그것을 놓칠 연치성이 아니었다. 철추로 뒤통수를 깨고 밧줄로 아랫도리를 감고 해서 한 놈도 도망치지 못하게 막았다.

실로 거짓말 같은 일이었다.

연치성이 뻗은 놈들을 강직순과 손을 나누어 일일이 묶어선 담장에 기대 앉혀놓았다. 아직 정신이 남아 있는 놈도 있었고, 의식을 잃은 채 있는 놈도 있었다.

그 일을 마저 끝내고 연치성이 땀을 닦았다. 동네 사람들이 다시 문안으로 들어와 이 광경을 보곤 하나같이 함성을 울렸다.

이건성이 연치성의 어깨를 치며,

"훈련하는 걸 보고 범상치 않음을 알았지만 이런 신기를 가진 인물이라곤 상상도 못 했소."

하고 감탄을 했으며, 심명택도

"장비와 관운장과 조자룡을 합쳐도 연공의 무술에 따르지 못할 것이오."

하고 역시 찬사를 아끼지 않았다.

연치성은 냉수를 한 사발 들이켜고 최천중 앞으로 와서 꿇어앉았다.

"저 무리들을 어떻게 하는 것이 좋겠습니까?"

최천중은 감개무량한 마음을 감출 수가 없었다.

"연공, 수고했네."

하고 연치성의 손을 잡았다. 눈물이 터질 것 같은 심정이었다.

"한데, 죽은 놈은 없겠지?"

"죽지 않을 정도로 처치하려는 바람에 힘이 좀 들었습니다."

연치성이 보일 듯 말 듯 웃었다.

"그럼 됐어. 내가 할 일이 있으니 놈들을 당분간 그냥 둬두게."

하고, 최천중은 임청오를 방안으로 끌고 들어오라고 일렀다.

얼이 빠진 듯 임청오는 얼굴에 핏기를 잃고 있었다. 물렸던 재갈을 임청오의 입에서 빼내며 최천중이 한마디 했다.

"양반 꼴 볼 만하구려."

"이 포박을 풀어요."

핏기를 잃은 얼굴을 하고서도 임청오의 말만은 당당했다.

"양반을 이런 꼴로 만들 수가 있소? 기필 보복이 있으리다. 우리 서원 선비는 동학同學이 당한 수모를 잊지 않을 것이오. 빨리 이 포박을 푸시오."

최천중은 임청오의 얼굴을 찬찬히 들여다보며

76

"포박을 풀 수는 없어. 그 꼴로 나는 당신을 관가에 넘겨야겠어."

하고 싸늘하게 말했다.

"나를 관가에 넘기고 당신은 온전할 줄 알아?"

임청오는 앙칼지게 응수했다.

"어차피 흑백은 가려야 할 것이니까."

하고 최천중은 말을 가렸다.

"이 사태를 빚은 건 바로 너다. 네놈들이 밀고 들어와서 소란이 있었다. 다른 곳이 아닌 바로 이 집 마당에서 벌어진 일이다. 네놈들이 남의 집에 몰려들어와서 행패를 부리려고 했기 때문에 우리는 부득이 그것을 막았다. 네놈들 가운데 병신이 되는 놈이 있어도 그건 우리의 죄가 아니다. 바로 네놈의 죄다. 설사 죽는 놈이 나와도 우리의 죄가 아니다. 네놈의 죄다."

"말 삼가지 못할까? 양반을 앞에 하고 네놈이라구? 용서하지 못한다."

임청오의 고함이었다. 최천중은 어이가 없었다.

"작당 행패부리는 놈은 이미 양반이 아녀. 내 말이나 끝까지 들어. 네놈들이 들고 온 곤봉으로써도 행패의 증거는 확실해. 동네 사람들이 모두 증인이 될 거다. 우리 사랑엔 손님도 몇 분 계셔. 그분들의 증언도 있을 거야. 작당 행패가 어떤 죄에 해당하는진 꽤 똑똑한 체하는 네놈은 알고 있겠지."

"내가 까닭도 없이 거사를 했을까? 원인부터 따지면 당신도 온전치 못할걸."

"원인을 따지려면 또 원인이 있어야 할 거니, 내 걱정은 그만두고 네놈 자신의 일이나 걱정해. 작당 행패는 민란으로 친다. 더욱이 작금의 사정은 그렇게 돼 있어. 서원 내에서 하는 짓은 무슨 짓이건 네놈들이 구실을 붙일 수 있겠지. 파사현정破邪顯正이니, 억강부약抑强扶弱이니, 풍교진작風敎振作이니, 사문시정斯文是正이니 하여 관을 속일 수도 있고, 선비의 위세로써 깔아뭉갤 수도 있겠지만, 내가 너를 보낼 곳은 서원이 아니고 관가라는 사실을 알아둬. 상노를 작당케 하여 사가私家를 침노한 행위는 민란에 준하는 죄가 아니면, 화적에 준하는 죄가 된다는 것쯤은 알고 있겠지…?"

하고 최천중은 서함에서 한 통의 서장을 꺼내놓고 말을 이었다.

"네놈은 이 고을의 향반으로서 행세깨나 하는 집안의 아들인 모양이라, 현감쯤은 마음대로 주무를 수가 있다고 생각할지 모르지만, 내가 한 소청은 그렇겐 안 될 거야. 이걸 봐, 이건 현감 우석규 공이 내게 보낸 서장이다."

그 서장은 대사大事를 미리 알려주어 처사를 할 수 있었다고 해서 감사의 뜻을 간절하게 전해 온 우석규로부터 최천중 앞으로 보내온 것이었다. 그 문면文面을 읽자 임청오의 얼굴에 놀란 빛이 돋았다.

그쯤 해놓고 최천중이 연치성을 불렀다. 연치성이 나타나자,

"연공, 오늘은 수고가 많았지만, 또 한 번 수고해줘야겠다. 내가 서장을 쓸 터이니 그걸 갖고 현감에게 가줘야겠다."

하고 지필을 챙기며 먹을 갈게 했다.

최천중이 쓴 서장은 다음과 같았다.

'거두절미하고 화급하게 다음과 같은 사실을 전하오. 임청오란

자가 상노들을 모아 작당하여 백주에 화적질을 하러 내가 묵고 있는 집을 침노하였기에, 수괴 임청오 외 28명을 모조리 포박해두었은즉 즉시 이졸을 보내 붙들어 가기 바라오. 그들의 행위는 천인공노할 일인즉, 법에 비춰 엄벌로 다스리도록 하시오. 그 결과 여하에 따라서 조정에 고하여 중상重賞이 있도록 알선하겠소. 한 치 반 치도 재량의 여지가 없는 놈인즉, 수괴 임청오는 사죄死罪가 마땅하리라 생각하오. 한데, 임은 간지奸智가 지극히 발달해 있는 놈이라 횡설수설함에 혹세무민할 우려마저 있으니, 현감의 명찰明察이 흐리지 않도록 각별한 조심이 있어야 할 것 같소. 작당 행패의 증거는 명확하오니, 요구가 있는 대로 그 증거와 증인을 제시하도록 하겠소. 저번의 서장은 잘 받았소. 앞으로도 신의를 지키면 공에게 빛나는 영화가 있을 것이오.'

임청오가 충분히 볼 수 있도록 운필運筆하곤 먹물이 마르기를 기다려 접어 봉투에 넣었다. 그리고 그걸 연치성에게 건네며 다음과 같이 일렀다.

"말을 타고 가면 반각이면 되겠지. 헌데 돌아오는 길에 권번券番에 들러 창 잘하고 춤 잘 추는 기생을 몇 불러오게. 소동을 부려 손님들의 마음을 불안케 한 점이 송구해서 사과의 잔치를 베풀까 해서 그런다."

"예."

하고 연치성이 일어섰다.

이때 임청오의 말이 있었다.

"내게도 할 말이 있소. 내 말을 듣고 난 뒤 그 편지를 보내도 늦지 않을 것이오."

"그럼 그 말이란 걸 한번 들어보지."

하고, 최천중은 연치성에게 잠깐 바깥에 나가 있으라고 했다.

"일을 크게 벌여 무슨 소득이 있을 줄 아시오?"

임청오가 힐문조로 시작했다.

"일을 크게 벌인 사람은 누구지? 바로 네놈이 아닌가."

"네놈, 네놈 하지 마시오. 나는 패했을망정 그런 멸칭을 받을 신분은 아니오."

"쓸데없는 소리 그만하고, 하겠다는 얘기가 뭔지 그것부터 말해봐!"

"당신이 현감과 어떻게 통해 있는진 알 수 없으나, 나를 관가에 넘기면 당신에게도 좋은 일이 없을 것이오. 우리 집안은 이 고을에서 삼백 호를 넘는 호족이오. 게다가 청풍의 유생들은 하나 빠짐없이 내 편을 들 것이오. 현감도 감히 내겐 호락호락 대할 순 없을 것이오. 괜히 일만 번거롭게 만들고 실리가 없는 짓은 삼가는 게 좋을 것이오. 그러니 그런 어리석은 수작 말고 나의 결박이나 푸시오."

"어리석은 짓인지 아닌지는 뒤에 가서 알 일. 분명히 말해두거니와 나는 네놈을 용서할 수가 없다. 나를 간교하다고 한 놈을 나는 용서 못 해!"

"내가 당신의 행실을 불문에 부칠 것인즉, 서로 화해함이 어떻소?"

묶인 채로 있으면서도 임청오는 여전히 늠름했다. 한편 괘씸하면서도 그러한 임청오의 태도가 최천중의 마음에 들기도 했다. 아닌

게 아니라, 관가에 넘긴다고 해도 일만 번거롭게 될 뿐, 그야말로 태산명동泰山鳴動에 서일필鼠一匹의 격이 될 것은 빤한 일이었다. 그러나 서둘러 굽힐 필요는 없었다.

"네놈이 부복하여 내게 사죄하면 모르되, 그러지 않곤 어림도 없다."

최천중이 이렇게 말하자 임청오는 분명히 받았다.

"선비의 체면을 상하게 하면 어떻게 되는 줄 아시오?"

"묶인 선비의 체면, 알량도 하구먼."

최천중이 냉소했다.

"불리해서 포로의 신세가 되었을망정, 나는 항복하지 않겠소."

"그 뜻 장하시구려."

하고 최천중은 연치성을 부르려고 했다. 그러자 임청오가 말했다.

"당신은 나와 영영 원수가 되길 원하오?"

"나는 누구하고도 원수 될 생각은 없어. 그러나 원수가 되겠다고 덤비는 자에겐 원수가 되어주지. 당초 원수가 되겠다고 덤빈 건 임공이 아닌가?"

최천중이 비로소 '네놈'이라는 호칭을 '임공'이라고 바꾸었다.

"나는 사리를 밝히려고 했지, 원수 되길 원한 것은 아니오."

임청오의 말도 부드러워졌다.

"작당 행패를 작정하고서도 원수 되길 원하지 않았다고?"

"혈기에 따른 객기란 것도 있지 않겠소. 게다가 생각해보시오. 그 아비의 약점을 잡고 양반의 딸을 상놈에게 붙이려는 수작은 인류의 도리에 어긋나는 짓이 아니오? 군자는 과오를 범하되, 고칠 줄을 알아야 하오. 그 한 가지 사실만 고친다면 내겐 더 말할 게 없소. 당신에게 항복해도 좋소."

최천중은 묵묵히 듣고만 있었다.

"그리고 또 한 번 생각해보시오. 관가에 가서 일을 꾸며보았자 피차 좋을 것이 없지 않겠소. 나로 말하면 고모부 집안의 추잡한 일을 만천하에 폭로해야 하고, 당신으로 말하면 그 비루한 짓을 공개해야 되니까요. 나를 놓아주면 고모부의 일가를 딴 곳으로 이사를 시키겠소. 바라는 바는, 고종사촌누이에 관한 일은 없던 것으로 해주어야겠소. 그렇게만 해주시면 바깥에 있는 무리들은 뒤탈 없이 내가 데리고 가겠소. 서원에서 일을 꾸미는 일도 없게 하겠소."

장부는 결단이 빨라야 하는 것이다.

최천중이 '좋다'고 하고 연치성을 불러 임청오의 결박을 풀어주라고 했다. 그리고 결박이 풀린 임청오 앞에 지필을 내밀었다.

"작당 행패를 사과하고, 다신 오태주 문제를 두고 시비하지 않겠다고 써라. 그 대신 오태주의 딸과 유만석의 일은 없었던 것으로 해두겠다."

임청오는 묶었던 팔을 한참 동안 주무르고 있더니 붓을 들었다.

깊이 작당 행패를 뉘우치고 오씨의 일은 거론하지 않으리라. 임청오 약속함.

심회작당행패深悔作黨行悖 막담가지莫談家之事 임청오약林淸五約.

최천중은 넋을 잃었다. 그 필세筆勢가 너무나 수발秀拔했기 때문이다.

그렇게 수발한 필세를 가진 사람이 범상한 인물일 수가 없었다.

최천중은 한참 동안 그 글씨를 들여다보고 있다가 부싯돌을 쳐서 불을 일구어 그 종이를 불살라버렸다. 그리고 아연해서 최천중의 동작을 지켜보고 있는 임청오에게 새 종이를 밀어놓았다.

"아까의 것은 그 좋은 필세로써 쓸 문자가 아니었소. 여기 임공의 마음이 내키는 대로 문자를 쓰시구려."

임청오는 최천중의 말의 함축을 이해했다. 얼굴에 미소가 돋아났다. 그는 다시 붓을 들어 먹흔이 선명하게 다음과 같이 썼다.

비가 멎고 바람이 끝나니, 명월이 하늘에 있더라.

우정풍지雨停風止 명월재공明月在空.

망설이는 임청오에게 최천중이 서명을 청했다. 임청오는 그 글귀 옆에 '갑자춘甲子春 임청오서林淸五書'라고 썼다.

"글씨 공부를 언제부터 했소?"

"다섯 살 되던 해부터 했습니다."

"한석봉韓石峯 후의 명필인가 하오."

"과찬인가 합니다. 그리고 말씀을 낮추시기 바랍니다."

최천중이 애매하게 웃었다.

이때까지 맞서서 싸운 일들이 쑥스러웠던 것이다.

"임공, 바깥에 있는 사람들을 어떻게 처리해야 할 게 아닌가?"

해놓고 최천중은 연치성에게 놈들의 결박을 풀어주라고 했다.

"돌려보내도 좋습니까?"

임청오가 최천중의 눈치를 살폈다.

"병신 된 놈이 있을까 해서 걱정이오만 걸을 수 있는 놈은 돌려보내슈. 모두들 돌려보내고 난 뒤, 나 임공에게 할 말이 있소."

임청오가 일어서서 밖으로 나갔다. 그리고 데리고 온 사람들에게 뭐라고 말했다. 떼를 지어 가지 말고, 두세 사람씩 사이를 두고 나가라는 지시인 것 같았다. 철추를 맞은 자의 얼굴에 핏자국이 있었지만, 다행히 병신이 된 놈은 없었다. 방으로 돌아와 임청오는 병신이 된 놈이 없어서 천행이라고 했다.

"그게 우리 연공의 특출한 기술이오. 상대방을 무찌르되 죽이지 않고 병신 만들지 않거든."

"아닌 게 아니라 그 연치성이란 분, 실로 대단한 인물로 보았습니다. 세상에 그런 인물이 있을 줄은 꿈에도 생각할 수 없었습니다. 충심으로 탄복해마지않습니다."

임청오가 진정을 말하고 있다는 것은 그 표정으로써도 알 수가 있었다.

"가히 신기를 가졌다고 할 만한 인물이지."

최천중이 흐뭇하게 말했다.

"어디서 그런 신기를 익혔습니까?"

"대국에서 십 년 동안을 익혔다오. 그러나 십 년 익혔다고 해서 될 일이겠소? 타고난 자질이지."

"한데, 선생님과는 어떻게 되는 사이입니까?

"우리는 형제요. 성은 다르지만 피로 맺은 형제 이상의 형제요.

거, 말이 있지 않소. 생일은 각각 달라도 사일死日은 같이하라는….
우리는 그러한 동지이며 형제요."

"선생을 모시고 있는 사람들은 모두 특출한 기술을 가지고 있는
가 본데, 어떤 인연으로…"

임청오는 최천중에 관한 모든 것이 궁금한 모양으로, 이렇게 묻
기 시작했다.

"모두들 기막힌 인연으로 모여든 사람들이죠. 그리고 모두들 일
당천하는 기량을 가진 사람들이구요."

최천중은 자랑스런 말투가 되었다.

그러자 임청오는 조심스러운 얼굴이 되더니,

"그렇다면 유만석이란 자에게도 특출한 기량이 있다는 말씀입니
까?"

하고 은근히 물었다.

최천중이 정색이 되었다.

"물론이오. 나는 특출한 인물 아닌 사람을 내 주변에 두지 않
소."

"어떤 점이 특출합니까?"

"그 물음에 답하기 전에 내가 묻겠소. 임공은 유만석을 데리고
가려고 했는데 그놈을 데리고 가서 어떻게 할 작정이었소?"

"상놈의 분수를 지키라고 가르칠 참이었습니다."

"그놈이 상놈이란 걸 어떻게 알았소?"

"아무리 양반의 복색을 꾸미고 있기로서니, 그것을 간파하는 안
력眼力이야 없겠습니까?"

"그럼 또 묻겠소. 양반은 무엇이며, 상놈은 무엇이오?"

"자고로 반상의 별別이 있지 않습니까."

"반상의 별이 족보로써 정해진다는 얘기요? 당자의 몸가짐으로써 정해진다는 얘기요?"

"첫째, 족보에 의거해야 하지 않겠습니까?"

"족보는 누가 만들었소?"

"…"

"사람이 만든 것 아니오?"

"사람이 만들었지만 유래에 의해 만든 것이 아니겠습니까?"

"유래란?"

"나라에 공이 있었거나 학문이 깊거나 덕이 높거나 하는 것이 유래가 아니겠습니까."

"나라에 공이 있기론 농사를 짓는 농부를 따르지 못할 것이고, 집안이 넉넉하면 공부할 수가 있고, 공부할 수가 있으면 학문은 깊어질 것이고, 따라서 덕이 높아질 것 아니겠소."

"그렇게도 말할 수 있겠습니다."

"그렇다면, 지금 이 나라에 행해지고 있는 반상의 별이 순리로운 것이라고 임공은 생각하오?"

"순리와 역리를 따질 것이 아니라, 세상의 관행을 중히 여길 뿐입니다."

"세상의 관행이 나쁜 것이라면 응당 고쳐야 할 것 아니오?"

"반상을 구별하는 관행을 나는 나쁘다고 생각하진 않는데요."

"나는 그렇게 생각하지 않소. 나는 반상의 구별을 이대로 두면 나라가 망할 것이라고 생각하오. 그래서 나는 반상을 구별하지 않소. 상놈이라도 역량이 있고 재능이 있으면 이를 높이 보고, 비록 양반이라도 역량과 재능과 수신이 없으면 썩은 자로서 멸시하오. 유만석은 고아로서 자랐소. 그 고아를 세상이 상놈으로 만들었소. 상놈으로서 혹사당하고, 상놈으로서 학대를 받았소. 그러니 그놈은 나름대로 살 수밖에 없었소. 그가 자기의 운과 생명을 걸고 양반들에게 항거하는 짓을 한다 해도 도리를 가지고 그를 책할 순 없소. 양반이 권세를 업고 그놈을 누를 순 있어도, 그놈이 잘못한다고 따질 순 없단 말요. 그놈은 양반들로부터 너무나 심한 박해를 받았소."

"그럼 유만석이 한 짓을 옳다고 봐야 한다는 말씀인가요?"

임청오는 정색이 되어 있었다.

"옳다고 하는 얘기는 아니오."

최천중이 다시 너그러운 표정으로 돌아가서 말을 이었다.

"옳고 옳지 않고가 문제되는 것은 아니지. 그놈의 실상이 그렇단 말요."

"순풍양속을 더럽히는 짓은 용서할 수 없는 일 아니겠습니까."

"그건 상놈에게만 해당되는 문제가 아니지 않소. 내가 말하는 것은, 상놈이라고 해서 더욱 가혹하게 대하는 짓은 인도에 어긋난다는 거요."

"반상의 별이 없으면 법도가 서지 않을 것입니다."

"임공의 말을 모르는 바는 아니오. 그러나 유만석 같은 놈이 살아가는 길은 임공이 살아가는 길관 다를밖에 없소. 그는 남의 눈

87

을 속여야만 생명을 부지할 수가 있었고, 거짓말을 해야만 산 보람을 만들 수가 있었고, 과부를 노리고 겁탈하는 것으로 낙을 삼을 수밖에 없는 인간이오. 그러다가 붙들리면 맞아 죽기도 하겠지만, 상노로서 구박받고 팔십 세를 사느니보다 마음대로 하다가 맞아 죽는 편을 그놈은 택할 거요."

"한데, 선생님은 그런 짓을 용납하시겠다는 말씀입니까?"

"세상엔 용납 못 할 일이 한두 가지 있는 게 아니오. 조정에 높은 대관들이 정사하는 꼴도 아니꼽고, 수령과 방백이 토색질하는 꼴도 아니꼽고, 이서吏胥들이 농간하는 꼴도 아니꼽고, 양반들이 행패하는 꼴도 아니꼽소. 그 모든 아니꼬운 꼴을 보아도 참을 수밖에 없는데 왜 하필 우리 만석의 잘못만을 따져야 하겠는가, 이 말이오."

"그래 그런 짓을 앞으로도 용인하시겠다, 그 말씀이신지요?"

"내게 해가 안 되면 용인할밖에요."

최천중이 이렇게 단언했다. 임청오는 도무지 납득이 안 간다는 표정으로 다시 물었다.

"그렇다면 아까 내가 유만석을 붙들어 가려고 한 처사가 잘못되었다는 뜻이 되겠습니다?"

"임공의 처지로선 잘못이라고 할 수 없겠죠. 그러나 실패하지 않았소? 실패하는 짓은 말아야지."

"연치성 같은 분이 있을 줄 어떻게 알겠습니까?"

최천중은 '핫하' 하고 웃었다.

그리고 말했다.

"임공은 앞으로 크게 출세할 사람 같소. 자중면려自重勉勵하시오."

"고맙소이다. 앞으로의 훈도 있으시길 바랍니다."

"나 같은 간교한 놈의 훈도가 무슨 소용이겠소."

"그 말은 없었던 것으로 하십시오. 심히 송구스럽습니다. 선생님의 훈도를 진심으로 바랍니다."

"나도 임공과 같은 인재하곤 동지가 되고 싶은 마음 간절하오만, 반상의 별을 두고 나눈 얘기를 볼 때, 나하곤 뜻이 대단히 다른 모양이어서 유감이오."

"내 생각이 못 미친 탓인지 모릅니다."

"하여간 아까 한 내 말, 신중하게 생각한 끝에 혹시 내 말을 이해할 수가 있거든 다시 한 번 찾아주시오."

최천중이 임청오를 보내놓고 긴 한숨을 쉬었다. 지겹고 긴 날이기도 했다.

옥석불이 강자류

玉石不二江自流

임청오를 보내놓고 최천중은 한참 동안 생각에 잠겼다. 유만석을 어떻게 처리해야 할까 하는 문제였다. 그 바탕을 꺾어버릴 수도 없고, 그렇다고 해서 방치할 수도 없으니 딱한 일이었다. 만석이 한 짓이 옳고 옳지 않고에 문제가 있는 것이 아니라, 앞으로의 일에 유리할까가 문제인 것이다.

아무튼 당분간 만석의 신분을, 아니 그에게 대한 처우를 상노로서 해야 하겠다고 일단 마음을 먹었다. 그렇게 하려면 이름부터 종전의 '만돌'로 환원시켜야만 했다. 복색도 상놈의 것으로 입히고…. 이렇게 마음을 정하곤 최천중이,

"만석을 불러오라."

고 연치성에게 일렀다.

"아까부터 만석이 보이질 않습니다."

하는 연치성의 답이 있었다.

"그놈은 이제부터 만돌이다. 만석이가 아니다. 연공도 그렇게 알

아라. 한데, 빨리 만나야 하겠으니 찾아봐라."

조금 있더니 연치성이 허병섭을 데리고 들어왔다.

"만석 형님의 행낭이 없습니다요."

허병섭의 말이었다.

"아마, 어디로 도망친 것 같습니다."

연치성이 말을 보탰다.

"그랬을지도 모르지."

최천중이 중얼거렸다. 자기 때문에 소동이 인 것이고 보니 겁을 먹고 도망을 쳤으리란 짐작이 갔다. 그리고 막상 도망을 쳤다고 생각하니 언짢은 기분이 들었다. 뭐니 뭐니 해도 놈에게 정이 들어 있었던 것이다.

최천중의 어두운 표정을 보자, 연치성이 위로하는 뜻을 곁들여 말했다.

"또 불쑥 나타날 것입니다. 과히 걱정하지 마십시오."

"키우던 개가 없어져도 걱정이 되는 법인데 하물며…."

"하기야 그런 짓을 하다가 맞아 죽을지도 모르는 놈이니."

하고 연치성도 걱정스런 얼굴이 되었다.

"맞아 죽는 걸 겁낼 놈은 아녀. 그러나…."

"한번 찾아볼까요? 직순이와 병섭을 데리구."

"찾을 것까지야 없다. 그놈 간 곳을 대강 알 것 같다."

"어디로 갔겠습니까?"

"우선은 그리로 갔을 거다."

하고, 최천중은 부안에서 오는 도중에 이틀 밤을 묵은 적이 있는 낙가산 영천사를 들먹였다.

영천사에서 있었던 일을 대강 알고 있는 연치성은 깜짝 놀랐다.

"그렇다면 빨리 뒤쫓아가서 붙들어 와야 하겠습니다."

"뒤따라갈 것도 없어."

"그러나 그동안 무슨 일을 저지를지 모르지 않습니까?"

뻔한 일이었다. 영천사에 가서 주지승을 구슬러 경씨네 집의 며느리를 데리고 오라고 수작을 부릴 것이었다. 최천중은 어이가 없어 웃었다.

"혹시 무슨 변이라도 당하면…"

연치성이 불안한 모양이었다.

"도리가 없지. 그러나 그 방면의 지모는 대단한 놈이니까 변을 당하는 일은 없을 거다."

"아닙니다. 그리로 간 것이 확실하다면 뒤쫓아가서 붙들어 와야겠습니다. 말을 타고 뒤쫓으면 영천사에 가기 전에 그놈을 붙들 수가 있을 겁니다."

최천중의 짐작 그대로 유만석은 낙가산 영천사로 갈 양으로 길을 떠났다. 그러나 그는 그곳으로 직행하지 않고 먼저 청풍 성내로 들어갔다.

성내에 들어선 유만석은 '온락집'이라고 불리는 주막에 들어 바깥 거리가 내다보이는 자리를 잡고 앉아 술을 청했다. 그 주막집 앞길을 조趙가란 이방이 해 질 무렵이면 지나가게 돼 있었다.

유만석이 두 잔째의 술을 마시고 있을 때 조가가 지나갔다. 만석은 얼른 술값을 셈해주고 조가의 뒤를 따랐다. 조가는 꾸불꾸불 골목길을 돌아 자기 집으로 들어갔다. 그걸 확인하고 나서 만석은 근처의 주막에 들었다. 그리고 밤이 깊도록 거기서 버틸 작정이었다. 조가의 버릇을 대강 알고 있는 유만석은, 이경이 될 때까지 조가가 집에서 나오지 않으면 그날 밤엔 첩댁으로 안 간다는 것을 짐작할 수가 있는 것이다.

이경이 되도록 술을 마시고 나니 만석은 거나하게 취했다. 돼지 족을 안주로 먹어놨더니 배 속이 든든하기도 했다. 그는 어슬렁어슬렁 길을 걸어 조가의 첩댁 근처에 와서 주위의 동정을 살피곤, 그 집 담을 휙 넘어 들어갔다. 만석은 어느덧 담을 넘는 기술엔 익숙해 있었다. 한 손을 담 위에 짚고 힘껏 뛰면 담 위에 몸을 살짝 붙일 수가 있고, 그 뒤엔 소리를 죽이기 위해 담벽을 타고 조용히 내려서면 되는 것이다.

발자국 소리를 죽이고 걸을 수 있는 것도 만석의 기술이었다. 그는 가만가만 조 이방의 첩이 거처하고 있는 방 가까이로 갔다.

불은 꺼져 있었다. 봉창에 귀를 갖다댔다. 잠자는 여자의 숨소리가 들렸다. 분명히 한 사람의 숨소리였다. 살그머니 방 뒷문으로 돌았다. 화냥기가 있는 여자의 방엔 으레 뒷문이 있는 법이다.

문고리를 잡고 끌어당겨보았다. 안으로 걸려 있는 모양으로, 문은 까딱도 하지 않았다. 그렇다고 해서 구애될 일은 아니다. 만석은 곰방대를 꺼내 문고리 근처의 창을 뚫고 쑤셔 넣어 안으로 걸린 문고리를 벗겼다. 곰방대가 뚫어놓은 창구멍쯤은 뒷날 간단하게 메울 수가 있었다.

만석은 신을 벗어 털어선 한 손에 쥐고 방문을 열었다. '끽' 하는 소리와 '덜컥' 하는 소리가 있었지만 잠자는 여자는 깨닫지 못했다. 방으로 들어선 그는 부싯돌을 꺼내어 불을 일구어 호롱에 불을 켰다. 어두운 곳에서 덮쳐 여자를 놀라게 하면 고함을 지를 염려가 있기 때문이다.

호롱불 아래서 보는 여자, 단양댁이라고 불리는 그 여자의 잠자는 얼굴은 참으로 곱다. 아미를 친 반들반들한 이마, 귀여운 콧날, 홑겹으로 된 속적삼 속으로 모양 좋게 젖꼭지까지 보이니 환장할 지경이었다. 씹어 먹어도 비린내가 나지 않을 것 같은…. 그런데 이 아름다운 여자가 늘그막에 들어선 조가란 사내의 물건이라니….

만석은 콧방귀를 뀌어보곤 어깨에 손을 얹어 살래살래 흔들었다. 단양댁은 이윽고 눈을 떴다. 깜짝 놀라려다가 불빛에 비친 만석의 얼굴을 보자 말없이 후닥닥 일어나 앉았다.

"아, 이 누구? 누구유?"

"한양 낭군 유 도령을 몰라? 임 찾아왔지. 겁낼 것 없어. 조가란 늙은 서방, 이 밤엔 오지 않을 거니까."

"어떻게 주인이 안 오신다는 걸 알았수?"

단양댁도 짐작하는 일이었지만, 만석이 그렇게 단언하는 사연을 알고 싶었다.

"좌시천리요, 입시만리라."

유만석이 최천중의 문자를 슬쩍 빌렸다.

"무식해서 소첩 유식한 문자 못 알아듣겠네유."

"못 알아들어도 상관없어. 그놈의 영감이 오지 않는다는 것만 알면 돼."

하고 유만석이 홀떡홀떡 옷을 벗고 이불 속으로 기어들며 단양댁을 끌어들였다. 단양댁은 항거하는 듯 마는 듯 끌려 들어왔다. 유만석의 한 팔이 단양댁의 목덜미를 안은 채, 한 손은 재빠르게 움직여 여자를 알몸으로 만들어버렸다.

"간이 배 밖에 나온 양반이유."

하면서도 단양댁은 주물러지는 떡처럼 몸을 만석이 하는 대로 맡겼다.

"간이 배 속에 있는 놈은 여자를 마다하는가?"

"어찌 남의 여자를 탐할라구요."

"남의 여자? 뿌리가 있어 땅속에 박혔나? 끈에 매인 짐승인가? 이렇게 하면 내 여자지. 어떻게 남의 여자일 수 있어?"

"구변도 좋아라."

"구변이 아니라 이처럼 임자의 몸이 후끈 달아 있잖나. 남의 여편네가 이렇게 후끈 달아? 내 것이라는 증거지."

하고 유만석이 이불을 젖히고 작동을 시작했다. 단양댁은 저도 모르게 비명을 올렸다. 만신이 녹아 환영歡迎의 언덕이 촉촉이 젖어 만발한 모란꽃처럼 활짝 열려 있는데도, 언제나 만석의 작동이 시작될 찰나엔 벌겋게 달은 철봉이 몸 전체를 관통하는 느낌으로 순간 비명이 새어나오는 것이다.

비명은 곧 흐느낌으로 바뀌었다. 만석의 줄기찬 작동으로 인해 그 흐느낌은 이윽고 만현滿絃의 활처럼 팽팽해져선 곧 작렬할 단계로 옮아간다. 그리고 맹렬한 경련을 일으키곤 단양댁의 몸은 죽은 것처럼 경직한다.

이렇게 해서 일합을 끝내고 나면, 유만석이 잠깐의 사이를 두고 서서히 제이합의 작동을 개시한다. 완급과 고저를 감안하고, 전진 후퇴의 기술을 다하는 것은 제이합의 단계부터이고, 제삼합에 이르러선 음양의 위치를 바꾼다. 대강 여체는 그러한 것이지만, 더욱이 단양댁의 경우는 제삼합 때부터 새로운 정염에 싸이게 되어 무아몽중, 유만석의 뜻대로, 시키는 대로 따른다. 이때 지르는 단양댁의 비명은,

"나를 죽여줘유, 죽여줘유, 죽여줘."

하는 표현으로 고비를 이룬다.

"죽여주지."

하며 유만석은 음양의 위치를 다시 바꿔 제오합으로 들어서는 것인데, 단양댁은 실신할 정도의 황홀 속에서도 유만석의 불가사의할 만큼의 그 사내다운 힘을 갸륵하게 여기는 한 가닥의 마음을 가지게 되어 더욱 행복해지는 것이다. 들키기만 하면 목숨이 날아갈 지경인데도, 그 칼날 위를 걷는 위험을 범하지 않을 수 없는 자기를 발견하기도 하는 것이다.

원래 호색한 여자로서 이렇다 하는 사내를 샛서방으로 해본 적이 두서너 번 있었던 일이 아니었지만, 이 '한양에서 온 유 도령' 같은 사람은 일찍이 겪어보지 못했던 터였다. 단양댁은 이미 만석의 술중術中에 완전히 빠져들어 있었다.

뿌여니 창문이 밝아올 무렵 제육합이 끝났다. 여느 때 같으면 칠합까지 가는 것이었지만, 그날만은 사정이 달랐다.

유만석이 주섬주섬 옷을 챙겨 입는 것을 보고 단양댁이 물었다.

"어찌된 영문이우?"

"나는 오늘 먼길을 떠나야 해."

단양댁이 황급히 몸을 일으켰다.

"그게 무슨 말이유?"

"말이 아니라, 사정이 그렇게 됐어."

유만석이 거두절미하고 영천사엘 갔다 와야겠다고만 했다.

"얼마쯤 걸릴까유?"

"임자의 마음에 달렸지."

"내 마음에유?"

"그래."

"어떤 마음이면 빨리 오시겠시유?"

"임자가 돈 백 냥, 포목 열 필을 주면 한 달 만에 올 것이고, 돈 쉰 냥, 포목 다섯 필을 주면 두 달 만에 올 것이고, 돈 서른 냥에 포목 세 필이면 반 년 만에 올 것이고, 아무것도 주지 않으면 일 년 쯤 지나서야 올 것이구."

"이렇게 좋은 것을 일 년 동안이나 잊고 살겠시유?"

단양댁의 목소리는 처량했다.

"도처에 춘풍이라, 나는 과히 걱정하지 않아. 어딜 가나 여자는 있을 테니까. 마음이 귀하지 몸뚱이가 귀한 건 아녀."

만석이 채비를 차리고 일어섰다.

"조금만 기다려유."

단양댁이 농문을 열더니 포목 열 필을 꺼내놓았다.

"우리 아버지 논 사주려고 모아놓은 것인데유, 가지고 가세유."

하더니 또 농 바닥을 뒤져 엽전 묶음 열 개를 꺼냈다.

"돈은 열 냥밖에 없어유. 이거라도 갖구 노자나 하세유."

유만석이 포목을 행낭 속에 집어넣고 돈은 허리에 찼다.

"임자의 마음 알겠어. 한 달 후에 꼭 오지. 그때 내 임자를 한양으로 데리고 가지. 임자의 성의가 이와 같으니 한양에서 볼 일은 수월하게 될 거여."

일어선 유만석의 바짓가랑이에 매달린 단양댁은 한동안 눈물을 짰다.

"그럼 잘 있어."

가볍게 단양댁의 어깨를 두드리고 그 잡은 손을 풀고 유만석은 뒷문으로 해서 바깥으로 나왔다.

아침 공기가 싸늘했다. 정신이 번쩍 드는 느낌이었다.

성문을 빠져나와 길가 주막에 들었다. 그날은 장날이었던가, 주청은 새벽인데도 사람들이 들끓고 있었다.

봉놋방 따스한 곳으로 비집고 들어가 괴나리봇짐을 내려놓고 술과 국물을 청했다. 술 석 잔과 따끈한 국물 두 사발을 마시고 해장을 하고 나니 취기와 더불어 졸음이 왔다. 유만석은 괴나리봇짐을 베고 벽에 착 붙어 잠길에 빠져들었다.

꿈속에 최천중이 나타나서,

"이놈아, 어디로 가려느냐?"

하고 고함을 질렀다.

"선생님, 용서하세요. 꼭 성공해 갖고 돈 많이 벌어 갖고 선생님

옆으로 갈게요. 선생님 용서하세요."

꿈속인데도 유만석은 하염없이 눈물을 흘렸다. 눈물에 흥건히 젖은 유만석의 잠자는 얼굴을 훔쳐본 장꾼들은 유만석을 부모의 부음을 듣고 고향으로 돌아가다가 지쳐 잠이 든 선비일 것이라고 추측하는 말을 주고받았다.

청풍서 진천 가섭산迦葉山까진 백 리 길이 훨씬 넘는다. 게다가 대림산大林山을 비롯한 몇 개의 험산을 넘어야 한다. 그러나 유만석에겐 구애될 것이 없었다. 긴한 일, 바쁜 일이란 없는 것이다. 가는 곳마다에 주막이 있을 것이었다.

그래도 약간 우울한 것은 날씨가 추운 것과, 은인이라고 할 수 있는 최천중에게 한마디 말도 없이 떠나왔다는 사실이었다. 이렇게 떠나고 보니 최천중의 인자하고 다정한 마음이 사무치도록 그리워지는 것을 어떻게 할 수 없었다.

성문 밖 주막에서 실컷 자고 점심때가 넘어서야 청풍을 떠났기 때문에 유만석은 삼십 리도 채 못 걸어서 석양을 맞이했다. 반촌 하나가 먼빛으로 나타났는데 그 마을을 지나면 인가가 없어질 것 같아서 주막을 찾기로 했다.

동구 근처에 주막이 있었다. 그런데 금방이라도 찌그러질 듯 퇴락해가는 집이었다. 주인이 거처하는 방에 잇따라 봉놋방 하나가 있을 뿐이었고, 저만큼 움막이 있는 것은 측간으로 보였다.

"하룻밤 묵고 갑시다."

하고 주인을 찾았더니 초로의 여자가 부엌에서 얼굴을 내밀곤 턱으로 봉놋방을 가리켰다. 봉놋방에 들어섰다. 휑하게 냉기가 도는 것은 그만큼 손님이 없다는 증거이다. 그런데 저편 구석 쪽에 웅크리고 앉은 사람이 있었다. 사람이라기보다 짐승을 닮은 몰골이었다. 유만석이 읽은 이야기책에 '봉두구면'이란 말이 간혹 있었는데, 분명히 상투는 있었지만 칡뿌리를 감아 아무렇게나 틀어 올린 것 같은 상투를 사이에 두고 헝클어진 삼다발 같은 머리칼이 앙상했다. 그런 몰골이고 보니 나이를 알 수가 없었다. 유만석은 그와 조금 떨어진 곳에 자리를 잡고 괴나리봇짐을 내렸다. 그리고 같은 방에 있으면서 잠자코 있기가 거북해서 먼저 말을 걸었다.

"나는 유만석이란 사람이오."

"나는 박돌쇠라고 하오."

뚜벅 대답이 돌아왔다. 추한 몰골과는 달리 음성은 카랑했다.

"어디에 사십니까?"

"강원도 산골에 사오."

"어디로 가는 길이오?"

"청풍엘 가오."

"무슨 일로요?"

"나는 꿀장수요. 꿀 팔러 가오."

구석에 멜빵을 엮어놓은 항아리가 꿀 항아리로 보였다. 큰 항아리였다. 저 항아리를 꿀로 가득 채운 채 짊어지려면 이만저만한 힘으로선 안 될 것이란 짐작이 들었다.

"그 항아리가 꿀 항아리요?"

"그렇소."

"꽤 무겁겠네요."

"나락 두 섬의 무게는 될 거요."

"허어."

하고 만석이 감탄했다. 나락 두 섬 무게가 되는 항아리를 지고 강원도에서 여기까지 온 사람이라면 가히 장사라고 할 수가 있었다.

만석의 머리에 스르르 엉뚱한 생각이 괴기 시작했다. 그러나 그 생각을 당장 털어놓을 수도 없어, 때를 기다리기로 하고 다음과 같이 말해봤다.

"꿀이란 건 달고도 단 것인데, 그렇게 좋은 걸 파는 장수는 좋은 장수요."

"헛허."

하고 돌쇠는 웃더니 중얼거렸다.

"꿀벌의 먹이를 훔쳐 파는 도둑질인걸요. 좋은 일이라고 할 수는 없지."

투박하고 미련스런 몸집에서 나오는 말치곤 꽤나 섬세하다고, 만석은 혀를 내둘렀다. 그래, 넌지시 말했다.

"사람은 그렇게 해서 먹고사는 건데 도둑질이라고까지야 할 수 있겠소?"

"하기야 그렇죠. 꿀벌은 부지런해서 먹고 남을 만큼 꿀을 만들기도 하니까. 그러나 도둑질인 것은 틀림이 없지."

이런저런 말이 오가는데 만석은 돌쇠와 얘기하고 있으니 이상하게도 마음이 느긋해짐을 느꼈다.

"술 잘하오?"

하고 만석이 물었더니,

"돈이 없어 못 먹지."

하는 돌쇠의 대답이어서, 만석은 술상을 봐오라고 했다. 술맛이라기보다 초맛에 가까운 막걸리와 고들빼기 장아찌를 안주로 한 술상이었다. 그래도 박돌쇠는 입맛을 다셔가며 맛있게 마셨다.

"강원도엔 가족들이 있수?"

"작년에 홀어미가 죽곤 나 혼자 남았소."

"마누라는?"

"없소."

"죽었단 말요?"

"아아니, 애당초 없소."

"상투가 있는데요?"

"늙은 총각 소리 듣기 싫어 내 손으로 틀어 올린 거요."

"왜 장가를 안 가죠?"

"먹여 살릴 것도 없거니와, 나는 계집이 싫어요."

"그건 또 왜요?"

"계집 옆에만 가면 무슨 냄새가 나. 그 냄새만 맡으면 구역질이 나거든요. 맨날 구역질만 할 판이라오. 계집이 있으면."

"어머니도 여잔데 어머니 살아 계실 적에 구역질만 했수?"

"어머닌 그렇지 않아. 어머니 아닌 여자는 안 돼. 냄새가 고약해."

"생전 처음 듣는 소리네요. 나는 계집이 좋아서 죽을 판인데."

"사람이 매양 같을 수가 있소. 이런 사람도 있고, 저런 사람도 있는 거라. 하기야 모두 계집을 좋아하는 모양이더만. 그러나 난 싫어. 계집은 싫어."

만석은 박돌쇠의 봉두구면하고 있는 까닭을 알았다. 계집에게 관심이 없으니까 저런 꼴로도 태평할 것이었다.

가지고 온 술 항아리가 비었을 때였다. 만석이 다시 술을 청하려고 하자,

"방이 이렇게 추워선 오늘 밤 지내기가 힘들 것 같애. 아마 이 집에 나무가 없는 것 같소. 내 산에 가서 나무를 해올 터이니 그때 또 술을 먹죠."

하고 박돌쇠가 일어섰다. 거의 천장에 닿을 만한 우람한 체격이었다. 만석이 따라 섰는데 자기보다 실히 목 위는 더 있는 키였다. 돌쇠가 나가는데 혼자 방에 있기가 거북해서 돌쇠가 만류하는데도 따라 집 뒷산으로 올라갔다.

거기서 놀랐다. 박돌쇠는 마른 나뭇가지라고 보면 닥치는 대로 꺾는데, 팔뚝 굵기보다도 더 굵은 나뭇가지가 손을 대기만 하면 삼대보다도 더 수월하게 부러지는 것이다. 뿐만 아니라, 자기의 키 길이만큼 자라 있는 마른 잡목을 한 손으로 휘어잡고 뿌리째 뽑아버리는 것이, 보통 사람이 무를 뽑는 것보다 더 쉬웠다. 그렇게 해서 순식간에 서너 짐은 될 만큼 나무를 장만했다. 준비해 간 새끼줄로 그것을 주워 묶더니 산더미 같은 나뭇짐을 가볍게 등에 지고 예삿걸음으로 주막으로 내려왔다.

"주인아주머니, 이걸 갖고 봉놋방에 불이나 지펴주슈."

하고 그 산더미 같은 나뭇짐을 부엌 앞마당에 풀어놓자 주막집 아낙네의 눈이 휘둥그레졌다.

"아무렴, 불을 지펴드리구말구요."

주막집 아낙네가 반기는 것을 보며 유만석이,

"술도 좀 좋은 걸로 갖다주시오."

하고 돌쇠를 따라 방으로 들어왔다.

그런 때문인지 다시 청한 술맛은 썩 좋았다.

만석이 혀를 끌끌 찼다.

"제기랄, 사람 봐가며 술을 파는군. 아까 것은 초 값으로 쳐줘야 겠어."

"얻어먹는 주제에 말이 있겠소만, 좋긴 좋군요."

하고 돌쇠는 사발치기로 술을 마셨다.

"그건 그렇고, 형씨 힘은 어디서 나온 거요? 결대가 크니까 그럴 만도 하지만 그렇더라도 대단한데요. 산삼을 삶아 먹었수?"

"내사 뭐. 화전을 일궈 감자도 먹고, 도라지, 더덕도 캐 먹고, 칡뿌리도 파 먹고, 꿀도 먹고…. 그러는 동안에 산삼도 먹었을지 모르지."

만석은 부안에서 돌로 만든 절구통을 들어 올리는 장사를 상기했다. 박돌쇠는 그보다도 배나 힘이 센 사람이 아닐까 하는 짐작이 들었다. 그러자 최천중이 인재를 모으고 있다는 사실에 생각이 미쳐, 그에게 박돌쇠를 데리고 가고 싶은 생각이 일었다. 이 생각은 아까 나락 두 섬 무게가 되는 꿀 항아리를 지고 강원도에서 왔다고 들었을 때 이미 했던 것인데, 그 마음의 강도가 더욱 짙어진 것이다.

만석은 이미 술에 취해 곤드레가 되었는데도 박돌쇠는 까딱도 하지 않았다. 그리고 저녁 식사라고 해서 들어온 잡곡밥을 거뜬히 먹어치웠다.

만석이 물었다.

"저 꿀을 다 팔면 얼마가 되겠소?"

"열 냥 돈은 만들 작정이오."

"열 냥을요?"

하자, 돌쇠는 그것이 비싸다는 소리로 알았는지 변명조로 중얼중얼
했다.

"하기야 꼭 열 냥이라야 한다는 것은 없지만, 대강 그렇게 속셈
을 잡았소."

"그럼 열 냥을 주고 내가 사리다. 거기다 포목 한 필을 더 얹어주
겠소."

돌쇠의 얼굴이 일순에 밝아지는 것 같았다. 그러나 곧 어두운 표
정이 되었다.

"나를 동정해서 꿀을 사주는 건 고맙소만, 이 많은 꿀을 사 갖고
형씨는 어떻게 할 거유? 무거워서 지고 가지도 못할걸."

"그러니까 의논을 하자는 거요."

"무슨 의논인데요?"

"돈은 내가 여기서 줄 테니 그것을 져다가 청풍 황약국 집에까
지 갖다주면 돼요. 황약국 집은…."

"그 집은 알아요. 신통력을 가진 여자가 났다는 집 아뇨."

"어떻게 아시오?"

"난 가끔 청풍장에 오거든요. 들어서 알고 있소."

"그럼 됐소. 지금 그 집엔 한양에서 최천중이란 도인이 와 계시
오. 그분에게 내 말을 하고 가지고 가란 말이오. 그분은 형씨를 대

단히 반가워할 거요. 내 편지를 써줄게요."

"이왕 청풍으로 가려던 참인데 어렵지 않은 일이구먼요."

"그럼, 그렇게 부탁하오."

만석은 돌쇠를 그리로 보냄으로써 최천중에게 대한 은혜의 만분의 일은 보답한 것이 될 것이라고 믿었다.

그 이튿날 아침밥을 먹고 최천중이 바깥사랑으로 나와 과객들과 한담을 즐기고 있는데, 청지기 심 노인이,

"바깥에 꿀장수가 와서 이걸 주며 나으리를 만나자고 합니다."

하고 쪽지를 전했다. 쪽지는 유만석이 보낸 것이었는데, 치졸한 글씨의 언문으로 다음과 같은 뜻이 적혀 있었다.

'선생님, 죽을죄를 지었습니다. 그러나 은혜 갚을 날이 있을 겁니다. 먼길 떠나는 도중 박돌쇠라고 하는 벌꿀장수를 만났는데, 나같이 잡스럽지 않은 호인일 뿐만 아니라 힘이 장사입니다. 인재를 좋아하시는 선생님을 생각하고 그리로 보내오니 잘 타일러 곁에 데리고 있으시길 바랍니다. 저는 후일 매를 한 짐 해 지고 선생님 곁으로 돌아가겠습니다.'

최천중은 꿀장수를 들어오라고 일렀다. 큼직한 장독 같은 항아리를 너끈히 지고 대문에 들어서는 박돌쇠를 보았을 때, 최천중은 단번에 그 인야人也*와 괴력을 짐작할 수 있었다.

지게를 마루 밑 축대에 기대기가 바쁘게 최천중이 물었다.

---

* 사람됨.

"그게 뭐고?"

"꿀이올시다."

"얼마만큼의 무게인고?"

"나락 두 섬의 무게는 될 것이올시다."

"그 꿀을 어떻게 할 건가?"

"이미 팔았습니다. 유만석이란 사람이 돈 열 냥을 주고 사갖곤 어른씨에게 갖다주라고 해서 가지고 왔습니다."

"그렇다면 그 꿀 항아리를 내려놔라."

"예."

돌쇠는 그 육중한 항아리를 가볍게 들어 사뿐히 땅바닥에 놓았다.

"여러 어른들이 계시니 꿀맛을 한번 보자꾸나."

심 노인을 시켜 숟가락을 몇 개 내오라고 이르고, 항아리의 뚜껑을 열었다. 꿀은 항아리의 목에까지 가득 차 있었다.

가지고 온 숟가락으로 조금씩 떠서 이건성을 비롯한 과객들에게 돌려가며 맛을 보였다.

"진짜야, 진짜."

한 것은 이건성이었고,

"이걸 먹으면 불로장생한다는 것 아냐?"

한 것은 지갑성이었다.

"강원도 산골의 벌들이 산속의 약초 꽃을 빨아 모아 만든 꿀이니 틀림이 없을 것이올시다."

박돌쇠가 한 말이었다.

"광에 넣어두게. 심 노인, 광으로 안내해주오."

박돌쇠는 그 항아리를 조그마한 단지나 다루듯 양손으로 받쳐
들곤 힘쓰는 것 같지도 않은 예사로운 걸음으로 바깥사랑의 모퉁
이를 돌았다.

"과연, 천하장사라고 할 수 있겠군."

이갑성이 감탄했다.

최천중은 힘도 힘이려니와 그 상이 비범한 데 놀랐다.

그래, 다시 박돌쇠가 항아리를 갖다두고 나오자 최천중이 일렀다.

"박돌쇠라고 했지. 빨리 우물에 가서 땀을 씻고 오게. 시장할 테
니 뭣을 좀 먹어야 할 게 아닌가."

한편 음식 준비를 시켰다.

안사랑 자기의 거실에 박돌쇠를 데리고 와, 거기서 식사를 시키
며 최천중은 자세히 박돌쇠의 관상을 보았다.

거체巨體에 총명은 있기 어려운 것인데 박돌쇠는 그렇지가 않았
다. 봉두구면은 일종의 도회술韜晦術이 아닌가 하는 생각마저 가
졌다.

"자네 아버지 이름은 뭔가?"

"임자 환자로 들었습니다만 자세한 건 모릅니다."

"어떻게 해서 모르겠다는 거냐?"

"제가 철이 들었을 때는 어머니와 단둘이 살고 있었습니다. 아버
지는 제가 나기 전에 돌아가셨다고 했습니다."

"어디에서 살았느냐?"

"강원도 영월에서 칠십 리쯤 들어간 산속에서 살았습니다."

"지금 몇이냐?"

"스물일곱 살입니다."

"그래 27년을 거기서만 살았단 말인가?"

"예."

"어머니만 모시구?"

"예."

"그래, 어머니는?"

"작년에 돌아가셨습니다."

"몇인데?"

"마흔아홉 살이었습니다."

"청상과부가 아들 하나를 데리고 산속에서 살다니… 꾸밈없이 말해봐라."

"꾸미자니 꾸밀 것이 없사옵니다."

"심심산중에 젊은 과부가 어린애를 데리고 살았다니 믿어지질 않는구나."

"십 년 전까지만 해도 거기 암자엔 늙은 보살님이 두 분 계셨습니다. 그 보살님 그늘로 살아온 것입니다."

"지금도 그 암자가 있느냐?"

"집만 남아 있습니다. 전 거기서 살고 있습니다."

"글공부는 했느냐?"

"안 했습니다."

"왜?"

"어머니께서 글공부를 금하셨습니다. 꽃은 글을 몰라도 아름답고, 새는 글을 몰라도 시름이 없다고 하시면서, 보살님들이 글을 가르치려고 해도 어머님이 그걸 금하셨습니다."

"어머니가 그곳으로 들어가신 까닭 같은 걸 말씀하시지 않더냐?"

"없었습니다."

"아버지의 고향은 어디라고 하더냐?"

"듣지 못했습니다."

"어머니의 친정은?"

"역시 말씀이 없으셨습니다."

"그런데, 왜 너 얼굴을 씻지 않느냐?"

박돌쇠는 우물가에서 손과 발만을 씻고 땀만 닦았을 뿐, 얼굴은 씻지 않아서 최천중이 물은 것이었다.

"절 보살펴줄 대인이 나타날 때까진 얼굴을 씻지 말라는 어머니의 분부가 있었습니다."

"어머니도 얼굴을 씻지 않으셨나?"

"뿐만 아니라 어머니는 언제나 얼굴에 숯칠을 하고 평생을 사셨습니다."

최천중은 가만히 생각에 잠겼다. 삼족이 멸함을 받을 대죄를 지은 사람의 유복자일 것이란 추측을 할 수가 있었다. 보살들은 아마 그 종들일 것이었다. 종들이 보살을 가장하고 암자를 짓고 사는데, 박돌쇠의 어머니는 그 암자의 부엌일을 해주는 여자처럼 꾸미고 아들의 보신을 위한 것이 아닐까.

이 추측을 확인하기 위해 최천중이 다음과 같이 물었다.

"자네의 어머니는 보살님들의 시중을 들어 너와 자기를 먹여 살

렸는가?"

"아니올시다. 보살님들이 어머니의 시중을 들었습니다. 간혹 사냥
꾼이 암자에서 묵을 때가 있었는데, 그럴 땐 어머니가 부엌에 나가
계셨습니다. 그러나 우리를 보살펴주신 것은 보살님들입니다."

최천중은 박돌쇠가 어머니의 배 속에 있었을 27년 전의 옥사獄
事를 대충 더듬어보았다. 그의 특이한 총기는 여조를 비롯해서 아
조 5백 년 동안에 있었던 대옥사를 거의 소상하게 기억하고 있는
터였다.

갑자인 이해로부터 27년을 거슬러 오르면 정유년丁酉年, 돌쇠가
배 속에 있던 해는 그러니 병신년丙申年이 된다. 병신년이면 헌종 2
년, 그해 11월에 남응중南膺中의 사건이 있었다.

남응중은 남경중南慶中, 남공언南公彦, 문헌주文憲周 들과 짜고
은언군恩彦君의 손자를 추대하여 임금으로 앉히려는 계획을 세워
스스로 도집총都執摠이 되어 울릉도에서 군사를 일으켰다. 그리고
청주를 손아귀에 넣어 반란의 근거지로 삼으려고 했다. 그러나 시
흥의 이속 천기영千璣英의 고변으로 발각되어 남공언은 군기시軍
器寺 앞길에서 능지처참을 당하고, 남응중은 효수되었다.

그 사건 외엔 삼족을 멸할 만한 대죄인이 없었다. 박돌쇠의 어머
니가 시종들을 거느리고 강원도 산중에 들어가 평생 얼굴에 숯칠
을 하고 유복자를 기르며 살았다면, 그만한 사연이 있었기 때문이
아닐까.

"혹시 자네 남씨 성을 들먹이는 것을 들어봤는가?"

최천중은 돌쇠의 성이 박가가 아닐 것으로 짐작하고 이렇게 물었다.

114

"들은 적이 없습니다."

"그럼 문씨 성은?"

"문씨 성도 들은 적이 없습니다."

"천씨千氏 성은?"

박돌쇠는 무언가를 생각해내려는 듯 눈을 가늘게 뜨며 고개를 갸웃했다.

"꼭 한 번 들은 적이 있는 것 같습니다만."

"언제쯤인데?"

"제가 일곱 살쯤 되었을 때의 일인데, 보살님 하나가 원행을 다녀오시더니 천가 집에도 나만한 아이가 있더란 말을 어머니에게 하는 걸 들은 적이 있습니다."

"어머니는 그때 뭐라고 하시던가?"

"아무 말씀도 없었던 것으로 압니다."

"그 후에 또 천가 성을 들먹인 적은 없었던가?"

"없었습니다."

최천중은 눈을 감았다. 돌쇠의 체격이 저렇게 우람한 것을 보면, 그 아버지도 우람한 체구였을 것이었다. 그만한 체구의 사나이가 담력을 갖추었으면 남응중과 같은 대담한 역모도 불사했을 것이었다. 최천중은 다시 눈을 뜨고 박돌쇠의 관상을 살폈다. 어느 한 군데 반골이라곤 없었다. 그런데 거기 식자識字*를 붙여놓으면 또한 어떻게 될지 하다가 최천중은 자세를 고쳐 앉았다.

---

* 글이나 글자를 앎.

"자네, 나와 같이 있을 생각은 없나?"

"…"

박돌쇠는 요령부득하다는 얼굴이 되었다. 최천중이 다시 한 번 물었다.

"강원도 산골에 있는 것보다 나와 같이 있는 게 좋지 않겠느냐. 내 심부름도 하구, 내게서 글공부도 하구, 지금은 모두 산에 놀러갔지만 자네 벗이 될 만한, 아니 아우뻘이 될 만한 사람들이 있으니 심심하지도 않을 거구."

"모처럼의 말씀이지만, 전 강원도로 돌아가야 합니다."

박돌쇠의 말은 정중했다.

"굳이 강원도로 돌아가야 할 까닭이 뭔고?"

"어머니와 보살님들이 모시고 있던 부처님을 모셔야 합니다."

"그럼 죽을 때까지 거기서 그러고 있을 텐가?"

"어머니의 말씀이 언젠가는 저를 데리러 그곳으로 대인이 나타나실 것이라고 했습니다. 그때까지 전 그곳에서 기다려야 합니다."

"그 말씀을 꼭 지키겠다는 말이군."

"예, 어머니의 유언이시니까요."

"얼굴도 대인이 나타나면 씻으라고 했다며?"

"예, 그렇습니다."

"그렇다면 할 수 없지. 모처럼 왔으니 며칠만이라도 여기서 묵고 가게."

"너무 오래 암자를 비워둘 순 없습니다."

"그러면 하루만이라도 묵고 가게."

"예, 그렇게 하겠습니다."

최천중은 박돌쇠를 바깥사랑으로 내보내 쉬도록 했다.

해 질 무렵, 무술 훈련을 위해 산속으로 들어갔던 연치성이 강직순과 허병섭을 데리고 돌아왔다. 손에 손에 토끼와 꿩 몇 마리를 들고 있었다.

저녁 식사 때 최천중은 연치성, 강직순, 허병섭 등을 박돌쇠에게 인사시켰다. 그때 최천중이,

"앞으로 사생을 같이할 동지가 될지 모르니 각별히 안면을 익혀두라."

는 의미심장한 말을 했다.

그 이튿날 박돌쇠는 떠났다. 돌쇠를 보내고, 최천중은 연치성을 불러 이런 말을 했다.

"유만석이란 놈, 기가 막힌 일을 했어. 박돌쇠는 앞으로 인걸이 될 사람이다. 내 관상이 틀림없다면 그는 천하를 진동케 하는 운세를 가진 사람이다. 유만석이 그런 사람을 내게 보내주었으니, 설혹 그놈이 죽을죄를 지었더라도 용서해줘야지."

"천학한 제가 무엇을 알겠습니까만, 박돌쇠란 사람은 큰 인물이 될 것으로 저도 짐작했습니다. 무술과 병법을 익히기만 하면 백만 대군의 장수가 될 사람으로 보았습니다."

연치성이 진심으로 한 말이었다.

"연공이 그 사람에게 무술을 가르쳐줄 날이 있을걸세. 우리와 그와는 연분이 있어. 아니, 꼭 연분을 붙여놓고야 말겠어."

최천중은 한양으로 떠날 날을 앞당겨 박돌쇠의 움막을 찾아볼

작정을 하고 있었다. 그리고 그러한 인재를 알았다는 기쁨에 겨워
최천중은 바깥사랑으로 나가 과객들과 장기를 두었다.

과객들 모두 박돌쇠의 괴력을 들먹이며 감탄해마지않았으나, 최천
중이 꿰뚫어본 정도의 통찰력을 박돌쇠에게 가진 사람은 없었다.

장기는 최천중의 십전 십승이었다.

"어떻게 된 일이오, 최공."

여느 때 같으면 한 수쯤 높은 이건성이 의아하다는 듯 고개를 저
었다. 한 번은 졸장卒將을 불러 상대방을 압복하기도 했다. 그때 최
천중의 입에서 다음과 같은 글귀가 튀어나왔다.

　　미추동색야음풍美醜同色夜陰風
　　옥석불이강자류玉石不二江自流

아름다운 것이나 추한 것이 밤의 어두운 바람 속에선 똑같은 빛
깔이 되고, 옥과 돌에 아랑곳없이 강물은 흐른다는, 유만석과 박돌
쇠를 두고 가슴에 인 감회였던 것이다.

"옥석불이강자류는 좋았어."

하고 심명택이 삼국지의 한 구절을 외웠다.

　　왕후공작종근묘王侯公爵從根苗
　　분분세사무궁진紛紛世事無窮盡*

연치성이 잡아온 꿩고기, 토끼고기가 있어서 잔치는 수월하게 차려졌다. 술이 두어 순배 돌자, 지갑성이 흡족한 얼굴로 한마디 했다.

"삼일 대연大宴이고, 매일 소연小宴이라더니, 요즘 우리 과객의 팔자가 이렇게 좋아서 되겠소?"

이 말이 계기가 되어 모두들 최천중의 후대에 감사하는 말을 했다. 심지어는 최천중을 맹상군에 비유하는 찬사까지 나왔다.

최천중은 그러한 과찬을 일단 사양해놓고,

"그러나, 불원 헤어질 날이 있을 것 같소이다."

하고 열흘 이내에 한양으로 발정發程할 것이란 뜻을 밝혔다. 최천중이 한양으로 발정하면 바깥사랑의 문은 닫히는 것이다.

"주인의 의향이 그렇다면 우리는 또한 부운浮雲의 신세가 되겠구려."

한 것은 심명택이었다.

"이렇게 좋은 팔자가 그리 오래 계속될 수야 없지."

이건성도 수연히 말했다.

"그러나 여기서 헤어진다는 것이 영이별이라 할 수야 있겠소? 모두들 한양으로 오시구려. 한양으로 오셔서 삼개 객주 최팔룡을 찾으면 내 소식을 알 수 있을 것이오. 그동안 딴 데를 들렀다가 사월이면 한양에 돌아가 있을 테니 꼭 찾아주시오."

최천중은 이렇게 말하며 모두들을 위로했다.

이어 시국에 대한 이야기가 나왔다. 이건성, 지갑성, 심명택 등은 원래 세상을 등지고 사는 사람들이니, 한결같이 시국에 대한 비판론이었다. 그러면서도 이건성은

"남아감의기男兒感意氣해서 공명수부론功名誰復論*하는, 그야말로 사내다운 일을 하고 싶다."

고 했고, 지갑성은

"생을 받아 남아의 포부를 펴보지 못하고 끝난다는 것은 한심스러운 일이다."

고 했고, 심명택 또한 울울한 기개를 보였다. 최천중이 되레 그들의 흥분을 진정시키는 역할을 맡아야 했다.

"위방불거危邦不居요 난방불입亂邦不入**이라고 하지 않소. 이러한 난세엔 숨도 크게 쉬지 않고 아까 심명택 공이 말한 대로 부운의 신세로서 사는 것이 상책입니다."

과객에겐 진심을 말할 수 없다는, 즉 과객에게 대한 불신감이 시킨 노릇이다.

"한데, 이곳을 떠나면 음성 채 좌수의 일은 어떻게 할 것이오?"

이건성이 물은 말이었다.

"사필귀정으로 해결되지 않겠소."

하고 최천중이 얼버무렸다. 과객들을 붙들고 대사를 의논하지 말라는 황봉련의 충고가 상기되었기 때문이다.

"최공은 앞으로 어떻게 할 것이오?"

심명택이 묻는 말이었다.

"제자들이나 가르치면서 태평연월을 기다리는 수밖에 더 있겠

---

* '남자가 의기에 감동하는데, 누가 공명을 다시 논하는가.'
** '위험한 곳에 머물지 않고, 어지러운 곳에 들어가지 않는다.'

소."

　최천중의 대답은 활달했다. 주연은 화기 서린 가운데 밤이 깊도록 계속되었다.

　이때 유만석은 영천사에 도착해 있었다. 주지승은 만석을 보자 찔끔하는 표정이 되었다.

　"대사, 아는 사람을 보구 반갑다는 시늉은 못 할망정 그 태도가 뭐유?"

　유만석이 이렇게 빈정거리고 나선,

　"며칠 뒤 우리 선생님이 오실 거요. 날 잘못 대접했다간 혼날 줄 아시오."

하고 슬금 최천중의 위세를 빌렸다. 아니나 다를까, 주지승의 얼굴빛이 변했다.

　"아아, 그 도사님이 오신단 말요?"

하고, 만석의 방을 전에 최천중이 들었던 방으로 정해주었다. 그리고 지금 어디에 계시느냐고 물었다.

　"지금 청풍에 계시오. 사후의 일을 챙겨보시기 위해서 이리로 오시겠다고 하셨소."

　만석은 주지승 얼굴에 새겨진 난처한 표정을 놓치지 않았다.

　"선생님이 오시면 무슨 곤란한 일이라도 있소? 왜 똥 찍어 먹은 곰상을 하는 거유?"

　"아니올시다, 아니올시다."

　주지승은 다급하게 손을 저었다.

"우리 선생님은 천하의 도사님이란 말요. 세상일을 환히 알고 계신단 말요. 말씀하신 대로 안 되는 일이 없소. 그런데 그 일은 어떻게 됐소?"

만석이 주지승을 노려보며 물었다.

"그 일이라니?"

하고 주지승이 어름어름했다.

"경씨 문중에 경사가 있느냐 말요."

전번에 겁탈한 상대인 경씨 부인이 아이를 뱄느냐고 물은 것이다.

"경사가 있긴 하오만…."

주지승은 난처한 모양이었다.

"있긴 하오만, 어떻단 말요?"

만석이 다그쳐 물었다.

"그것이 과연…."

"내 씨가 아니란 말요?"

"그런가 합니다."

주지승이 어름어름 말했다.

"뭐라구?"

만석이 콧방귀를 뀌었다.

"그래서 우리 선생님이 챙기시겠다는 거유. 그런 터무니없는 소리 할까 봐서. 우리 선생님이 환히 알고 계시는 일인데 그런 터무니없는 수작일랑 말아요."

"그렇다고 치면 어떻게 할 거요? 남의 집 아이 하나 만들어준 셈 치고 점잖게 있어야 합니다. 탄로가 나면 어떻게 되는 줄 압니까?"

"어떻게 되긴. 내 아들 내가 찾아가면 되는 거지. 나도 자식이 귀한 놈이오. 경씨 부인의 배를 잠깐 빌렸단 말요."

"아직 배 속에 있는데 아들인지 딸인지 어떻게 아우?"

"우리 선생님이 아들이라고 했소. 우리 선생님 말은 틀림이 없소."

"하여간 그 일은 없었던 것으로 해둬야 합니다. 탄로가 나면 경씨 문중도 낭패거니와 총각에게도 좋을 게 없을 거요."

"쓸데없는 소리 말아요. 내 손해 볼 건 아무것도 없소."

"그래 어떻게 하겠다는 거요? 아이를 데리고 가더라도 낳고 난후의 일이 아뇨?"

"나는 미리 다짐을 받아두어야겠소."

만석이 호기 있게 말했다.

"누구에게 다짐을 받겠다는 거요?"

"누군 누구야, 경씨 부인에게 다짐을 받겠다는 거요. 오늘 밤 이리로 데리고 오시오."

"그건 안 됩니다."

주지승은 황급히 말했다.

"왜 안 된다는 거요?"

만석이 거칠게 덤볐다.

"생각해 보우. 양가良家의 부인이 어떻게 밤에 나들이를 할 수 있겠소?"

"그것도 사정에 따라서겠지."

"하여간 안 돼요. 총각, 여기서 며칠 조용히 쉬시다가 선생님 오시면 모시고 떠나도록 하시오."

"내가 제일 싫어하는 게 조용히 쉬는 일이오. 나는 떠들썩하게가 아니면 하루도 못 지내요. 스님께서 내 말 안 들으면 아랫마을이 발칵 뒤집히도록 떠들어댈 거유."

"그래선 못씁니다. 세상일엔 경위라는 것이 있지 않습니까."

"제기랄, 경위 좋아하네. 나는 경위 같은 건 모르는 걸 좋아하오. 잔말 말구 오늘 밤 경씨 부인을 내 곁으로 데리고 오시오."

"안 됩니다."

"그럼 좋소. 내가 찾아갈밖엔."

"마음대로 하시구랴."

주지승도 드디어 분통을 터뜨렸다.

"내 마음 내가 알아서 할 건데, 하라 마라가 뭐유?"

만석이 맞섰다.

"경씨 댁에 뛰어들었다가 다리뼈가 부러지건 개한테 물려 죽건 내 알 바 아니니까."

하고 주지승은 자리에서 일어섰다.

"개도 나를 보군 짖지 않고, 나를 향해 쳐든 몽둥이는 내려치기 전에 치켜든 놈의 대가리를 박살낸다우."

"당신 선생님이 그렇게 시키지는 않았을 텐데."

하고 중얼거리며 주지승은 휙 나가버렸다. 그러나 주지승의 걱정은 곧 시작되었다.

못 할 말, 못 할 짓이 없이 천방지축으로 노는 놈에겐 당해낼 수가 없는 것이다. 그리고 한다고 하면 하는 놈이니 미연에 방지를 해야 할 것인데 그 방도가 막연했다.

　미리 경씨 집에 알려둔다는 것도 이상한 노릇이었다. 어떻게든 그놈의 다리뼈를 분질러 앉혀놓는 수가 제일일 것 같은데 그럴 수도 없었다.

　해가 지려는 무렵이었다. 유만석이 털털 털고 밖으로 나오는 것을 주지승이 보았다. 와락 겁에 질렸다. 저놈이 기어이 무슨 짓을 저지르고 말 거란 생각이 들어 만석을 불렀다. 그러곤 부드럽게 물었다.

　"어딜 가려는 거요?"

　"스님 말마따나 개에 물려 죽으러 가오."

하고 홱 돌아서는 만석을, 주지승은

　"그러지 말구 우리 의논을 합시다."

하고 만류했다.

　"의논이고 뭐고 나는 그 부인을 만나야 하는 거고, 스님은 만나지 못하게 하는 건데 무슨 의논이 되겠소. 내가 개에 물려 죽든지 대가리가 터져 죽든지 하거든, 우리 선생님께 그대로 전해나 주시오."

　만석이 터덜터덜 걸어 나갔다. 주지승이 따라가 그 옷소매를 붙들었다.

　"기생년이 사내 옷소매 잡는 꼴은 보았어도 중이 사내 옷소매 잡는 꼴은 처음 봤네. 이왕이면 신중*이 소매쯤 잡아주면 좋기나 할 건데."

---

*　속가에서 여승을 일컫는 말.

만석이 뿌리치려는 것을 주지승이 매달리다시피 하며 애원하는 말투가 되었다.

"하루만 기다려주시오. 오늘은 해가 저물어 통지를 할 수도 없잖소. 그 대신 내일 아침 일찍, 내 마을에 내려가서 총각의 뜻을 전하리다."

"내일 될 일이 오늘 어떻게 안 된다는 거요?"

유만석이 계속 고집을 부렸다.

"밤에 내려가서 어떻게 그런 말을 할 수 있으며, 대갓집 부인을 밤에 나오도록 할 수 있겠는가 생각해보슈."

주지승은 진땀이 날 지경이었다.

"그럼 좋소. 젊은 과부가 사는 집을 가르쳐주시오. 그럼 오늘 밤만은 참아드릴 테니까."

유만석의 말이 이렇게 엉뚱하게 나왔다. 주지승은 화가 머리끝까지 치밀었지만 염치라곤 도무지 없는 놈을 상대로는 말이 되질 않는 것이다.

"큰 마을이니 과부가 몇 사람은 있을 것 아뇨."

"총각, 그런 무리한 소릴 하면 안 되는 거요."

"당신이 내일까지 기다려달라고 해서 기다려주기로 한 대신에 과부 집 하나 알려달라는 것이 뭐가 무리한 말요."

주지승은 잠시 생각했다. 이놈을 혼내주자는 계획이 선뜻 머리에 떠오른 것이다.

"그럼 좋소."

하고 주지승은 아랫마을 강 부자의 둘째며느리 집을 들먹여주었다.

"어디쯤 있는가를 소상하게 말하오."

주지승은 절에서부터 그 집에까지의 노순을 소상하게 가르쳐주
고 덧붙였다.

"집 양편에 큰 감나무가 있으니 당장 알 수 있을 것이오."

유만석은 히죽히죽 웃으며 방으로 들어갔다. 한참 실컷 자고 밤
이 깊어지길 기다릴 참이었다.

유만석이 잠이 든 것을 확인하고 주지승은 빠른 걸음으로 마을
로 내려와서 강 부자를 찾았다.

"대사, 웬일이세요?"

하고 반기는 강 부자를 황급히 집 모퉁이로 불러냈다.

"큰일났습니다. 어떤 난폭한 놈이 조금 전 절에 나타나서 생원의
둘째며느리 집을 찾지 않겠소. 왜 찾느냐고 물었더니 오늘 밤 그 집
에 뛰어들 작정이라고 하잖아요. 하두 어이가 없어서 그 따위 짓을
했다간 다리뼈가 분질러질 거라고 해도 막무가내예요. 오늘 밤 며
느리 되시는 분을 큰댁으로 모셔 오고, 그 집 둘레에 장골 몇을 시
켜 망을 보게 하여 그놈이 나타나거든 안 죽을 만큼 두들겨주도록
하시오."

강 부자는 새파랗게 질린 얼굴이 되어 하인들을 불러들였다. 그
러고는 모두에게 일렀다.

"오늘 밤 너희들은 작은아씨 집에 가서 담장 앞뒤에 숨어 망을
보아라. 그래서 만일 어떤 놈이건 담을 뛰어 넘어오는 놈이 있으면
불문곡직하고 몽둥이찜질을 하곤 꽁꽁 묶어 이리로 끌고 오너라.

알겠나."

하인들을 보내고는 강 부자가 직접 며느리 집을 찾아가서 며느리를 불러내어 큰집으로 데려다놓았다.

주지승은 자기가 없어진 줄을 알면 만석이 무슨 낌새를 맡을까 봐 두려워 총총히 절로 돌아왔다.

만석은 코를 드르렁드르렁 골며 한창 잠에 빠져 있었다.

'네놈, 오늘 밤은 단단히 맛을 좀 보아라!'

하고 내심 혀를 내밀며 주지승은 자기 방으로 돌아갔다. 그러나 유만석의 거동을 보기 위해 방문을 반쯤 열어두었다. 그러고는 저따위 놈은 죽어도 불쌍하지 않다고 몇 번이고 중얼거렸다.

실컷 잤다는 느낌과 함께 만석은 잠을 깼다. 방문을 열었다. 찬바람이 정신을 차리게 했다. 북두성을 찾았다. 칠성의 꼬리가 서편 산마루 위에 있었다. 밤은 이경쯤을 넘긴 것으로 짐작되었다.

만석은 보따리에서 칼을 꺼내 안 가슴에 꽂고 대추나무 방망이를 손에 들고 방문을 나왔다. 주지승은 반쯤 열어둔 문으로 해서 그 거동을 바라보고 있다가 만석이 사잇문 밖으로 사라져가는 꼴을 보고 회심의 웃음을 웃었다.

'아마 네놈은 살아오지 못하리라.'

주지승의 계교를 알 바 없는 만석은 초승달과 별빛에 희미하게 비춰대고 있는 산길을 터덜터덜 걸어 내려갔다. 대추나무 방망이가 있으니 덤비는 개가 있으면 그 대가리를 부숴놓을 것이고, 품속에 칼이 있으니 설혹 함정에 빠져도 도망쳐 나올 방도가 있을 것이었다.

만석은 앞으로 전개될 장면을 상상하고 벌써 흥분하고 있었다.

이럴 때 가벼운 불안도 흥분의 자극이 되는 것이다. 만석은 육자 배기라도 흥얼거리고 싶은 기분이었다.

만석의 짐작에 의하면 과부라는 것은 절대로 넘어가게 돼 있었다. 처음엔 물론 반항을 한다. 그러나 그 반항은 숫처녀의 반항과는 다르다. 숫처녀는 공포가 앞서 있기 때문에 그 반항은 결사적이다. 그런데 과부의 경우는 쾌락의 맛을 알고 있기 때문에 그 반항은 대강 체면치레로써 끝난다. 바꾸어 말하면, 들키지 않을 것이란 안심만 있으면 언제든지 항복하는 것이다. 이러한 만석의 짐작은 여태껏 어긋나본 적이 없었다.

때에 따라선 방법도 달라지지만 미리 눈을 맞추어놓지 않은 경우, 즉 그 밤처럼 생판 그 집에 침입해서 덮쳐야 할 땐 다음과 같은 순서를 밟는다.

몰래 방에 접근해선 인기척을 미리 살핀다. 혼자 자고 있느냐, 둘이 자고 있느냐를 알아내야 하는 것이다. 혼자라고 확인이 되면 문을 흔들어보고, 문고리가 잠겼을 땐 칼로 그 부분을 도려 손을 안으로 넣어 걸린 문고리를 푼다. 그렇게 해서 방으로 들어가선, 준비해간 수건으로 잠든 여자의 입을 틀어막아버린다. 불시의 습격을 받을 때 여자는 대개 비명을 지를 것이니 그것을 막기 위해서다. 재갈을 물리면 여자는 꿈틀 잠을 깨선 광란상태가 된다. 그러나 소리 내지 못하니 걱정은 없다. 차근차근 얘기를 시작한다.

절대로 해를 끼치지 않는다는 것과, 아무도 이 일을 아는 사람이 없다는 것과, 서로 기막힌 인연을 맺어놓으면 좋은 일이 다음다음으로 있을 거라는 것과, 만일 불응하면 집에 불을 질러버릴 것이라고 협박을 곁들여 씨부렁대고 있으면, 여자는 차츰 진정하게 되고 반항을 해봤자 소용없다는 것을 깨닫게 되어 반항을 하는 체하면서도 옷고름이 수월하게 풀릴 수 있도록 몸을 이편저편으로 들어주기까지 한다. 그 정도에 이르면 만사는 형통이다.

그리고 일단 만석의 사내를 알고 난 다음엔 여자는 만석이 시키는 대로 유유낙낙한다.

만석에겐 여자를 품 안에 품기까지의 그 과정이 또한 말할 수 없이 기쁜 것이었다. 이 세상에 사내로 태어난 보람이 뭉클뭉클 느껴지는 것이다. 새로운 모험을 찾아 밤길을 걸어가는 만석의 가슴엔 승리를 기약하고 전쟁터에 나가는 장군의 기백이 있었다.

그러면서도 만석은 신중했다. 그 점, 최천중의 제자로서 손색이 없었다. 만석은 이심전심 최천중으로부터 신중함을 배웠다. 다음은 최천중의 말버릇이다.

"난세를 사는 최대의 요결은 신중함에 있다."

"신중하기만 하면 어떤 위험도 이를 넘어설 수가 있다."

이러한 교훈이 유만석의 몸엔 이미 배어 있었다. 그런 유만석이 주지승의 말을 그대로 받아들일 까닭이 없다. 하물며, 자기가 주지승에게 한 깐이 있었으니 그로부터 호의나 성의 같은 것은 기대할 수 없는 터였다.

유만석은 주지승이 가르쳐 준 노순路順을 삼분의 이가량은 충실히 밟았다. 그러나 마을이 눈앞에 나타나고부턴 생각을 달리해야만 했다. 유만석은 마을에 들어서기에 앞서 마을의 주위를 한 바퀴 돌아보았다. 그리고 뒷동산 위에 서서 자기가 찾아갈 집을 대강 파악해두었다. 부연 달빛 아래에서도 양쪽에 감나무가 서 있는 그 집을 짐작할 수가 있었다. 그렇게 멀리서 짐작할 수 있다는 점으로 달빛이 고맙긴 하지만, 동작의 은밀을 기하기 위해선 불편하기도 한 것이다. 만일, 망이라도 보고 있는 놈이 있다면 섣불리 거동할 수가 없기 때문이다. 유만석이 그렇게 사방을 살피고 있는데, 한 군데 불이 켜져 있는 집이 눈에 띄었다.

모든 집이 불을 끄고 잠들어 있는데 유독 한 집에만 불이 켜져 있다는 것은 제사가 든 집, 아니면 무슨 이변이 있는 집일 것이었 다. 무슨 이변이 있다면, 그 집만이 아니라 잠자지 않고 있는 사람 이 마을 안에 상당수 있다고 보아야 한다. 유만석은 먼저 그 불이 켜진 집을 살펴보아야겠다고 마음을 먹었다.

꽤 큰 집이었는데 사랑의 대청에만 등이 두 개 달려 있었다. 안채 에 불이 없는 것을 보면 제사는 아니었다. 담 밖에서 귀를 기울여 보았으나 많은 사람이 있는 것 같진 않았다. 간혹 기침 소리와 담 뱃대를 두드리는 소리가 났다. 무언가를 기다리며 혼자 앉아 있는 노인의 모습이 상상되기도 했다.

'이 밤중에 무엇을 기다리고 있을까?'

그 집에서 주지승이 과부 집이라고 가르쳐준 집까진 여덟 채쯤 으로 헤아려지는 집들이 있었다. 그런 곳에 불을 켜 달아놓고 무언 가를 기다리고 있는 사람이 있는데 경솔하게 행동을 일으킬 순 없 는 일이었다. 불을 켜 단 연유를 알기까진 거동을 삼가야 했다.

죽고 살고 하는 문제가 매달려 있는 판이니 그만한 신중함은 있어야 당연한 것이다.

만석은 불이 켜져 있는 그 집의 뒤꼍을 돌아볼 작정을 하고, 먼 곳의 동정과 가까운 곳의 동정을 눈과 귀로써 고루 살피며 그늘이 진 곳을 찾아 발자국 소리를 낮추어 걸었다.

그 집 뒤꼍에 이르려면 몇 개의 집 앞을 지나야만 했다. 집 뒤로 좁은 골목이 있었다. 좁은 골목을 따라 그 집 바로 뒤에까지 왔다. 사잇문이 있었다. 부녀자들이 사랑채를 거치지 않고 드나들기 위해 틔워놓은 사잇문이었다. 그런데 그 사잇문이 열릴 것 같은 동정이 었었다. 만석은 재빨리 몸을 돌담 그늘에 숨겼다.

소복을 한 묘령의 여자가 사잇문으로부터 나타나더니 익숙한 걸음으로 멀어져갔다. 만석은 당초의 계획을 포기하고 그 여자의 뒤를 쫓기로 했다.

어림짐작으로 만석은 여자가 간 방향으로 따라갔다. 불이 켜져 있는 집을 지나고도 한참이 되었을 무렵이다. 돌연 와자지껄하는 소리가 어느 일각에 있었다. 고요한 밤의, 고요한 마을의 정적이 일시에 깨어졌다.

"그놈을 잡아라."

"사정없이 쳐라!"

"영감님의 분부시다. 쳐라, 쳐랏!"

"아이구구."

하는 비명소리.

"네놈은 누구냐?"

"물어볼 것 없다. 불문곡직 쳐라!"

"아이구구, 나다, 나다."

"나가 누구야, 이놈아, 쳐라, 쳐라."

"뻗었거든 묶어라. 꽁꽁 묶어라!"

"에그머니나, 큰서방님이 아니유?"

"큰서방님?"

"그래유, 큰서방님이에유."

그 소란은 만석이 금방 끼고 돌았던 담장 안에서 일어나고 있었다.

도둑놈인 줄 알고 때려잡고 보니 그 집 큰서방이었다는 줄거리
는 잡을 수가 있었지만, 밤중에 그런 소동이 일어났다는 사실 자체
가 의아했다. 만석은 그 집 대문 가까이에서 그늘에 몸을 숨겨 계
속 동정을 살폈다.

이윽고 등에 사람을 업은 자를 앞세우고 칠팔 명으로 보이는 장
정들이 우르르 그 대문에서 쏟아져 나왔다.

"큰서방님일 줄이야 어떻게 알았겠수?"

"큰서방님이 하필이면 왜 담장을 넘어온단 말유."

"쉬잇, 쉬잇."

"그러나저러나 크게 다치지나 않았으면 다행한 일이지만."

이런 소리, 저런 소릴 하며 장정들이 멀어져갔을 때, 바로 유만석
의 눈앞 그늘에서 아까의 그 소복한 여자가 쑥 나타나더니 총총걸
음으로 이제 막 장정들이 쏟아져 나온 그 대문 안으로 사라졌다.

그리고 '끼익' 하고 대문이 닫혔다.

'세상엔 별난 일도 다 있지.'

속으로 중얼거리며 대문을 정면으로 보는 위치에 와 섰을 때, 만

석은 그제야 그 집이 주지승이 가르쳐준 과부 집이란 것을 알아차
렸다.

"흐음."

하고 한동안 생각했다. 알쏭달쏭하지만 무슨 짐작 같은 것이 떠오
를 듯했다.

만석은 달렸다. 아까 불이 켜져 있던 그 집을 향해서.

아니나 다를까. 그 집은 발칵 뒤집혀 있었다. 만석은 열려 있는
대문을 통해 살짝 집 안으로 들어가 그늘진 구석에 몸을 숨길 수
가 있었다.

"…창피하게 이게 무슨 꼴이란 말인가."

대청 위에서 노인이 담뱃대를 탕탕 치며 호령이었다.

"그보다도 큰서방님의 상처가 심한 것 같으니 빨리…."

"그런 놈은 죽어 마땅하다. 그런데 아무리 야심했기로서니 그처
럼 사람을 몰라보아?"

"누구든 담장을 넘는 놈이 있으면 불문곡직 몽둥이찜질을 하라
는 영감님의 분부가 계시지 않았시유."

"허허 참, 하여간 창피한 일이여. 그 대사 놈이 괘씸하구나. 이렇
게 될 걸 알구 엉뚱한 소리를 하구서…. 어어, 괘씸한지고. 그놈을
업어 내당에 들여라. 넌 가서 의원을 데려오구. 야심했기로서니 그
처럼 사람을 몰라보아? 하긴, 그런 놈은 죽어도 상관없다."

노인의 말엔 두서가 없었다. 흥분과 착란이 겹친 모양이었다.

척 하면 구만 리란 말이 있다. 유만석의 눈치가 그러했다.

주지승의 능글능글한 얼굴이 떠올랐다. 그놈이 꾸민 장난일 것

은 뻔한 일인데, 결국 한 사람 병신을 만들었거나 골병을 들여놓은 결과만을 만든 셈이라고 생각하니, 유만석은 저절로 웃음이 났다.

그늘에 숨어 걸을 필요가 없었다. 만석은 다음의 행동을 어떻게 취할까를 궁리하며 천천히 걸었다. 그 소복한 여자가 강 부자의 둘째며느리임은 의심할 여지가 없었다. 그런데 왜 밤중에 큰집을 빠져나갔을까? 아니, 왜 큰집엔 와 있었을까? 만석이 해본 추측으론 다음과 같았다.

주지승이 과부의 시아버지에게 오늘 밤 수상한 놈이 당신의 과부 된 며느리를 덮칠 것이라고 고자질을 했다. 그래 시아버지는 며느리를 큰집에 데려와 두고 장정들로 하여금 며느리 집 안팎에서 망을 보게 했다. 며느리는 영문을 몰랐다. 그랬는데 시숙이 그날 밤에 오기로 돼 있었다.

시숙과 제수는 전부터 밀통이 있었던 것이다. 시숙이 자기를 찾을 것이라고 생각하자 과부는 큰집에서 그냥 잘 수가 없었다. 그래 몰래 큰집을 빠져나온 것이렷다. 그런데 역시 영문을 모르는 시숙은 과부 집 담을 넘어갔다. 그러고는 봉변을 당한 것이렷다. 과부는 자기 집 담 옆에서 그 소동을 알았다. 그것은 만석이 직접 목격한 그대로였다.

만석은 담을 넘을 것이 아니라 대문을 두드릴까도 생각해봤다.

그러나 그렇게 하면 하인들을 깨울 염려가 있었다.

만석은 담을 넘어갔다. 과부 집답게 아담하게 꾸며진 단채의 집이었는데, 큰방으로 보이는 곳에 호롱불이 켜져 있었다.

발소리를 죽여 가까이 가서 문틈으로 안을 살폈다. 여자가 소복을 한 채 방 한가운데 단좌하고 있었다. 오늘 밤 겪은 일이 너무나 엄청났기 때문에 넋을 잃고 있는 것이 아닌가 했다. 시숙과 밀통하고 있는 사실이 탄로가 났으니 걱정이 될 만도 했다.

혹시 죽음을 각오하고 그처럼 멍청히 앉아 있는 것인지도 몰랐다.

만석은 가볍게 기침을 하곤 선뜻 방문을 열었다. 여자의 눈이 순간 반짝이는 것 같았다. 그러나 두려움에 지친 그런 태도는 아니었다.

시선을 벽 쪽으로 옮기며 나직이 말했다.

"밤중에 부인의 방을 침노하다니 심히 무례한 짓이오. 빨리 나가시오."

"나가란다고 나갈 그런 사람 같으면 아예 들어오질 않았을 것이오."

하고, 만석은 자리에 무턱대고 앉았다.

"나가지 않으면 사람을 부르겠소."

여자의 말은 늠연했다.

"하룻밤에 사내 둘을 병신 만들 작정이우? 당신 시숙은 앞으로 얼마 살지 못할 거요. 그렇게 해서 당신은 강씨 집 손을 말릴 셈인가 보군요."

여자는 대꾸할 엄두가 나질 않는 모양이었다. 유만석이 부드럽게 시작했다.

"순순히 내 말을 들어주는 게 좋을 거요. 한밤에 소동 한 번이면 족하오. 또 소동을 일으킬 필요는 없잖소. 나는 당신의 미색을 듣고 멀리 한양에서 찾아온 유 도령이오. 시숙과 통하는 것 같은 불륜은 아닐 것이오."

"듣자 듣자 하니 해괴하군요. 빨리 나가세요."

하고 여자는 홱 바람을 일으키며 일어섰다. 그 순간이었다. 여자는 모로 쓰러지고 그 입엔 날쌘 만석의 솜씨로 재갈이 물려졌다.

여자의 반항은 뜻밖에도 거셌다. 결사적이라고 할 만큼의 반항이어서 물려놓은 재갈이 몇 번이고 터졌다. 그럴 때마다 여자는 목이 찢어져라 하고 비명을 질렀다. 만석은 하는 수 없이 여자의 가슴팍을 쳐서 질식케 한 다음, 다시 재갈을 물리고 치마끈을 찢어 손을 묶었다. 이윽고 여자를 저고리만 입혀둔 채 아랫도리를 알몸으로 만들어버렸다.

그러면서도 만석은 곧 사람들이 나타나지 않을까 하고 겁을 먹고 있었는데, 이상하게도 아무도 나타나지 않았다. 그 까닭은 초저녁에 영천사 주지승의 귀띔을 듣고 강 부자가 둘째며느리를 본집으로 데리고 가는 동시에 여종들도 그 집에서 모조리 철거시켜버리고 망을 볼 장정들에게 그 집을 맡겨버린 것이다. 그러니 그 집의 여종들은 여주인이 아직 큰댁에서 자고 있을 줄로만 알고 아침까진 돌아올 생각을 않고 있었다. 게다가, 강 부자의 큰아들이 두들겨 맞아 인사불성의 지경이 되어 있었으니 작은집 걱정을 할 엄두가 날 까닭도 없었다.

만석은 여자의 등을 두드리기도 하고 허벅다리를 쓰다듬기도 하며 여자의 의식을 돌려놓곤 슬슬 장난을 시작했다. 이미 항거할 기력을 잃은 여자는 묶인 팔을 들었다가 놓았다가 했다. 풀어달라는 의사 표시였다.

"귀찮게 굴면 팔을 분질러버릴 테니까."

하고 만석은 여자의 팔을 풀어주었다.

여자는 풀린 손으로 입을 가리켰다. 물린 재갈을 빼달라는 시늉이었다.

"또 한 번 고함을 질러보기만 해라. 이 망신을 그냥 구경시켜줄 테니까."

하고 만석은 여자의 궁둥이를 찰싹 때려놓고 재갈을 빼어주었다. 여자는 깊은 한숨을 쉬며 눈을 감았다.

만석은 여자에게서 항거할 의사가 전연 없다는 것을 확인했다. 의지와 이성과는 딴판으로 불타오르는 여체의 생리란 이렇게 슬프다.

만석의 연단된 색술에 여자는 이미 황홀경에 빠져들고 있었다. 여자의 팔이 만석의 목을 안았다. 그리고 울먹이는 소리로 속삭였다.

"내 소원이에유. 날 데리고 도망가줘유. 난 이런 처지로선 살 수가 없어유. 소원이에유. 날 데리고 도망해유."

"시숙 놈과 붙어먹은 화냥년을 데리고 가서 어디에 써먹으려구."

만석이 퉁명스럽게 쏘았다. 그러면서도 작동은 멈추질 않았다.

나쁜 년일수록 기막힌 특성을 가졌다는 것은 이상한 일이라고 생각하면서, 만석은 원수를 갚는 듯한 기분으로 덤볐다.

"같이 도망가지 못하겠거든 날 죽여줘유. 죽여줘유."

여자는 또 한 번 절정을 넘어서며 신음과 비명을 엮었다.

"죽이면 난 살인자가 돼. 난 살인자가 되긴 싫어."

거친 숨 사이로 만석이 뱉었다.

"죽이기 싫으면 날 데려가줘유."

"도망가다 붙들리면 나만 경치게?"

"붙들지 않을 거예요. 이런 나를 누가 붙들겠어요."

"당신 시숙 놈이 붙들려고 하겠지. 그놈도 이 맛을 알았을 것 아 닌가."

"아녜유. 그건 내 죄가 아녜유. 어쩌다 그렇게 된 거예유. 죽어야 할 몸이지만, 모진 목숨 버리지 못하고 이런 꼴이 되었어유. 날 데 리고 도망가줘유. 소원이에유…"

일을 끝내고 그냥 나오려다가 만석은 옷을 챙겨 입고 처량하게 앉은 그 여자의 꼴이 측은해서 그 앞에 앉았다.

"나를 데리고 못 가겠거든, 빨리 가세유."

여자의 말은 나직했다.

"내가 가면?"

"나는 자결할 수밖에 없지유."

"자결? 죽겠단 말요?"

"…"

얼굴을 숙이고 앉아 있는 여자의 몸매엔, 아닌 게 아니라 비장한 각오 같은 것이 서려 있었다. '내가 떠난 뒤 이 여자가 죽는다면 낭 패다' 하는 생각이 들었다. 하룻밤을 자도 만리장성의 성을 쌓는다 는 말이 있지 않은가. 만석이 여자의 손을 잡았다. 힘없이 잡힌 채 로 있었다.

"여보시오. 그런 말을 들으니 꼭 당신을 데리고 가고 싶지만, 무 일푼으로 혈혈단신 떠도는 놈이라 당신을 먹여 살릴 방도가 있어 야지."

"방도는 제게 있어유."

여자의 말은 여전히 나직했다.

"어떤 방도가 있단 말요?"

"얼마간의 금붙이가 있으니 그걸로 당분간은 살 수가 있을 거유. 그리고 어디 정처를 잡고 친정에 기별하면 날 굶어 죽겐 않을 거에유."

"당신 친정이 어딘데?"

"단양이에유. 단양의 명씨 집안이라고 하면 잘사는 집안으로 쳐유."

"그럼 당신 친정까지만 데려다주면 되겠구려."

"그럼 안 되유. 내가 거길 갈 순 없에유. 양반의 법도로서…."

"양반? 양반의 딸이 시숙 놈하고 붙어?"

만석이 피식 웃었다.

그러자 여자의 눈이 만석의 얼굴을 힐끗 보았다.

"그건 정말 내 잘못이 아네유. 시숙의 체면을 건져주려다가 할 수 없이 그렇게 된 거라유."

만석은 '아차' 싶어

"다신 그 말 안 할 테니 용서해요."

하고, 꼭 같이 갈 생각이면 서둘러야 한다고 했다.

여자는 다락으로 올라가 한참 있더니 새까만 공단 보자기에 싼 것을 가지고 내려왔다.

"그게 뭐요?"

"열어보면 알 게유."

만석이 보자기를 풀었다. 꽤 큰 함이 나왔다. 함엔 자물쇠가 채워져 있었다.

"열쇠는?"

"없어요. 우리가 자리를 잡은 뒤 부숴서 열면 될 것 아녜유. 그 속에 금붙이가 들어 있어유."

하고, 여자는 자기가 등지고 앉은 장롱을 열었다. 명주를 비롯한 포목이 가득 들어 있었다. 만석은 눈가늠으로, 그것만 있으면 몇 해는 족히 살 수 있을 것이란 짐작을 했다.

"이걸 가져가도 돼요?"

"내 것인데유."

말이 떨어지기가 바쁘게 만석은 장롱 속의 포목을 모조리 꺼내다, 포목 한 필을 풀어선 멜빵을 만들어 단단히 등짐을 만들었다. 나락으로 한 섬 반쯤 되는 무게였지만, 만석의 힘은 그만한 것쯤을 감당하기에 부족하지 않았다.

"빨리 갑시다."

하고 등짐을 지고 여자를 재촉했다.

여자와 만석은 마을을 빠져나와 절로 가는 길 입구에 들어섰다.

마을로부터 첫새벽을 알리는 닭소리가 울려오고 있었다.

"붙들리면 난 죽을 거라."

절까지의 길 중간쯤에서 쉬며 만석이 이렇게 중얼거렸다.

"우릴 쫓지 않을 거예유. 아니, 날 쫓지 않을 거예유. 당신을 알 까닭이 없구요. 날 찾게 되면 더욱 창피한 일이 생기게 되는데 무엇하러 찾겠어유."

여자의 말을 들으니 그럴 듯도 했지만, 만석은 왠지 마음이 놓이질 않았다. 여자를 데리고 간다는 사실을 주지승에게 알려선 안 된다고도 생각했지만, 괘씸한 수작을 부린 중놈을 그냥 둔다는 것도 밸이 아팠다. 하여간 만석은 절 근처까지 가서 동정을 살펴볼 요량을 했다.

아무튼 자기의 보따리만은 찾아야 했던 것이다.

절에 이르니 새벽 예불이 진행되고 있었다. 만석은 누구에게도 들키지 않고 여자와 짐짝을 자기 방에 들여놓을 수가 있었다.

으레 절 방이란 것이 그러하거니와, 만석이 거처하는 방도 앞뒤로 겹방이 되어 있었다. 만석은 뒷방에 여자와 짐짝을 갖다놓고, 중간의 미닫이를 굳게 닫고 방을 나왔다. 주지승은 상좌들을 데리고 열심히 예불 중이었다. 만석의 뇌리에 기상천외한 생각이 떠올랐다. 주지승 방으로 들어가 주지승의 바릿대를 훔쳐 들고 자기 방으로 돌아왔다. 바릿대란 중들이 식기로 사용하는 세 개쯤으로 포개진 목기이다. 만석은 그 바릿대를 뒷방으로 밀어 넣어주며,

"오늘 하루 동안은 거기 숨어 있어야 할 테니까, 그걸로 뒤를 보시오."

하고 빙그레 웃었다. 자기를 속인 주지승에 대해 그만한 보복은 당연하다고 생각한 탓이다.

그래 놓고 만석은 자기의 보따리를 끌어다가 베개로 하고 잠에 빠졌다. 초저녁에 실컷 잤지만, 반항하는 여자를 휘어잡은 데다 무거운 등짐까지 지고 밤길 오 리를 걸었으니 잠이 올 만도 했다.

놀란 것은 주지승이었다.

예불을 끝내고 법당에서 나오는 길로 보니 만석이 거처하는 방 문 앞에 만석의 신발이 놓여 있지 않은가. 틀림없이 지금쯤은 곧장

을 얻어맞고 죽었든지, 아니면 꽁꽁 묶여 강 부자 집 광에 기진맥
진 처박혀 있을 줄 알았던 놈의 신발이 거짓말처럼 나타나 있으니
기절초풍할 일이었다.

주지승은 상좌를 시켜 그 방문을 열어보라고 했다. 상좌가 방문
을 열었다. 유만석이 곤히 잠들어 있었다.

상좌의 말을 들은 주지승은 간이 썰렁했다.

'도대체 어떻게 된 일일까.'

만일 자기의 고자질을 만석이 놈이 알았다고 하면 예사로 넘어
갈 일이 아닌 것이었다. 어떤 난제難題를 뒤집어씌울는지 모를 일이
었다. 그러니 우선 까닭이라도 알아야만 했다.

주지승은 자기 방으로 돌아가 옷을 갈아입고 나왔다. 아랫마을
에 가서 강 부자를 찾아보고 전말을 알아보아야겠다고 작정을 한
것이다.

그런데 주지승이 뜰을 지나치려는 찰나였다. 만석이 거처하고 있
는 방문이 '탕' 하고 열리더니 만석의 소리가 터져 나왔다.

"주지 스님, 유만석이 시체 공양하시려고 마을에 가십니까? 그럴
필요 없으니 이리로 오십시오. 우리 얘기나 좀 합시다."

뱀에 홀린 개구리처럼 주지승은 한동안 그 자리에서 움직일 수
가 없었다.

만석으로선 기어이 그 방으로 주지승을 끌어넣어야만 했다. 강부
자 집 사람들이 절을 덮칠 것을 예상할 때, 만석의 방만은 의심할
여지가 없다는 것을 주지승에게 확인시킬 필요가 있었던 것이다.

만석은 주지승의 옷소매를 끌다시피 해서 자기 방으로 데려와

앉혔다. 그러고는 다음과 같이 시작했다.

"주지 스님은 죽으면 극락에 갈 것이고, 나는 죽으면 지옥으로 떨어질 것이니, 나로선 억울하기 짝이 없소만, 하는 수 없이 주지 스님과 같이 죽으렵니다."

주지승이 만석의 말뜻을 알아차릴 수가 없어 그저 떨고만 있었다. 만석의 말이 계속되었다.

"생남生男하려고 기도하러 온 대갓집 부녀에게 나를 붙여주는 등, 뚜쟁이 노릇을 할 때는 언제고, 거짓말을 꾸며 나를 죽이려고 한 건 웬일이오?"

이제야 말뜻을 알았지만 주지승은 대꾸할 수가 없었다.

"왜 잠자코 있는 거요? 입이 몇 개가 있어도 답을 못 하겠죠? 나는 억울해서 죽겠소. 내 덕으로 대갓집 후사를 만들어 재물을 몽땅 당신이 잡수시고, 올데갈데없는 나한텐 재워줄 방, 몇 끼의 밥 주기가 그렇게 아까웠단 말요? 인생이 이렇게 서러워서야 살 수가 있소. 중생 제도 한답시고 절은 그렇게 덩그렇게 지어놓고 뚜쟁이에 살인까지 곁들이려고 하는데, 이게 불도요? 나는 앞으로 외고 펴고 할 것인즉, 그리 아시오. 내가 이 절에서 한 짓을 펴고 나면 나는 응당 죽을 것이오. 그런데 뚜쟁이 노릇한 당신은 살아남겠소? 그러니까 같이 죽자 이거요."

"말을 함부로 그렇게 하면 못쓰우."

주지는 혼신의 용기를 내어 한마디 했다.

"못쓰다니? 이 따위 절을 세상이 용납한단 말요? 그런 주지를 용납할 세상이란 말요? 한데, 당신은 이러나저러나 죽게 되었소. 터무

144

니없는 말을 퍼뜨려 강 부자 집 큰아들을 죽게 해놨으니 당신 어디 살아남겠소?"

주지는 새파랗게 질렸다. 영문은 몰랐으나 무슨 변이 생긴 것은 틀림없다고 느껴졌기 때문이다.

만석이 지친 주지승의 얼굴을 들여다보며 다시 한 방 쏘았다.

"주지승이 살아남을 길은 오직 이 절을 버리고 도망가는 수밖에 없는데, 그건 또 내가 용서하지 않겠소. 아무리 미천한 생명이기로서니 나 혼자 죽진 않을 거니까요."

"그런 무엄한 말을 함부로 지껄여 살아남을 줄 아는가?"

주지는 드디어 분통을 터뜨렸다.

"난 살아남을 생각 없어."

만석은 이 말을 하곤 뒷방과의 사이에 있는 미닫이를 등지고 누워버렸다.

그리고 중얼거리는 말이,

"이왕 죽을 몸, 잠이나 실컷 자야겠다."

주지는 어리벙벙한 생각으로 그 자리를 뜨지 못했다. 그러자 만석이 누운 채로,

"대사! 알아서 하시오. 마을에 내려가서 어젯밤 일을 알아보아도 좋고, 관에 가서 나를 모함해도 좋소."

하고 쏘아붙였다. 그리고 다음과 같이 덧붙였다.

"당신과 내가 살아남을 길은 꼭 한 가지 있소. 어떻게 하건 오늘 안으로 당나귀 두 마리를 구해 절 뒤 상수리나무 밑에 매어놓으시오."

이 말을 남기고 만석은 코를 골기 시작했다.

안절부절못하고 어쩔 줄 모르다가, 주지는 하여간 아랫마을로 내려갔다. 동구 주막집 마루에 걸터앉아 주모로부터 들은 얘기는 너무나 황당했다.

"글쎄, 강 부자 집 큰아들이 과부가 된 제수와 밀통을 하고 있었다나유. 그래 어젯밤 제수 집 담장을 넘어가려다가 망을 보는 하인들에게 난장을 맞아 지금 사경에 있다누만유."

주지는 눈앞이 아찔했다. 그럼 만석일 두들겨 잡는 대신 강 부자의 큰아들을 잡았단 말인가.

주모의 얘기는 계속되었다.

"그런데 강 부자 둘째며느리는 지난밤에 야간도주를 했다우."

"야간도주를?"

"예. 그것도 몰랐을 건데유, 하인들이 새벽에 큰집에서 돌아와 본께 장롱이 열려 있더래유. 그 장롱엔 필목이 가득 있었대유. 그게 텅텅 비어 있더라지 않아유. 그런디 이상한 일도 있지라유. 그 필목은 여자 혼자선 감당할 수 없는 부피였대유. 필시 어떤 남자와 눈이 맞아 같이 도망친 거라고 모두들 하더만유."

주지승은 선뜻 만석을 상기했으나 그런 흔적 같은 것은 느껴지질 않아서 얼른 지워버리고 물었다.

"도망을 갔으면 어딜 갔을까? 그리고 사내는 누굴까? 마을에 그럴 만한 사내가 있었던가?"

"없대유. 아마 외방 남자일 것이라고 하대유. 지금 찾느라고 난리에유. 마을의 장정들은 모두 찾아 나섰대유. 덕분에 주청이 요 모양

146

이랜께유."

아닌 게 아니라, 지금 이맘때이면 주청에 사람들이 몇은 와 있어야 하는 것이었다.

'그럼 만석이란 놈은 모든 것을 다 보고 있었던 게로구나.'
하는 생각과, 만석이 구해 오라는 당나귀 생각이 났다. 주지가 넌지시 물었다.

"내 돈을 후하게 줄 테니 어디 당나귀 살 데가 없을까?"

"제가 어디 가서 당나귀를 사겠어유?"

궁리한 나머지 경씨 집에 마음이 미쳤다. 곧 득남할 처지에 있고, 또 만석에게 당해야 할 화를 어쩌면 모면할 수 있을지도 모르니 약간 무리한 말을 할 수 있다는 배짱이 선 것이다.

주지는 경씨 집을 찾아갔다. 그리고 다짜고짜 당나귀 값은 후하게 드릴 테니 두 필만 넘겨달라고 졸랐다.

"뜻밖에 대사가 당나귀는 왜?"
하고 되묻는 것이었지만, '절과 주지승을 살리는 셈치고'라는 말까지를 들먹여 애걸을 했다.

그 무렵 유만석은 여자가 가지고 온 보물함의 자물쇠를 비틀어 그 뚜껑을 열었던 참이었다. 눈을 부시게 하는 금은보석이 그 함 가득 담겨 있었다. 만석은 어안이 벙벙했다. 이 무슨 횡재인가 말이다. 여자의 태도로 보아, 여자도 그 보물함의 내용을 처음 본 것으로 짐작되었다.

"이건 누구 거요?"

만석이 물었다.

"나한테 있는 것이니 내 거쥬."

했지만, 여자는 그의 시부가 손수 벽장 구석에 갖다둔 사실과, 그
게 금붙이일 것이란 막연한 짐작만 하고 있었다는 얘길 털어놓았
다. 만석은 밤이 되길 기다려 주지승이 마련해준 당나귀에 짐짝과
여자를 싣고 월명에 낙가산을 넘었다.

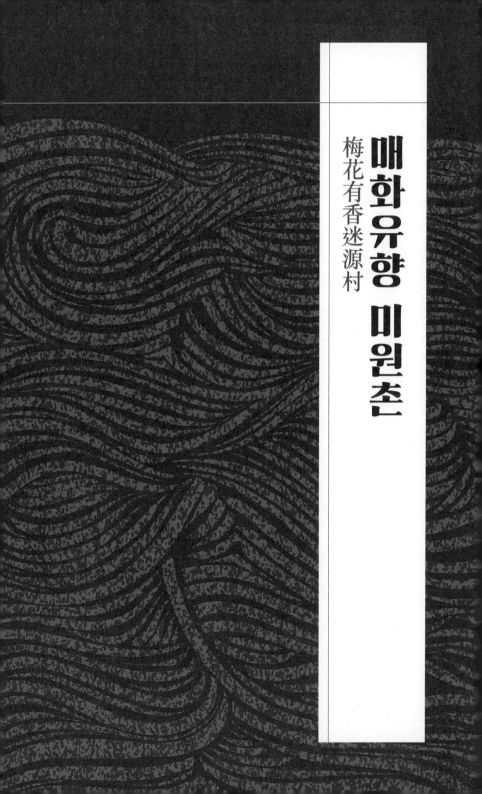

매화유향 미원촌

梅花有香迷源村

그리고 한 보름 지났다. 최천중은 미원촌을 들러 한양으로 갈 요량으로 채비를 차리고 있었는데, 한양으로부터 봉련의 편지를 가지고 황천리가 달려왔다. 편지의 사연은 다음과 같았다.

　'황급히 몇 자 올립니다. 청주 고을에 사는 강태석姜太錫이란 토호가 한양의 지체 높은 모某 경관京官의 가전보물家傳寶物을 맡아 있었는데, 그것을 도둑맞아 지금 야단이 나 있는 중이라고 합니다. 강태석은 그것을 간수하는 데 고심한 나머지 자기의 거처에 두었다간 화적을 만날 염려가 없지 않아 임시방편으로 둘째며느리의 집 벽장에 숨겨두었는데, 그 며느리가 그것을 가지고 도망쳤다고 합니다. 그런데 그 여자는 과부이고, 또 그 여자의 단독 행위는 아닐 것이라고 짐작하고 있다는 겁니다. 유만석이 집을 나갔다고 들은 데다 그곳이 영천사 가까이라고 들었고, 또 여자가 과부라는 점으로 보아 아무래도 마음이 놓이질 않습니다. 혹시 그놈이 한 짓이 아닌가 해서 말입니다. 그럴 경우 그놈이 붙들리기나 해서 우리와의 연관이 탄로라도 나면 만만치 않은 일이 벌어질 것이 아닌가도 합니다. 무슨 방책을 곧 써야 할 것 같습니다. 서두르시기 바랍니다. 이 쪽지 보시거든 당장 불 속에 집어넣으시도록 바라옵고 이만 줄입니다. 총총.'

그리고 그 편지엔 내는 사람의 이름도, 받는 사람의 이름도 쓰여져 있지 않았다.

최천중은 얼른 그 편지를 불살라버렸다. 황봉련의 짐작대로 유만석의 소행이 틀림없을 것이란 생각이 들었다. 그러나 자기에게 누가 미칠까 봐 불안하진 않았다. 유만석의 사람됨을 알고 있기 때문이다. 하지만 그런 끔찍한 일을 하고 유만석이 붙들린다면 배겨낼 일이 아닌 것이다.

최천중은 예정을 앞당겨 청풍을 출발했다. 일단 영천사를 들러볼 작정이었다. 일행이 넷이나 되고 보니, 꽤나 서둘렀는데도 영천사에 도착하기까지 이틀이 꼬박 걸렸다. 이미 춘기가 양동하고 있는 산과 들을 지나는 기분은 그다지 나쁘지가 않았지만 시상까진 떠오르지 않았다.

연치성이 황급히 영천사로 가는 사유를 알고자 했으나, 최천중은 당분간 잠자코 있기로 했다.

영천사의 주지승은 최천중을 보자 얼굴에 핏기를 잃었다. 그 당황하는 표정으로 최천중은 자기의 짐작이 어긋나지 않았다는 걸 알아차렸다. 야심하길 기다려 최천중이 주지승에게 사정을 물었다.

주지승의 대답은 다음과 같았다.

"육십 평생을 고해 속에서 살았지만 이런 꼴은 정말 처음입니다요. 글쎄 요전번 관계가 있었다는 것을 미끼로 경씨 댁 부인을 당장 데리고 오라고 하잖나, 그것이 안 되겠다니까 과부를 내놓으라고 하잖나, 할 수 없이 과부 집을 대주었더니 그 과부를 꿰차고 절에 나타나선 당나귀 두 마리를 구해내라고 떼를 쓰지 않나…."

"그래서 어떻게 했소?"

"당나귀를 구해줬죠."

"그랬더니?"

"그날 밤 낙가산을 넘어갔소."

하고, 주지승은 한숨을 쉬고 덧붙였다.

"그러나 다행히도 그 사람과 강씨 집 과부가 우리 절에 있다가 간 사실은 아무도 몰라요. 십 년 감수는 단단히 했쇠다."

그러나 주지승은 만석과 과부가 언제 붙들려도 붙들릴 것이니, 그것이 걱정이라서 밤에 잠을 이룰 수 없다고 했다.

"출가 득도한 승려가 기껏 그 정도의 수양밖에 안 되었소?"

비꼬는 말투로 최천중이 말했다.

"아무리 승려라도 육신은 육신이외다."

하고 주지승은 한숨을 쉬었다. 그 꼴이 처량도 해서 최천중이 위로를 곁들여 한마디 했다.

"이때까지 붙들리지 않은 걸 보면 영영 붙들리지 않을 수도 있을 것이오. 그놈은 그놈대로 기막힌 술수를 가진 놈이오. 그 대신 대사께서 미리 발설하는 따위의 서툰 짓이 있어선 안 될 것이오."

"내 몸에 누가 닥칠 일인데 어련하겠소."

하며 주지승은 약간 수미愁眉*를 푸는 것 같았다.

"그런데."

하고 최천중이 물었다.

"사정이 그러하다면 그 강씬가 하는 사람이 도리에 어긋난 며느리를 찾지는 않을 성싶은데…. 설혹 비싼 보물을 가지고 갔다고 해두요."

"불문에 부칠 수 없는 깊은 내력이 있는가 봅니다."

"그게 뭔데요?"

"글쎄요, 난들 어떻게 알겠소만, 그 보물은 전에 충청감사를 지낸 적이 있던, 지금은 내관으로 들어가 있는 어느 대관의 것인데, 무슨 이유에선가 강씨 댁에 맡겨둔 거라고 들었소. 뿐만 아니라, 대궐에서도 그 소재를 알고 있어 불일不日** 한양으로 옮길 참이었다 합디다. 만일 그것을 도로 찾지 못하면 강씨도 그 대관도 생명으로써 보상해야 할 만큼 중요한 것이라고 하니, 그 수색과 추궁이 오죽하겠소."

무얼까 하고 생각했지만 최천중으로서도 짐작이 가질 않았다.

다시 한 번 서로 발설하지 않기로 다짐하고, 최천중은 자기 방으로 돌아와 비로소 연치성에게 사정 얘기를 털어놓았다. 그리고 내일 새벽 강원도 지방으로 떠나자고 했다.

"박돌쇠를 찾으실 생각이십니까?"

---

* 　근심에 잠겨 찌푸린 눈썹.
** 　며칠 내에.

하고 연치성이 물었다.

"뿐만 아니라, 아무래도 거기에 만석이란 놈이 가 있는 것 같애."

최천중이 중얼거렸다.

"제 짐작도 대강 그렇습니다. 만일 그 짐작이 옳다면, 우리 일행
네 사람이 함께 그리로 가는 것은 남의 눈에 띄어 좋지 않을 것 같
습니다."

"흐음."

"생각해보십시오. 유만석에 대한 추궁이 그처럼 심하다는데 길
목마다에 포리들이 숨어 수상한 사람들의 동태를 살피지 않겠습
니까. 그때 우리 일행이 후미진 강원도 산골을 향해 간다면 반드시
뒤를 밟힐 염려가 있지 않겠습니까?"

연치성의 말엔 정연한 조리가 있었다.

"그럼 어떡하지?"

"강원도 영월엔 저 혼자 가겠습니다. 선생님은 허와 강을 데리고
곧바로 한양으로 올라가십시오."

"그런데, 나는 또 들를 데가 있어."

하고 최천중은 앞으로 보름 동안을 기약하고 여주 신륵사에서 만
나기로 정했다. 그리고 돌쇠와 유만석을 만났을 때를 예상하여 자
상한 지시를 했다.

연치성은 첫새벽에 강원도로 떠나고, 최천중은 허병섭과 강직순
을 데리고 아침밥을 먹고 천천히 떠났다. 미원촌엔 열흘 안으로 도
착하면 될 것이어서 서둘 필요가 없었던 것이다.

유만석의 일이 다소 마음에 걸리지 않는 바는 아니었으나, 치밀한 두뇌와 민첩한 동작으로 뛰어난 연치성에게 맡겼으니 걱정할 필요가 없었다.

최천중은 미원촌까지의 도정을 청주, 전의, 천안, 직산, 송현, 지평, 용문산의 순서로 잡았다.

청주에서 전의까지는 54리. 하루의 노정으론 그다지 버거운 게 아니었다. 게다가 이월 들어 해가 길어지기도 했다.

산과 들과 마을에서 느껴지는 천춘淺春*의 감회는 사뭇 나그네의 기분을 홍겹게 했다.

최천중은 앞뒤로 걷고 있던 허병섭과 강직순을 자기와 나란히 걷도록 좌우에 오게 하곤 진산민眞山民의 시를 읊었다.

여동설재건餘凍雪纔乾

초청일취훤初晴日驟喧

인심신세월人心新歲月

춘의구건곤春意舊乾坤

연벽류회색煙碧柳回色

소청초반혼燒靑草返魂

동풍무후박東風無厚薄

수례도형문隨例到衡門

---

* 이른봄.

그리고 다음과 같이 풀이했다.

"진산민은 지금으로부터 오백 년 전, 송나라 말기의 시인이야. 그 다지 유명하진 않지만 이 시는 기막혀. 여동餘凍이란 여한餘寒과 같지. 그러니 첫구는 이렇게 돼. 아직 추위는 얼만가 남았지만 겨우 눈이 녹기 시작했다. 신 별의 갠 날 햇볕이 돌연 따뜻하게 느껴지는구나. 그 다음 두 구는, 글자 그대로 인심은 세월과 더불어 새로워지고 봄소식은 옛날 그대로 이 천지에 넘친다는 뜻. 다음의 오륙구, 연煙은 아지랑이, 즉 봄 아지랑이는 푸른 안개가 되어 수양버들을 에워싸선 유색柳色을 소생시키고, 들을 태운 흔적도 푸르러 풀의 혼도 되살아나는구나. 마지막의 두 구는 이른바 미련尾聯이다. 동풍엔 차별대우가 없어 예년 그대로 가난한 집에도 불어온다. 보렴, 저 오막살이집에도 봄기운이 돌고 있지 않느냐."

최천중은 다시 한 번 그 시를 읊곤 허와 강으로 하여금 창화唱和케 했다.

맑고 힘찬 소년들의 창화하는 소리를 들으니 최천중의 감흥은 더욱 높아졌다.

'지금 가고 있는 길 저편에 웅장한 희망이 있다.'

는 흥분도 겹쳤다.

갑자년甲子年 무진월戊辰月 경인일庚寅日 축시丑時.

바야흐로 지금은 갑자년이고 무진월이었다. 왕씨 부인이 잉태한 아이가 경인일 축시에 이 세상에 출생하기만 하면 되는 것이었다.

최천중은 자기의 점괘를 계시라고 생각했고, 그대로 믿었다. 세상엔 운명을 만들어나가는 사람이 있고, 운명에 이끌려나가는 사람이 있는데 최천중 자기는 운명을 만들어나가는 사람이라 믿고 의심하지 않았다. 그러한 최천중이 또 하나의 운명, 즉 사주를 만든 것이다. 최천중은 그 새로운 운명을 맞이하기 위해 걸어가고 있는 것이었다. 그는 태어날 아이의 이름까지 준비하고 있었다. 그는 다시 한 번 아까의 시구를 읊었다.

"여동설재건, 초청일취훤…."

최천중이 왕씨 부인에게 잉태케 한 아이를 위해 준비한 이름은 왕문王文이었다. 왕씨 가문에도 이름에 항렬이 있을 것인즉, 태어나는 아이의 이름을 최천중이 임의대로 한다는 것은 만만찮은 곤란이 있을 것이지만, 그는 어떤 수단을 써서라도 끝내 고집할 작정이었다.

'왕문! 얼마나 좋은 이름인가.'

하고 그는 속으로 웃었다. 그것이 자연 얼굴에 나타난 모양이었다.

허병섭이 물었다.

"선생님, 기분이 대단히 좋으신 것 같은데 그 까닭을 알았으면 합니다요."

최천중이 웃으며 대답했다.

"청운의 뜻을 품은 두 젊은 장부를 거느리고 한양으로 올라가는데 기쁘지 않을 이유가 있겠는가?"

허병섭과 강직순이 동시에 얼굴을 붉혔다. 최천중의 말을 액면 그대로 받아들인 것이다.

"선생님의 기대에 어긋날까 심히 두렵습니다요."

강직순이 수줍은 듯 한마디 했다.

"내 기대는 너희들이 정자나무처럼 건장하게 자라주면 그만이다. 벼슬하기 위해 과거를 보라는 것도 아니고, 돈을 많이 벌어 부자가 되라는 말도 아니다. 바른말이지, 이 세상은 벼슬을 할 세상이 아니다. 돈을 벌 수 있는 세상도 아니다. 의리를 지키며 우리끼리 한평생 같이 살아보는 것이 내 소원이다. 돈은 내가 벌지. 너희들은 실컷 뛰놀고, 가끔 책을 읽고 무술을 익히면 그만인 게야."

"그래도 우리에게 무슨 목표가 있어야 하지 않겠습니까?"

허병섭의 말이었다.

"굳이 목표를 찾으려면, 의리에 살고 의리에 죽을 수 있는 사람이 되는 거여. 공자님 말씀에 임금님을 섬기는 데 불충이 없었느냐, 부모님을 섬기는 데 불효가 없었느냐, 친구와 사귀는 데 불신이 없었느냐 하고 하루에 삼성三省하라고 돼 있지만, 충, 불충의 문제는 오늘의 문제는 아니다. 어떤 임금을 두고 충성을 하겠느냐. 간교하고 탐욕스럽기만 한 탐관오리에 둘러싸여, 그 아첨에 편승하여 꼭두각시 노릇만 하는 그 따위 임금에게 어떻게 충성할 수가 있겠어. 그런 임금은 괘념할 것도 못 되어. 다만 생각할 것은, 효孝 신의니라. 그러나 언젠가 좋은 운이 있어 명군을 모실 수 있는 날이 있을지도 모르지. 그러한 명군을 찾아야 할지도 모르지. 우리의 명군을 키우기 위해 정성을 다해야 할 날이 있을지도 모르지."

"삼국지의 도원결의한 형제들처럼 말입니까?"

하고 강직순이 물었다.

"그 결의형제는 좋아. 하나, 나는 삼국지의 유비를 우리의 모범으로 하긴 싫어. 결국 그들은 실패하지 않았느냐. 내가 싫어하는 건

실패다. 실패는 용납할 수가 없어. 실패는 운세를 잘 보지 못해서, 적을 잘 알지 못해서 생겨나는 거다. 그런데 나는 운세를 볼 줄을 안다. 인재를 얻을 수가 있다. 재물을 모을 수도 있다. 그만하면 되지 않겠느냐? 어느 시기에 가서 우리의 적을 살피도록 하면 되니까."

최천중은 어느덧 열변을 토하고 있었다.

허병섭과 강직순은 부신 듯 최천중을 쳐다보고 웃었다. 인정스럽고도 믿음직한 선생과 동행해서 한양으로 가고 있는 기쁨이 새삼스러웠던 것이다.

전의에 이르러 용자산龍子山의 원적사元寂寺에 여장을 풀었다. 좀 더 가서 숙소를 정해도 될 일이었지만, 길을 옆으로 돌기까지 해서 원적사에 들른 것은 최천중이 그 절에 다소의 인연이 있었기 때문이다.

최천중이 어릴 적 그의 스승인 산수도인을 따라 이 절에 와서 한 철을 지낸 적이 있다. 그리고 그때 벽산碧山이라고 하는 늙은 스님으로부터 금강경金剛經을 배웠다. 산수도인도 가고 벽산 스님도 이미 세상을 떠났으나, 그 어릴 때의 추억이 언제나 가슴속에 괴어 있었다. 그러니 최천중이 원적사를 찾은 것은 그의 추억의 길을 더듬은 셈이었다.

승방 하나를 빌려 절 음식으로 요기를 한 후 최천중은 허와 강을 돌아보고,

"내 나이 너희들 지금 나이와 비슷했을 때, 이 절간에서 한 철을 지냈지."

하고 회고담을 시작했다.

부모의 슬하를 떠나 어려서부터 방랑한 최천중의 회상은 기쁜 대목보다는 슬픈 대목이 많았다. 더욱이, 산딸기를 따 먹으려다가 길을 잃고 호랑이 우는 소리가 들리는 산속에서 밤을 새운 얘기는 허병섭이나 강직순의 눈시울을 뜨겁게 했다.

"그때 스승의 고마움을 알았지. 바위틈에 웅크리고 앉아 오들오들 떨고 있는데, 그때는 먹칠을 한 것같이 어두운 밤이었는데 어디선가 '중아, 중아' 하고 부르는 소리가 들리더란 말야. 귀를 기울여 보니 스승님의 목소리였어. 나는 힘껏 고함을 질러, '저 여기 있습니다' 했지. 그랬더니 스승님은 내 고함을 가늠하고 초롱 한 개를 들고 나 있는 곳으로 올라오시지 않겠어. '선생님 그 자리 서 계십시오. 제가 가겠습니다' 했는데 스승님은 '안 돼, 어두워 나무 끝에 찔리거나 낭떠러지에 구르거나 할지 모르니 계속 고함만 지르고 있으라'는 거야. 이윽고 스승님은 내 곁으로 오셨어. 그러고는 덥석 나를 안고 주저앉으시며 하시는 말씀이 '인제 됐다'는 그 한마디였어. 그때 초롱의 불은 꺼져버리고 어두운 밤길을 스승님을 모시고 내려올 수가 있어야지. 스승과 제자는 서로 부둥켜안은 채 새벽까지 그 바위 밑에 웅크리고 있었던 거라."

최천중은 그때 호된 꾸지람을 각오하고 있었는데, 산수도인은 그때나 그 뒤에나 그 일에 관해선 한마디도 힐난하는 말이 없었다.

"산딸기가 그렇게 먹고 싶었더냐?"

하고 말하고, 최천중의 머리를 쓰다듬어주었을 뿐이었다.

최천중은 이 얘기를 하며 자기도 울먹이는 소리가 되었다. 감정이 빠른 강직순은 벌써 훌쩍훌쩍 울고 있었다.

"세상에 가장 중요한 것은 정이다. 의리가 중하다지만 정에서 우러나오는 의리가 아니고선 오래 지탱하지 못한다. 달도 별도 꽃도 정이 깃들인 눈으로써 볼 때만이 아름다운 것이다. 아들을 사랑하는 어버이의 정으로선 죽음도 겁나지 않는다. 제자를 위한, 스승을 위한, 친구를 위한, 정의 발로이면 사생을 넘어설 수가 있느니라."

최천중의 조용조용한 회고담과 더불어 원적사의 밤은 깊어만 갔다.

길을 걸었고 밤이 깊었는데도, 허병섭과 강직순의 눈은 말똥말똥했다.

"너희들, 잠이 오지 않느냐?"

최천중이 물었다.

"선생님의 말씀을 더 듣고 싶습니다."

허와 강이 똑같이 대답했다.

"그럼…."

하고 최천중이 '정'과 '의리'란 말이 나온 김에 그것과 유관한 당시唐詩를 강강講하기로 했다.

"위징魏徵이란 사람의 시에 '술회述懷'라는 것이 있어."

최천중이 그 술회를 낭랑한 목소리로 전편 낭송하고 나서 다음과 같이 풀이했다.

'중원환축록中原還逐鹿 투필사융헌投筆事戎軒.'

중원은 나라, 축록은 전쟁이니, 나라에 또다시 난리가 났다는 얘기. 융헌은 역시 전쟁이란 뜻. 붓을 던지고 전쟁터에 나갔다.

'종횡계불취縱橫計不就 강개지유존慷慨志猶存.'

종횡이란 소진蘇秦의 합종계合縱計와 장의張儀의 연횡계連橫計.

두 가지 다 천하통일을 위한 계략인데, 이러한 계략을 성취할 순 없지만 세상을 걱정하는 뜻은 있노라.

'장책알왕자杖策謁王子 구마출관문驅馬出關文.'

천자를 찾아뵙고 뜻을 말한 뒤 말을 달려 관문을 나왔다.

'청영계남오請纓繫南奧 빙식하동번憑軾下東藩.'

갓끈으로 남월왕南越王을 묶고, 수레에 기대어 동쪽 나라를 항복시키련다.

'울우척고수鬱紆陟高岫 출몰망평원出沒望平原.'

비탈진 고빗길로 높은 봉우리를 오르니 평원이 보일락 말락 하는데,

'고목명색조古木鳴塞鳥 공산제야원空山啼夜猿.'

고목에 우는 새소리가 쓸쓸하고, 적막공산의 밤에 원숭이가 우는구나.

'기상천리목旣傷千里目 환경구서혼還驚九逝魂.'

천리 길을 되돌아보는 마음은 이미 상했고, 몇 번이고 혼은 고향으로 돌아가니 번번이 놀란다.

'기불탄간험豈不憚艱險 심회국사은深懷國士恩.'

어찌 험한 길 겁내지 않을까만, 국사를 대접하는 임금님 은혜를 못 잊어 하는 바라.

'계포무이락季布無二諾 후영중일언候嬴重一言.'

계포는 초나라의 사람인데 한번 말했으면 그만이었고, 위나라 후영도 한마디 말을 중히 여겼다.

'인생감의기人生感意氣 공명수부론功名誰復論.'

사람이 의기에 감동하면 공명을 누가 다시 논한단 말인가.

홀린 듯 듣고 있는 가운데 최천중의 강은 끝났다.

"우리도 계포처럼 되어야 하겠습니다."

허병섭의 말이었다.

최천중이 웃으며 말했다.

"계포나 후영처럼 될 필요는 없어. 아니 누구처럼 되어선 안 돼. 허병섭은 허병섭이 되면 그만이야. 강직순은 강직순이 되면 그만이구. 사람은 각기 자기 자신을 키워야 해. 자기가 자기의 주인이 되어야 해. 누구처럼, 비록 그것이 공자님이라도 공자님처럼 될 생각은 말어. 오직 자기가 되는 거여."

허, 강 두 소년은 그 말을 이해할 수가 있었다. 최천중이 계속했다.

"가장 소중한 건 '인생감의기하면 공명수부론일꼬' 하는 그 대목이다. 중한 건 의기다. 감격이다. 감격 없는 인생이 무슨 소용이 있겠느냐."

그리고 최천중은 두 소년에게 가서 자라고 일렀다.

"내일 또 갈 길이 있지 않느냐."

천안에선 왕자산 성불사成佛寺에서 잤다. 그날은 거의 오십 리 길을 걸었기 때문에 모두들 약간 피로했으나 허병섭과 강직순은 피로한 가운데서도 최천중의 얘기를 듣고자 했다. 들을수록 가슴이 트이고 마음이 깊어지는 것 같았기 때문이다.

"선생님, 천안이란 이름은 예사롭지 않은데 무슨 연고가 있어서 지은 것이겠습니까?"

허병섭이 이렇게 최천중의 말을 유도했다.

최천중이 답했다.

"무릇 지명이란 것은 연고 없이 지어졌을 리 없느니라. 후인들이 모른다 뿐이지 뭔가 내력이 있을 것이니라. 그런데 천안이란 이름의 내력은 명명백백하지. 이런 얘기가 전해지고 있다. 고려 때 어느 도인이 태조에게 이르되, '이곳은 삼국三國의 중심이요, 오룡五龍이 구슬을 다투는 자세인즉, 여기에 삼천 호 읍을 두어 병사를 훈련시키면 백제는 저절로 투항할 것이외다' 하니, 태조가 산에 올라 두루 지세를 살펴보고 이곳에 천안부天安府를 두었다는 얘기다. 천안이란, 그러니 이곳을 잘 다스리면 천하가 안정된다는 거여."

"참으로 좋은 곳이네요."

강직순도 한마디 했다.

"그러니까 강호문대소원기康好文大召院記에 천안을 일방요충지지一方要衝之地라고 하고 있지."

"참으로 중요한 곳이네요."

강직순이 또 한 말이다.

"그렇고말고. 삼국의 중심이요, 천하 안정의 요충이라고 했으니까. 그런데 이상한 일이야. 이만한 산수를 가졌는데도 고래로 인물이 드물어."

이것은 최천중의 실감을 말한 것이었다.

"그 까닭이 무엇이겠습니까?"

하고 허병섭이 물었다.

"까닭이 없을 수가 있나. 우리가 알 수 없다 뿐이지. 그러나 짐작할 수는 있어. 어느 데고 어느 곳이고 중심이라고 하는 곳은 태평성대이면 모르되, 민심이 항상 불안한 곳이여. 더욱이 삼국시대란 신라, 백제, 고구려가 정립하고 있었을 때가 아닌가. 천안은 그 정립의 중심이었던 곳이다. 어떻게 항심恒心과 부동심不動心으로 양자제養子弟하고 치가산治家産할 수 있겠는가. 이것이 그 까닭인가 하네."

"경승으로선 인물이 나올 만한 곳이 아닙니까?"

"경승은 좋지. 우리가 지금 묵고 있는 이 왕자산만 해도 오죽이나 좋은가. 그런데 그게 또 아닌가 보아. 위인은 산불고山不高, 수불심水不深한 곳에서 나오는 법여. 천안의 산들은 높지는 않지만 약간 험해. 그리고 천안의 강천江川은 깊지 않은 대신 너무나 얕아. 풍수학에 불고이험산不高而險山은, 즉 별로 높지도 않으면서 험하기만 한 산은 재승덕박才勝德薄한 사람에 비유할 수가 있고, 활이천강闊而淺江은 용이 살 수 없는 곳이라 하였거든. 천안의 지리가 이런 곳이 아닌가 해."

그러자 허병섭이 물었다.

"제 고향 부안은 어떠하옵니까. 인물이 나오겠습니까, 안 나오겠습니까?"

"부안이나 천안이나…"

최천중은 허병섭이 어느덧 고향을 그리워하게 된 것이라고 짐작하고 말꼬리를 흐렸다.

직산에선 성환역成歡驛에서 묵기로 했다.

최천중이 옛날에 연고가 있었던 주막을 찾은 것이다.

"그 주막집 주인은 늙었다고 할 정도는 아닌 아주머니였는데, 나와 선생님께 다섯 켤레씩이나 버선을 만들어주었지. 그때 내 나이 열 살이었으니까, 지금 그 아주머니가 살아 계신다면 칠십 가까운 할머니가 돼 있을 거야."

최천중은 숙소로서 절을 택하지 않고 주막을 택하는 이유를 이렇게 설명하고 아득히 흘러간 세월을 되돌아보는 눈이 되었다.

주막은 역원에서 한 마장쯤의 상거에 있었는데, 사립문이 있고 돌담을 두른, 그리고 안채와 바깥채가 기역자 형으로 이어져 있는 여염집을 닮아 있었다. 뜨락에 수양버들로 보이는 나무가 아직은 마른 채 가는 가지를 늘이고 있었으나, 물이 올라 있다는 것은 느낄 수 있었다. 뜰 한쪽 구석엔 매화나무가 있었다. 매화나무엔 꽃봉오리가 돋아나고 있었다.

주청을 지나고 안집을 향해 최천중이,

"아주머니 계시오?"

하고 주인을 불렀다.

안방 문이 '탕' 하고 열리더니 젊은 여자가 얼굴을 내밀었다. 최천중 일행을 보더니 마루로 나와 섰다. 반들반들 닦아진 달걀 같은 얼굴이었고, 동백기름 냄새가 풍겨지는, 저고리의 동정에 살큼 기름 때가 끼인 삼십 전후의 그 여자는,

"오늘 밤 여기서 주무실 건가요?"

하고 눈초리에 웃음을 지었다.

'묘한 여자로군.'

하고 최천중이 내심으론 웃었으나 표정은 근엄한 채로,

"그럴 작정입니다만, 주인아주머닌 아직 살아 계시는가요?"

하고 물었다.

"주인아주머니?"

하더니 알아차렸다는 듯,

"우리 시어머니 말이군요. 작년에 돌아가셨어요."

하고 계속 눈초리에 웃음을 쳤다.

"작년에요?"

최천중이 나직이 중얼거리고는 물었다.

"우리 세 사람만이 묵을 수 있는 방이 있겠소?"

"있습니다. 올라오세요."

여자는 신이 나는 듯 자기가 이제 막 나온 방의 옆방 문을 열어
보였다.

최천중은 허와 강을 데리고 그 방으로 들어갔다. 방은 주막집 방
답지 않게 깨끗했다. 바닥은 장판이었고 벽은 벽지로 발라져 있었
고 구석엔 문갑 같은 것이 놓였고, 치졸한 것이긴 했지만 산수화로
된 여섯 폭의 병풍이 아랫목에 치워져 있었다. 뿐만 아니라 온기로
써 훈훈했다.

최천중이 행장을 풀고 앉으며 허와 강을 돌아보았다.

"이만하면 하룻밤쯤은 편히 묵고 가겠구나."

"시장하실 텐데 주안상이나 차려 올깝시유?"

여자의 말이었다.

"그보다 손발을 씻을 더운물이나 좀 주슈."

"그렇게 하세요."

여자가 밖으로 나갔다.

'묘한 여자다.'

하는 느낌은 계속 남았다.

주청 쪽에서 왁자지껄한 웃음소리가 일었다. 사고는 그날 밤에 있었다.

반주를 곁들여 식사를 하고, 거나한 기분으로 최천중이 그날 밤도 언제나와 같이 허병섭과 강직순에게 강講을 하고 있었다. 그날 밤의 강제講題는 초한전이었다.

홍문연鴻門宴에서 번쾌가 한고조를 죽이려고 일을 꾸미는 한창 재미나는 대목에 이르렀을 때였다. 바깥이 다시 왁자지껄 소란해졌다. 사오 명으로 짐작되는 술꾼이 들이닥친 모양이었다.

아까의 젊은 여자가 방으로 뛰어 들어왔다. 뭣엔가 겁을 먹은 거동이었다.

"선비님, 바로 저 건넛방으로 이 도련님들을 보내주세요. 얼른요."

"왜 그러우?"

"사정 얘기는 이따가 할게요, 얼른요."

여자는 발을 구르다시피 했다.

"그럼 그리로 가지."

최천중이 일어서려고 하자,

"선비님은 안 돼요, 저 도련님들만 건넌방으로 가주세요."

"이상한 일도 다 있군."

"아녜요. 저 방에 이제 온 사람들이 들면 안 돼요. 그래, 방을 채

위놓으려는 거예요. 얼른요."

최천중이 허와 강에게 눈짓을 하자 허와 강이 일어섰다. 여자가 그들을 데리고 나섰다.

주청엔 여전히 떠들썩한 소리가 있었다. 주청을 맡아보는 것은 늙은 여자였는데, 그 늙은 여자가 뭐라고 하고 있었지만 말 내용은 들리지 않았다. 가만 귀를 기울였더니 방으로 가겠다고 하고, 방엔 손님이 있으니 안 된다고 하고… 그런 응수인가 보았다.

"그럼 안방이라도 좋지 않으냐?"

하는 고함소리가 들렸다.

뭐라고 대꾸하는 소리가 있었다.

"양반이 상년 안방에 못 들어간단 말야?"

하는 소리도 있었고,

"갑자기 왜 이러는 거여?"

하는 소리도 있었다.

"좋다, 그럼. 술을 독으로 가져와라. 실컷 마실 테니깐."

소란이 계속되고 있는데 여자가 방으로 들어왔다.

"무슨 일이우?"

최천중이 물었다.

"찰방 아들하구 건넛마을 공 진사의 아들하구 언제나 저렇게 작당하고 와서 사람의 진을 뺀다오."

하면서도 여자는 그런 게 사뭇 흥겹다는 말투였다.

"순순히 술이나 팔면 될 일이지 진을 빼일 건 또 뭐 있소?"

"아녜요. 저 찰방의 아들은 심술이 대단해요. 우리 집 사람을 번

170

번이 먼 데로 심부름을 보내놓곤 밤에 저렇게 와서 사람을 못살게 굴거든요."

최천중은 대강 짐작했다. 그러나,

"못살게 굴다니?"

하고 시치미를 떼고 물었다.

"아시면서 그래요."

여자의 눈초리가 또 웃었다.

"아시다니, 뭘…?"

"제 방으로 뛰어든단 말예요."

"음, 그럼 몇 번 상관이 있었겠군."

"하는 도리 있나요?"

"상관이 있으면 할 수 없잖소."

"그러나 자꾸 그러긴 싫은걸요. 그랬다간 공 진사의 아들이…."

"그 사람하구도 있었나?"

"공 진사는 제 옛날의 상전이었어요. 그 아들 덕으로 종 신세를 면한걸요."

주청에서의 떠들썩한 소리를 귓전으로 흘려들으며 여자의 애기를 간추려본즉, 최천중은 아랫배를 쥐어 잡고 웃어야 할 판이었다.

찰방의 아들과 공 진사의 아들은 각기 그 여자와 관계를 맺고 있었는데, 그들은 서로가 서로를 감시하는 바람에 자연 같이 어울리게 되었다. 아주 친한 척 매일처럼 어울려 놀면서도 속은 꽁하고 있는 처지다.

그 가운데 하나가 생각이 일면 여자의 남편을 불러내어 하루 이

틀을 걸려야 갔다 올 수 있는 곳으로 심부름을 보낸다. 물론 노자
는 후하게 준다. 그래 놓으면 반드시 한편이 그 사실을 알아차리고
나타난다. 그 까닭은 뻔하다. 심부름을 떠나면서 여자의 남편이 꼭
다른 한편에게 알리고 가기 때문이다. 찰방 아들의 심부름이면 공
진사의 아들에게, 공 진사 아들의 심부름이면 찰방의 아들에게,

"소인, 오늘 심부름 갑니다요."

하고 알리는 것이다.

그들의 속셈을 알고 있는 여자의 남편은, 그래 놓으면 자기의 아
내가 안전하다는 것을 알았다.

그렇게 서로 견제를 하는데도 어느 한편이 번갯불에 콩 구워 먹
듯 한다. 여자도 또한 그런 일을 즐겼다.

그런데 그날 밤은 사정이 달랐다. 최천중에게 마음이 동한 것이
다. 찰방의 아들과 공 진사 아들을 따돌려놓고, 헌칠한 키에 힘도
있어 보이는 선비와 재미를 볼 궁리를 했다는 것이, 일행인 허와 강
을 찰방의 아들이나 공 진사의 아들이 들게 돼 있는 방으로 데려
다놓은 일이다.

"아이들은 없는가?"

"둘 있습니다."

"어디에?"

"어떻게 이런 곳에서 아이를 기를 수가 있겠어요? 아이들은 즈
그 외할머니 집에서 키워요."

"여러 가지로 잘돼 있구먼."

하고 최천중이 웃었다. 한편 불결하다는 마음이 있으면서도 최천중

은 그 여자가 뿜어내는 음탕한 바람에 휩싸여 있는 자신을 발견했
다. 맹렬한 음풍은 그것만으로도 사람을 사로잡는가 보았다.

'뻘에 발을 빼앗기면 씻으면 그만이다.'

퍽 오랫동안 여자를 접하지 않았기 때문에, 최천중은 여자의 살
결이 그리워질 만큼도 돼 있었다. 그러나 자기편에서 수작을 걸 필
요는 없을 것 같아서,

"나 좀 자야겠소."

했더니 여자는 날쌔게 일어나 병풍 위의 사잇문으로 안방으로 가
서 이불 보퉁이를 꺼내 와서 보퉁이를 풀었다.

"새 이불과 요예요."

하는 여자의 말엔 함축이 있었다. 깔아주는 요 위에 최천중은 벌
렁 드러누우며 속으로 중얼거렸다.

'객창에 음풍이 불면 추부도 나그네 눈엔 요조숙녀로 보이는구려.'

여자는 눈초리로 뜻을 전하는 듯 생긋 웃곤 밖으로 나갔다.

주청에선 어설픈 시창詩唱이 응수되고 있었다. 딴은 글자깨나 배
웠다는 시늉일 것이었다.

"…세세년년화상사歲歲年年花相似, 세세년년인부동歲歲年年人不
同."*

'총기도 어지간히 없는 놈들이군.'

최천중은 빙그레 웃음을 담은 채 스르르 잠에 빠져들었다.

어깨를 흔드는 느낌에 잠을 깼다.

---

* '해마다 꽃은 똑같이 피는데, 해마다 사람은 똑같지가 않구나.'

달빛을 받은 창문의 밝음이 아슴푸레 여자의 윤곽을 비췄다. 머릿기름 냄새가 코를 쏘는 듯했다.

눈을 뜬 것을 보자 여자는 어깨를 흔드는 손에 힘을 약간 가했다. 그 동작은 차마 입으로 전할 수 없는, 어떤 뜻의 표시일 것이었다.

잠에서 깨어난 직후의 그 나른한 기분으로 최천중은 남자로서의 충동을 느끼기엔 어설픈 처지에 있었다.

"자지 않고 왜 그래요?"

최천중은 일부러 잠에 취한 듯한 소리를 냈다. 여자는 입에 손가락을 갖다 세우며 '쉬잇' 하는 시늉을 했다.

적막의 소리가 있을 뿐이었다. 짐작으로 삼경은 훨씬 넘었지 싶었다.

'이렇게 조용한데 뭘 겁내고 있단 말인가.'

시험을 해볼 생각도 없잖아 최천중이,

"냉수 한 그릇 가져와."

하고 나직이 일렀다.

여자는 일어서더니 병풍 뒤로 사라졌다. 아까 이불 보퉁이를 꺼내 온 안방과의 사잇문으로 나간 것이다.

냉수를 들고 여자는 곧 돌아왔다. 그때 최천중은 알아차렸다.

여자는 홑치마만 걸쳤을 뿐 아랫도리는 벌거숭이였다.

번갯불에 콩 구워 먹는 여자의 치장일 것이란 생각이 들어 최천중은 내심으로 쓴웃음을 웃었다.

냉수를 한 사발 들이켜고 나니 동하는 게 있었다. 여자는 다짜고짜 치마가 걷히면 알몸이 되는 몸뚱이로 최천중 곁에 비집고 들어왔다.

'짐승은 아닐진대.'

하는 생각이 있었고,

'진흙 속에 뒹구는 돼지.'

를 연상하지 않은 바도 아니었다.

그러나 사람이란 언제나 그럴듯한 관념을 주워오는 법이다.

'헌 갓 쓰고 똥을 누는 수도 있지.'

이때 여자의 손은 최천중의 음미로운 장소에서 장난질을 하고 있었고, 제풀에 여자의 숨은 가빠지고 있었다. 만만치 않게 엽색편력을 한 최천중으로서도 이렇게 당돌한 여자는 처음이란 생각이 들자, 이 여우같은 여자를 녹초가 되도록 짓밟아버리고 싶은 충동이 일었다.

최천중이 발연勃然*, 상체를 일으켜 찢듯이 여자의 저고리와 치마를 벗겨 병풍 저편으로 팽개쳤다.

남녀 교접의 도는 이화위귀以和爲貴라고 하고, 그 술術을 종용안서從容安徐라고 했지만, 이럴 경우에 해당되는 것은 아니다. 음란엔 음폭淫暴으로써 대해야 하고, 강음強陰에는 강정強精으로 대할 수밖에 없다. 그리고 그럴 바에 전기前技가 필요할 까닭도 없었다.

여자의 그곳은 이미 용광로처럼 작열하고 있었다. 용광로가 다느냐 철봉이 녹느냐 하는 백열전이 있을 뿐이었다. 최천중의 철봉은 가차 없는 진격을 개시했다.

---

* 일어나는 모양이 세차고 갑작스럽다.

바로 그 순간, 여자의 입에서 비단을 찢는 비명소리가 적막을 깨뜨렸다.

"아아, 사람 살려주우."

아랑곳없이 격심한 동작이 거듭될 때마다 여자는 몸 전체의 경련과 더불어 비명소리를 높였다.

"나는 죽어, 죽어. 사람 살려주."

이 비명이 몇 번 되풀이되었을 때였다. 사방에서 문을 차고 여는 소리, '어디야', '어떤 놈이야' 하는 소리에 이어 바로 방문 밖 마루로 올라서는 발소리가 요란하게 교차했다. 위기일발이었다.

안방 문을 여는 소리가 났다.

"아무도 없어, 여긴."

하는 소리가 잇달았다.

"그럼 저 방에서 난 소리다. 저 방을 열어."

그건 분명 최천중이 묵고 있는 방을 가리키는 말이었다.

최천중은 동작을 멈춘 채 가만있을 수밖에 없었다. 여자의 팔과 다리가 흡반이 있는 낙지처럼 찰싹 붙어 있어 설사 떼놓으려고 해도 뗄 수 없는 형편이었다.

문고리는 안으로 걸려 있었지만 우악스런 힘에 당적할 순 없을 것이었다. 최천중은 이불을 어깨까지 덮은, 그리고 여자를 배 밑에 깐 자세로 누워 임심으로 대처할 수밖에 없다고 순간 마음을 먹었다.

바깥 문고리에 손을 대는 자가 있었다. 바로 그때였다.

"그 문에 손대지 말라."

는 고함이 있었고, 동시에 쿵쾅 소리, 아우성 소리가 뒤섞였다.

"네놈은 누구냐?"

하는 소리,

"누구면 뭣 할 거냐. 이 방엔 손 못 대."

하는 소리. 그리고 방문을 막아서는 그림자가 있었다. 허병섭과 강직순이 틀림없었다.

"사람이 죽었을지도 모르는데 왜 방문을 못 열게 하느냐?"

고 감정을 억누르듯 조용한 말이 있었다.

"이 방엔 우리 선생님이 주무시고 계시다. 함부로 문을 열 수 없다."

"그런데 이 소동이 있어도 잠자코 있는 게 이상하지 않느냐?"

하는 다른 목소리가 있었다.

이때 최천중이 말을 보냈다.

"이 방엔 아무 일 없다. 모두들 물러가라고 해라."

이 말을 받아 강직순이,

"모두들 물러가시오. 우리 선생님 방엔 아무 일도 없다 하시오."

하고 고함을 질렀다.

다른 곳도 두루 살핀 모양으로,

"아무 데도 없어요. 비명소린 세 번, 네 번 들렸는데."

하고 이상스럽다는 투로 말하는 자가 있었다.

"이상스러울 것 없어. 여자는 저 방에 있어. 저 방을 찾아봐."

텁텁한 소리였다.

몇 명인가 문 가까이로 오는가 보았다.

"가까이 오지 말아요."

허병섭의 날카로운 고함이 있었다.

"어디서 생겨먹은 것들이, 아직 이마에 쇠똥도 벗겨지지 않은 놈들이, 저리 비켜."

하는 소리와 함께 난투가 시작되었다.

"아이쿠."

하고 넘어지는 놈이 있었고, 겁에 질려 도망가는 놈도 있었다.

허병섭과 강직순은 어느덧 범인은 당적하지 못할 권법과 각희脚戱*를 익히고 있었던 것이다.

"나는 찰방의 아들이다. 날이 새면 네놈들을 가만둘 것 같으냐? 순순히 방문을 열어라."

타이르듯 하는 소리가 있었으나 허병섭과 강직순이 그런 말에 넘어갈 까닭이 없었다.

"걱정 마시고, 선생님 주무십시오."

하고 허병섭과 강직순은 걸어 나가 마루 끝에 앉는 모양이었다.

도리 없이 여자의 입에 재갈을 물릴 수밖에 없었다.

최천중의 동작은 이화위기, 종용안서의 정도正道로 돌아왔다.

재갈을 물린 여자는 그 광란을 발사할 수가 없어 연이어 화살을 맞은 뱀처럼 몸뚱이를 꿈틀거리며 격렬한 경련을 되풀이했다.

그렇게 해서 최천중은 가까스로 일합을 끝냈는데, 그 감상은 그 여자가 음녀일 수밖에 없다는 것과, 한번 겪어본 사나이면 광분할 밖에 없을 그런 기물이란 것이었다.

일합만으로써도 여자는 기진맥진한 모양으로,

* 다리 놀림.

178

"내 평생 처음이에요. 죽어도 좋아요."

하고 한숨을 섞으며 신음했다.

'성환에 이러한 음녀가 있었구나.'

하는 마음으로 최천중은 병풍에 걸려 있는 옷을 끌어내려 여자에게 던져주며 조용히 말했다.

"아침에 닥칠 일은 자네가 알아서 해."

"걱정 마세요. 그 대신 내일 하루만이라도 더 묵고 가세요."

옷을 두르고 일어서며 여자가 가만히 한 말이었다.

최천중은 생각에 잠겼다. 찰방 아들이 야료를 부린다면 만만치 않은 사태가 벌어질 염려가 있었다. 역 가운데서도 성환역은 예로부터 발치가 사나운 곳으로 유명했고, 그만큼 건달이나 왈패의 횡포가 심한 곳이었다.

최천중은 방문을 열어보았다. 허병섭과 강직순이 뜰 가운델 왔다갔다하고 있었다. 최천중의 방문을 지키느라고 그렇게 추위를 견디며 바깥에 있는 것이라고 생각하니 갸륵했다.

"병섭아, 직순아, 이리로 들어와."

하고 그들을 불렀다.

그들이 왔다.

"사람들은 아직 있나?"

"주청과 그 옆방에서 자나봅니다."

"바깥으로 나간 사람은 없구?"

"없습니다."

"용케도 잠잠하구나."

179

"놈들은 어젯밤 내내 술을 퍼마셨거든요. 한 사람도 제정신이 있는 사람은 없는가 봅니다."

"아까 그런 소란이 있고도?"

"워낙 술에 지쳐놓으니 발끈했다가도 기력을 지탱하지 못하는가 보아요."

"한데, 자네들은 어떻게 용케 그때 잠이 깨었지?"

"한 사람은 자지 않고 있었습니다."

"자지 않고?"

"연치성 형님의 분부였어요. 외진 곳, 또는 시끄러운 곳에서 선생님이 유하실 때는 하나는 꼭 깨어 있으면서 선생님을 지켜야 한다구요. 그래 저희들은 번을 바꿔가며 깨어 있었던 겁니다."

최천중은 그 감격한 기분을 어떻게 할 바를 몰랐다. 그런 만큼, 그들의 정성이 둘러쳐 있는 곳에서 주막집 음녀와 음탕한 짓을 했다고 생각하니 구멍이라도 있으면 들어가고 싶은 기분이었다.

"자네들한테 얼굴을 들 수가 없구나."

최천중이 고개를 숙였다.

"선생님은 무슨 말씀을 그렇게 하십니까?"

강직순이 당황하여 말했다.

최천중은 아침이 되면 시끄러울 것 같은데 어떻게 하면 좋겠느냐고 의논을 꺼냈다.

"지금 길을 떠나면 어떨까요? 저 사람들이 일어나기 전에요."

허병섭이 선뜻 말했다.

거동은 간단했다. 각기 하나씩의 괴나리봇짐만 걸머지면 되는 것이다. 당장에 떠난다는 얘기를 듣곤 주막의 그 여자는 놀랐다.

"아침 일은 걱정하지 마세요. 찰방 아들이나 공 진사 아들은 제가 떡 주무르듯 할 수 있어요. 이렇게 떠나시면 제가 섭섭해서 어떻게 해요."

만류하는 여자의 말을 들으니 당장 떠나지 않곤 견딜 수 없는 역정 같은 것이 솟아올랐다.

"훗날 또 만나도록 하지."

최천중은 얼마간의 돈을 내놓고 평택으로 가는 방향을 묻곤 허와 강을 재촉해서 길을 떠났다.

얇은 잔월殘月이 서쪽 하늘에 있었다. 그 잔월의 그늘을 밟고 삽상한 대기 속으로 걷고 있으니 무슨 악몽에서 벗어난 것 같은 산뜻한 기분이 되었다.

"새벽길 걷는 기분도 좋지?"

"예."

허와 강이 한꺼번에 답했다.

"평택까진 이십 리, 요기를 평택에서 하고 한잠 늘어지게 자는 것도 좋겠지."

최천중은 이렇게 말하면서 걸음을 빨리했다.

"평택까지 가면 한양은 훨씬 가까워지겠지요?"

강직순이 물었다.

"평택서 한양은 일백이십 리. 넉넉잡고 이틀 길이다. 그러나 우리는 여주 신륵사를 들러 가야 해. 거기서 연공을 만나게 돼 있거든."

말하고 보니 연치성이 그리워졌다. 불과 사오 일 전에 헤어졌는데도 아득한 옛날처럼 느껴지는 까닭이 무엇일까. 은근히 만석의 걱정도 일었다.

'만석이 녀석, 영월에 있어주었으면….'

박돌쇠의 생각도 났다. 거구와 거력을 지닌 청정무구의 사나이. 최천중은 박돌쇠의 얼굴에서 수만 명 가운데의 오직 하나인 상을 발견하고 있는 터였다. 그 부조父祖가 겪은 액이 돌쇠의 상으로 보상되고도 남음이 있을 그런 인물의 싹이 나타나 있었던 것이다.

연치성과 박돌쇠 그 두 사람이 힘과 지혜를 합하면, 그리고 그들에게 어떤 권위만 보태면 백만 대군도 능히 통솔할 수 있으리라. 게다가 황봉련과 나의 힘이 합쳐지고, 허병섭, 강직순이 잘 자라만 주면… 유만석도 빼놓을 수 없는 그 무엇을 지녔고….

'아닌 게 아니라 혼탁한 세상을 연치성, 박돌쇠 같은 인물이 스스로 더럽히지 않고 살려면 유만석 같은 속된 괴물이 반드시 있어야만 한다. 하나의 유만석으로서는 부족하다. 백 명, 천 명으로 헤아리는 유만석이 있어야 한다. 하나의 궁전을 있게 하고, 하나의 영화를 있게 하기 위해 수백만의 농부가 있어야 하듯이….'

최천중은 자기도 뜻하지 않게 박돌쇠의 이름을 바꿀 궁리를 하고 있었다. 세상을 도회韜晦하기 위해선 돌쇠란 이름이 무방하지만 많은 동지들의 중심인물이 되려면 그 이름으로썬 안 되는 것이다.

성은 함부로 바꿀 수가 없겠지만 이름은… 하고 걷고 있는데, 잔월의 빛깔이 엷어지고 대신 짙은 안개가 천지를 에워싸기 시작했다. 안개 속으로 닭 우는 소리가 들렸다. 최천중의 가슴엔 한 연의 시구가 괴었다.

잔월투영옥로상殘月投影玉露上

객심청계효무중客心聽鷄曉霧中*

어느덧 아침의 안개가 걷히고 햇볕이 누리에 퍼져 넘쳤다. 최천
중 일행은 넓은 들 가운데를 걷고 있었다.

어제완 또 다른 빛깔로 봄기운이 하늘과 땅에서 돋아나고 있었
다. 봄날 아침의 행려에도 아취가 있었다.

"이곳 들도 꽤 넓은데요. 김제 들만 합니까요?"

허병섭이 물었다.

"넓긴 하지. 그러나 김제 들만치야 할라구."

최천중이 이렇게 말해놓고 나직이 한 수의 시를 읊었다.

수완산저옥야평水緩山低沃野平

거민처처사농경居民處處事農耕

"선생님이 지금 지으신 시이옵니까?"

강직순이 물었다.

"아냐, 박서생朴瑞生이란 사람이 이 평택을 두고 지은 시다."

허병섭이 그 뜻을 알았으면 한다는 희망을 비쳤다.

"뜻은 어려울 거 없지. 강은 천천히 흐르고 산은 낮고 옥야는 편편하다. 백성들이 곳곳에서 농사일에 힘쓰고 있구나… 하는 뜻이야. 이곳 사람들은 부지런하기로 소문이 나 있지."

하고 벌써 나와 밭에서 일하고 있는 사람들의 모습을 최천중이 가리켰다.

평택읍이 보이는 곳에서 최천중은 길을 오른편으로 잡았다. 읍으로 바로 통한 길이 빤한데 엉뚱한 길을 잡는 것 같아 강직순이 물었다.

"평택은 바로 가야 하는 것 아닙니까?"

"아니다."

하고 최천중이 말하길…,

"되도록 사람들의 눈에 띄지 않아야 할 것 같애. 뒤쫓아올 놈이 있을지도 모르니."

"그럼, 우리는 어디로 가는 겁니까?"

허병섭이 물었다.

"저기 저곳."

하고 최천중이 평택읍의 북쪽에 있는 나지막한 산을 가리키며 말했다.

"저게 성산成山이다. 성산 아래에 조그마한 마을이 있지. 거기엔 주막도 있어. 거기 가서 닭이나 고아 먹고 오늘은 푹 낮잠이라도 자야겠다."

최천중은 성산에서 오늘 낮과 밤을 지내고 내일은 백 리 길을 단숨에 걸어 여주 신륵사로 갈 작정을 세우고 있었다. 그리고 모레는 미원촌! 그는 가벼운 흥분마저 느꼈다.

성산에 도착하자 주막을 찾았다.

오전의 주막은 한산하다. 최천중은 열 냥의 돈을 꺼내 주막 주인에게 쥐어주며, 영계 세 마리를 백숙하라고 이르고 뒷방을 빌려 우선 잠부터 자기로 했다.

"누가 혹시 찾아올지 모르니 아무도 없다고 하라."

는 말을 주막 주인에게 해두었으나, 허병섭과 강직순은 교대로 선생님을 지키는 일을 게을리하지 않았다.

점심때에 일어나 청주 한 사발을 곁들여 영계백숙을 먹고 또 잠에 빠져들었다. 어젯밤 잠을 설치고 새벽길을 걸었다는 것이 그처럼 피로를 안겨준 것이다.

그 다음 최천중이 잠을 깬 것은 거의 저녁나절이었는데, 바깥 주청에서 들려오는 다음과 같은 말을 듣고 움찔한 기분이 되었다.

"성환에서 무슨 일이 있었는가 보던데. 성환의 건달들이 평택에 와서 주막이란 주막은 죄다 들추고 있더구먼. 어젯밤 성환에서 잔 사람들을 찾는다고 야단이었는데… 무슨 일인지 몰라."

평택장에서 돌아온 장꾼들의 얘기였다.

"우리 선생님은 귀신이야."

"귀신이 뭣고, 도사님이지."

평택장에서 돌아온 장꾼들의 얘기를 듣고 강직순과 허병섭이 주고받은 말이다.

아닌 게 아니라 평택읍의 어느 주막에 머물고 있었더라면 만만찮은 일이 발생되고 말았을 것이었다.

그날 밤 최천중은 허와 강을 불러놓고 다음과 같은 말을 했다.

"사람은 언제나 위지危地를 조심해야 해. 더욱이 객지를 돌아다 닐 땐 설 자리, 앉을 자리, 잠잘 자리를 신중히 가려야 한다. 난세 에 산다는 건 그처럼 어려운 일이다."

그리고 이어 조조에 관한 이야기를 했다.

"조조는 항상 침소에 아무도 모르게 뒷방을 만들어놓고, 잘 땐 침대 위에 자기를 닮게 만든 고상藁像을 뉘어놓고 자기는 그 뒷방 에서 잤다. 너무나 많은 적을 가졌기 때문에 그런 조심을 한 것이 다. 고상이란 짚으로 사람의 형상을 만들어 머리에 가면을 씌운 물 건이다."

"지키는 사람이 있었을 텐데 그렇게까지 조심하지 않아도 될 것 아니겠습니까?"

강직순의 말이었다.

"아무도 믿을 수가 없었던 거지. 적은 외부에만 있었던 것이 아니 라 내부에도 있었으니까."

"불행한 사람이었구만."

허병섭도 한마디 했다.

"조조는 불행했지. 천하의 효웅이라고 해도, 따지고 보면 불행한 거여. 조조뿐만이 아니라 큰일을 하려고 하면 자연 적이 생겨나게 되거든."

"그럼, 선생님에게도 적이 있습니까?"

허병섭이 물었다.

"없다고 할 순 없지. 그러나 아직은 그처럼 두려운 적이 있다곤 생각하지 않지."

"적이 없이 살 수는 없는 겁니까?"

강직순의 질문이었다.

"무위無爲엔 무적無敵이란 말이 있지. 아무 일 안 하고 가만히만 있으면 적이 있을 까닭이 있겠나."

최천중이 수연히 이렇게 말하고 다음 말에 힘을 주었다.

"그러나 장부 이 세상에 나서 적이 겁난다고 해서 포부를 버릴 수야 있겠나. 국태민안하게 할 수 있는 포부가 있다면, 비록 적을 만드는 위험을 무릅쓰고라도 그 포부에 충실해야 하지 않겠느냐. 조조는 폭신한 침대엔 자기 대신 고상을 뉘어놓고 자기는 골방에서 목침을 베고 거적때기를 쓰고 잤다. 포부가 있는 사람은 무위의 호사보다 가망*을 바라는 고난에서 보람을 찾는 법이여. 조조의 말이 났으니까 하는 얘긴데, 조조가 죽고 난 뒤 그 고상을 살펴보았더니 칼에 찔린 자국이 일곱 군데나 있었더란다. 만일 조조가 자기의 침소에서 그대로 잤더라면 벌써 죽고 없었다는 얘기가 아닌가? 그러나 조조는 자기의 고상이 찔렸다는 말을 누구에게도 하지 않았다. 그러니 짐작이 가지 않는가. 자고 있는 조조를 찔러 죽였다고만 생각하고 있는데, 그 이튿날 아침 조조가 늠름하게 살아나왔을 때 찌른 놈의 기분은 어떠했겠는가? 조조는 사람이 아니고 신장神將이란 소문이 나돌게 된 것도 그 때문이었을 거라."

---

* 可望: 가능성 있는 희망.

새벽에 평택 성산을 떠나 점심을 음죽현陰竹縣에서 먹고 오압산
烏鴨山 고갯마루에 서니 여주의 벌엔 석양이 비껴 한 폭의 그림이
눈 아래 펼쳐진 느낌이었다.

　최천중은 여주에만 들어서면 스스로도 형언하기 어려운 감회에
잠기곤 했는데, 이번의 행차엔 더욱 감개무량한 것이 있었다.

　강직순, 허병섭도 눈앞에 나타난 풍광에, 긴 보행으로 인한 피로
를 한동안 잊은 모양으로 황홀해했다.

　"경치가 좋지?"

하는 최천중의 말에 강과 허는 입을 모았다.

　"예."

　"우리 잠깐 쉬어 가자."

　최천중이 길가의 마른풀을 깔고 앉았다. 강과 허도 자리를 잡고
앉았다. 땀에 밴 그들을 위로하듯 미풍이 하늘거렸다.

　"이색李穡 선생의 시에 야평산원野平山遠하다는 글귀가 있는데,
그대로가 아닌가. 들은 편편하고 산들은 멀찌감치 물러서 있는 것
같은…."

하고 최천중은 아득히 봉연을 이은 산들을 가리키며 그 이름을 들
먹였다.

　"저건 북성산北城山, 저건 환희산歡喜山, 저건 장연산長淵山, 저건
혜목산慧目山, 저건 강금산岡金山, 저건 유목산流目山, 저건 봉미산鳳
尾山, 저건 승산勝山, 우리가 지금 앉아 있는 이 산은 오압산…."

　"선생님은 어떻게 산 이름을 그처럼 잘 외우고 계십니까?"

　강직순이 탄성을 올렸다.

"어찌 산 이름뿐일까. 나는 이곳 시내 줄기의 이름도 다 안다. 대교천大矯川, 천민천天民川, 금당천金堂川, 두두리천豆豆里川. 뿐인가, 여주의 일초일목을 나는 다 외우고 있어. 이 고장은 참으로 아름다워. 세종대왕의 유궁幽宮을 이곳에 마련한 것을 보면, 세종에겐 현신賢臣이 있었던 거라. 그 영릉英陵의 영력靈力으로 이조 사직의 명운이 지탱하고 있는 거여."

하고, 최천중은 '그러나 그 명운도 다할 날이 왔다'는 말을 덧붙이려다가 입을 다물어버렸다. 그 대신 이색이 여주를 두고 읊은 시를 허와 강을 위해 피력했다.

여강형승천하희驪江形勝天下稀

사시풍경피천기四時風景披天機

아초래유적하월我初來有適夏月

장풍취주량만의長風吹舟凉滿衣

군루백척종쌍목郡樓百尺縱雙目

야평산원수연비野平山遠收煙霏

임류고흥지자소臨流高興知者少

유선자부성난기俞仙自負誠難譏

춘화만산파저홍春花滿山波底紅

추월침벽천무풍秋月沈碧天無風

아개불급호시절我皆不及好時節

황차빙설계엄동況此氷雪戒嚴冬

그리고 풀이해 가로되,

"여강의 형승은 천하에도 드물어, 사시의 풍경마다 하늘의 오묘한 기밀을 열어 보이는 것 같다. 내가 처음 이곳에 왔을 땐 여름 달을 만났는데, 끊임없이 배 위로 부는 바람 때문에 온몸이 시원하기 짝이 없었다. 군루는 백 척이나 높아 두 눈으로 보이지 않는 곳이 없는데, 들은 편편하고 산은 멀찍이 물러서 아슴푸레 연기가 빗기고 있었다. 흐름에 따라 높아지는 흥을 아는 사람은 적을 것이고, 선인도 감히 흠잡기 어려운 곳이러라. 만산한* 봄꽃이 강물에 비쳐 강바닥이 붉게 물들고, 바람 없는 밤 가을 달은 바위벽에 새겨진 듯 그윽하다. 우리 어찌 호시절만 좇을 수 있겠는가. 빙설이 엄동을 이룬 이때도 또한 좋다. 오늘이 이월 보름날이렷다."

하고 최천중이 일어섰다.

"해 질 무렵까진 신륵사에 이를 수 있을 것이다. 오늘 밤은 여강에 비친 보름달을 볼 수가 있겠군."

신륵사는 거기서 보이지 않아도 신륵사를 안고 있는 봉미산은 바로 지척에 있었다.

십 리가 채 못 되는 상거였던 것이다. 모두들 발걸음이 한결 가벼워졌다.

여강의 나루를 건너 백사장을 오른쪽으로 하고 걸으니 봉미산이 나타나고, 그 산기슭을 따라 도니 신륵사의 산문이 보였다. 해는 졌으나 박명이 강물의 반영을 받아 공기는 환했다.

---

* 온 산 가득한.

그때 저편에서 달려오는 사람이 있었다. 그것이 연치성임을 단번에 알 수가 있었다. 다가오자 연치성은 길에 엎드려 최천중에게 절을 올렸다. 강직순과 허병섭은 '형님', '형님' 하며 연치성의 손을 잡고 반겼다.

"신륵사엔 언제 왔는고?"

최천중의 물음에 연치성이,

"어제 왔습니다."

하고 대답했다.

"만석은?"

"만났습니다. 이따 상세한 말씀을 드리겠습니다."

"박돌쇠는?"

"편히 있었습니다. 선생님의 뜻을 잘 전했습니다."

연치성은 최천중의 짐을 받아들고 앞장섰다.

"월산화상께서도 선생님이 오신다고 듣고 대단히 반가워하시고 계십니다."

연치성의 이 말은 최천중을 더욱 기쁘게 했다. 월산月山은 최천중을 좋아하면서도, 한편 그 속기俗氣를 달갑지 않게 생각하는 엄격함을 지니고 있어 최천중으로서는 약간 버거운 존재였는데, 연치성에게 그런 말을 했다고 들으니 고마운 생각이 든 것이다.

그 무렵 절엔 손님들이 붐비고 있었는데도 월산은 최천중 일행을 위해서 방을 두 개나 마련해주었다고 하니 그 호의는 의심할 바가 없었다.

절에 들어서기가 바쁘게 최천중은 주지 방으로 월산화상을 찾

아갔다. 월산은 최천중의 절을 받고 관솔불 빛으로 가만히 얼굴을 챙겨보더니,

"작년보다는 마음이 깨끗해진 모양이구나."

하고 빙그레 웃었다.

"작년은 어떠했습니까?"

최천중이 물었다.

"작년의 최공은 사람이라고 하기보다 수컷이었다."

그 말에 최천중은 '핫하' 하고 웃음을 터뜨리곤 다시 물었다.

"지금은 그럼 수컷이 아닙니까?"

"수컷이라도 사람 냄새가 나는 수컷이야. 작년엔 짐승 냄새가 났지."

하고 월산도 크게 웃었다.

이렇게 농이 오가고 난 뒤 최천중이 한양 소식을 물었다.

"출가한 사람이 속세간의 일을 알 까닭이 있나."

"그래도 큰시주님들의 소식은 아실 것 아닙니까?"

최천중이 말하는 큰시주님들이란 교동 김씨를 가리킨 것이었다. 교동 김씨의 부인들은 거의 모두 신륵사에 거액의 재물을 바치고 그들의 운명을 맡기고 있었던 것이다.

"그게 그렇게 궁금한가?"

월산은 가볍게 핀잔하는 투로 말했다.

그러나 월산은 최천중에게 근본적인 호의가 있는 터였다.

"최공이 한양을 떠난 지가 언제지?"

"지난해 늦은 가을이었습니다."

"그럼 꽤 궁금할 만큼도 되어 있구먼."

하고 월산의 말은 다음과 같이 이어졌다.

"지금 조정은 조 대비의 수렴청정으로 돼나가는 것 같지만, 그 배후를 조종하고 있는 것은 이하응, 아니 대원군인 것 같소."

"그럼 김씨 세도는 무너진 것 아뇨. 조 대비가 김씨들을 좋아할 까닭이 없고, 이하응이 김씨들을 달갑게 여길 턱이 없으니 말이오."

"그런데 그렇지가 않아. 영의정은 여전히 김좌근 대감이거든."

"영의정이야 김씨 세도가 한창일 때도 정원용 대감이 맡아 있지 않았소."

"뿐만 아니라, 며칠 전 의정부 당상관의 임명이 있었는데, 김씨들 병자炳字 항렬은 모조리 망라되었소."

하고 월산은 김병기, 김병국, 김병학, 김병교, 김병덕, 김병주, 김병지 등의 이름을 들먹였다.

"그럼 교동 김씨의 병자 항렬은 미성未成*을 빼곤 거의 다 들어 간 것 아닙니까?"

"그렇다니까. 뿐만 아니라 근자根字 항렬도 상당수 끼었지."

"김씨 세도는 여전하구먼요."

"한데, 그게 이상하단 말이야. 김씨들의 처세술이 능란한 탓인지, 그들이 심어놓은 세력이 강한 탓인지."

"하여간에 이하응의 인물 됨됨이가 만만치는 않은 것 같습니다. 그가 김씨들로부터 당한 수모로 말할 것 같으면, 곧 무슨 정변이

---

* 혼인한 어른이 되지 않은 자.

일어날 것 같은데…"

"천하를 잡았으니 서둘 게 있겠소. 이하응이 그처럼 호락호락 말려들 인물이 아니니."

월산의 이 말엔 최천중도 동감이었다. 이하응에겐 분명히 무슨 꿍꿍이속이 있을 것인데, 지금으로선 은인자중하고 있을 뿐이라고 최천중은 보았다.

"그건 그렇고, 최공은 앞으로 어떻게 할 거요?"

월산이 물었다.

"배운 도둑질이라 남의 상이나 보아 먹고살죠."

"그렇다면 당분간 이 절에 있으시오. 몇 사람 관상을 보일 사람이 있으니까."

"누굽니까?"

"차차 알게 되겠지."

"관상료나 톡톡히 내도록 하십시오. 그렇기만 하면 누군들 상관이 있겠습니까?"

"너무 이에 밝으면 못쓰는 거여."

"스님은 불덕이 있으니까 태평하시지만 저 같은 사람은 오직 재물의 힘만 믿고 사는 형편 아닙니까."

"최공의 제자라고 하는 연치성이란 젊은이의 내력은 뭔가?"

"왜 묻습니까?"

"범상한 인물로는 보이지 않아."

"역시 스님은 사람을 볼 줄 아십니다. 연공에 관해선 차차 말씀 드리겠습니다."

"차차가 아니고 곧 알고 싶어. 그 사람에겐 요기라고나 할까….
그런 것이 있어."

월산은 연치성에 대해 당장 알고 싶은 모양이지만 최천중은 먼길
을 걷느라고 피로하다는 핑계로 일어섰다.

목욕을 하고 새 옷으로 갈아입곤 최천중은 연치성, 강직순, 허병
섭과 같이 저녁 식사를 했다. 흩어진 가족이 다시 모인 기분이라
흡족하기만 했다.

식사가 끝난 뒤 최천중이 강과 허를 돌아보고 일렀다.

"먼길을 걸어 피로하겠지만 강가에 나가 보름달을 보게. 신륵사
에서 여강에 비친 보름달을 보는 것도 그렇게 쉬운 일이 아닐 것이
니."

허와 강이 나가고 난 뒤 연치성에게 만석의 사정을 물었다.

"만석은 강씨의 과부 며느리를 데리고 영천사에서 곧바로 영월
로 갔다고 했습니다. 박돌쇠가 극진히 돌보아주고 있었습니다. 거기
에만 있으면 붙들릴 걱정은 전연 없겠습니다. 워낙 깊은 산중이니
찾을 사람이 없을뿐더러, 누가 찾아온다고 해도 은신할 곳이 많아
서요. 먹을 것도 일 년치쯤 준비되어 있었구요. 그래서 당분간 거기
에 있으라고 해두었습니다."

하고 연치성이 일어서더니 자기의 행낭 속에서 보자기에 싼 상자
를 꺼내놓았다.

"이걸 만석이가 선생님 갖다드리라고 주었어요."

상자를 열어보았다. 일순 최천중은 아찔했다. 눈부신 보화가 가
득 차 있었다. 금, 은, 마노는 말할 것도 없고, 청옥, 홍옥, 금강석까

지. 최천중은 숨을 죽이고 한 개, 한 개를 꺼내 음미해보았다. 박람博覽*인 그로서도 보지 못했던 진귀한 것이 많았다. 더욱이 한 뼘 길이나 되는, 엄지손가락만큼 두꺼운 비녀 모양의 금봉金棒엔 각양각색의 구슬이 박혔는데, 그 이름조차 알 수 없는 것이 많았다.

"도대체 이 보물은 어디서 연유한 것일까?"

가까스로 정신을 차리고 최천중이 중얼거렸다.

"청주 강 부자가 가지고 있었던 것이라고 하던데요."

연치성의 말이었다.

"그 강이란 자가, 일개 촌부村富**가 어떻게 이런 물건을 가지고 있을 수가 있었느냐 그 말이다."

"충청감사를 지낸 모인이 맡겨두었다고 하지 않았습니까?"

"충청감사는 또 어디에서, 그리고 이런 것을 어떻게 타인에게 맡길 수 있는지, 그것부터가 이상하지 않느냐?"

"만석이 데리고 온 여자의 말로는 그 충청감사와 강씨는 사돈 사이라고 했습니다."

"사돈이라니?"

"강씨의 딸이 감사의 며느리가 되었다고 했습니다."

"감사의 이름은?"

"홍씨라고만 들었습니다. 지금 내직에 있다니까 챙겨보면 알 수 있겠죠."

---

*　사물을 널리 봄.
**　마을 부자.

최천중은 생각에 잠겼다. 아무래도 납득할 수 없는 일이었다. 만석이 보물을 훔쳐갔다고 들었을 때, 최천중은 금붙이, 은붙이와 얼마간의 구슬 정도로만 짐작하고 있었던 것이다. 그런데 직접 눈으로 보고 나니 그것은 도저히 일개 감사나 토호가 소유할 그런 것이 아니었다. 적어도 수십 년 세도를 부린 교동 김씨, 아니면 궁중이 간직하고 있음직한 그런 것이다. 그러나 그 수수께끼를 당장에 풀 순 없었다. 최천중은 그 보화를 다시 상자 속에 챙겨 넣고, 한성에 가서 알아볼 터인즉 소중하게 간수해두라고 연치성에게 일렀다.

그 이튿날, 최천중은 식사 시간을 제하곤 방밖으로 나올 여가가 없었다. 월산화상이,
"이름 높고 영특한 관상사가 와 있으니 뜻있는 사람은 봐보라."
고 광고를 돌렸기 때문이었다. 더욱이 그날은 보름 이튿날이어서 불사로 온 사람들이 특히 많았다.
최천중은 차례대로 관상을 보며 세태의 어지러움을 실감했다. 어두운 그림자를 띠지 않은 관상이 없었기 때문이다.
'어지러운 세상이 아직도 얼마를 계속될지 모르는데, 그 고된 운명이 백성의 얼굴에 나타나지 않을 까닭이 없지.'
옛날 한나라의 관상사 송운宋雲은 어느 고을 사람들의 관상을 시장 한 모퉁이에서 보고 불원 전쟁이 날 것을 예언했다. 젊은 남자들의 얼굴에 횡사, 액사의 징후가 나타나 있었기 때문이다. 그래서 송운은 일가친척을 솔권하여 남쪽으로 옮겼는데, 그가 떠난 한 달 후에 천하의 대란이 있었다고 한다.

그 고사를 염두에 두고 관상을 보고 있던 최천중은 마음의 탓만
이 아니라 어린 사내아이에게선 액사의 상을, 어린 계집아이에게선
과부될 상을 흔하게 발견했다.

'십칠팔 년, 아니면 이십 년 후쯤에 난리가 난다는 징조가 아닌
가.'

최천중은 요 근래엔 그처럼 많은 상을 보지 않았던 사실에 생각
이 미치자 오늘의 이 기회는 하늘이 점지한 기회란 걸 느꼈다.

그러나 최천중은 그들을 보고 너는 액사할 것이다, 또는 과부가
될 것이다, 하는 말을 할 수가 없었다. 그래 되도록이면 좋게만 말
했다.

그다음 날도 역시 관상만 보고 하루를 지냈는데 특이한 사내아
이를 만났다. 나이는 열 살. 눈엔 총명이 가득 차 있고 부귀와 영달
이 후광처럼 그의 몸 언저리를 감싼 느낌이었는데, 그 피부 빛깔에
액사할 징후가 나타나 있었다. 그것도 먼 훗날의 일이 아니라 오늘
내일로 시각을 다투는 절박함이 역력했다.

'어떻게 된 일일까.'

만일 자기의 판단이 옳다고 생각했으면 서슴없이 대책을 강구해
주어야 할 것인데, 어느 모로 보나 부귀 장수할 상에 액사의 상이
끼였다는 그 모순이 최천중을 괴롭게 했다.

최천중이 물었다.

"지금 누구와 같이 왔느냐?"

"어머님과 같이 왔습니다."

소년의 대답은 또박또박했다.

"그럼, 빨리 가서 어머니를 모시고 오너라."

소년이 머뭇머뭇했다. 내외를 해야 할 터전인데, 어떻게 그런 소리 하느냐 하는 태도인 것으로 알았다.

"지금은 내외 같은 걸 문제로 할 때가 아니다. 사정이 위급하다. 그리고 관상사가 어머니를 보자는 것이지, 남자가 여자를 보자는 것이 아니다."

문밖에서 그 소년의 어머니가 서 있을 것을 짐작하고 최천중이 큰 소리로 이렇게 말했다. 아니나 다를까,

"밖에서도 도사님의 말소리를 들을 수 있습니다."

하는 부인의 목소리가 들려왔다.

"큰 소리로 할 말이 못 됩니다."

최천중이 장중하게 말했다.

단정한 몸맵시의 부인이 문을 열고 들어오더니 최천중에겐 외면하고 저쪽 벽을 향해 다소곳이 앉았다. 최천중은 그 옆얼굴로서도 그 부인이 드물게 보는 미인이란 것을 알 수가 있었다. 긴 속눈썹, 맵시 좋은 콧날, 귀에서 턱으로 흘러내린 선명하고도 섬세한 선은 고귀한 기품으로 향그러웠다.

"자네는 잠시 나가 있게."

소년은 머뭇머뭇했다.

"어른들끼리만 할 얘기가 있느니라. 오래 걸리지 않는다. 나가 있게나."

최천중이 재촉하자 부인이 손을 뻗어 소년의 등을 만졌다. 소년이 바깥으로 나갔다.

최천중이 짐작대로 물었다.

"귀문엔 아들이 귀하죠?"

부인의 고개가 보일 듯 말 듯 끄덕였다.

"저 아이의 동생이 생겼죠?"

"예."

"돌이 지났을까말까 하죠, 그 아긴?"

"예."

"아버지 되시는 분은 방금 바깥으로 나간 아이를 무척이나 예뻐
하시죠?"

"예."

"알았습니다."

하고 최천중은 잠잠해버렸다.

"그런데 왜…."

부인이 벽을 향한 채 가느다랗게 물었다. 최천중의 말이 너무나
적중되었기 때문에 그만큼 궁금하기도 했던 것이다.

"어디에 누구시냐고 묻진 않겠습니다. 방금 그 아이는 부귀영화
하고 장수할 기막힌 상을 가졌는데도 앞으로 몇 해 동안이 위험합
니다. 그러니 조심하셔야 합니다. 내가 할 말은 그것뿐이오."

"조심을 한다고 해도 어떻게…."

부인의 말소리는 낮았으나 간절한 뜻이 새겨져 있었다.

"내가 이래라저래라 할 수 있겠습니까? 더욱이 천리일지도 모르
는데."

이 말이 더욱 충격적이었던 모양이다.

"도사님, 지시하옵소서."

부인의 목소리가 떨렸다.

"저 아이를 넉넉잡고 오 년 동안만 이 절에 맡기시든지, 아니면 아이를 데리고 부인께서 그 가문을 뜨시든지…."

부인은 짚이는 게 있는 것 같았다.

"그러나 대감의 분부가 없고선…."

"그러니 부인께서 알아서 하시라고 말씀드리지 않았습니까. 아무튼 내가 보기론 위급합니다."

최천중은 부인이 또 무슨 말을 하려는 것을 막고 다른 손님을 들어오라고 했다. 그리고 부인에겐,

"후일, 나를 찾을 일이 있으면 한양의 삼개에 있는 객주 최팔룡에게 연락하시오."

하는 말만을 남겼다.

다음에 들어온 사람은 일견해서 기녀라고 단정할 수 있는 여자였다. 천기가 온몸에서 넘칠 것 같은 것이 최천중을 불쾌하게 했다.

슬쩍 아래위를 훑어보고 난 뒤 최천중이 물었다.

"한양에서 왔구려."

"그렇습니다요."

"다동골? 북촌?"

"북촌입니다요."

최천중은 좋은 말만 골라서 해주고 그 여자를 물리쳤다. 아까의 소년이 계속 마음에 걸려 있었다.

그날 밤.

삼경이 지났을 무렵, 최천중의 방문을 두드리는 사람이 있었다.

'누굴까?'

하고 최천중은 잠을 깼다. 그리고 문득 생각했다.

'여자다!'

여자가 아니면 번을 바꿔가며 강직순이나 허병섭이 지켜보고 있을 터인데 가만있을 까닭이 없는 것이다.

문 두드리는 소리가 다시 났다.

'아까의 그 기녀인가?'

기녀 같으면 단번에 호통을 칠 작정을 하고 안으로 잠근 문고리를 끄르고 문을 열었다. 17일의 달이 중천에 있었다. 그 달빛을 받고 아까 낮에 본 귀부인이 초조히 서 있었다.

최천중은 얼른 그 부인을 모셔 들이고 방문을 닫았다. 불을 켜려고 하자 부인이 만류했다.

"잠깐 말씀만 듣고 가겠습니다. 하두 꿈자리가 사나워 잠을 이룰 수가 없어요. 낮에 들은 얘기가 궁금하기도 하구요."

어두운 방이라서 부인이 마음에 있는 대로의 말을 할 수 있었던 것인지 모른다.

"아마, 부인의 아들을 해칠 사람이 있는가 봅니다. 부인께선 짐작이 드시겠죠?"

"그런 엄청난 일은 짐작할 수도 없어요."

"그럼 어떻게 한양에서 이곳까지 불공하러 오셨소. 부처님 모시는 거야 어느 절에서라도 할 수 있을 텐데, 하필 이 절에 오셨다는 건 꼭 영험을 보아야겠다는 무슨 간절한 사연이 있기 때문이 아니 겠소."

"왠지 모르게 불안할 따름입니다."

"그 불안이 곧 아들에게 대한 무슨 위험을 느꼈기 때문이 아니 오?"

"어떻게 해야 좋을지…."

땅이 꺼질 듯한 부인의 한숨이었다.

"당돌합니다만, 부인의 연세는?"

"스물여덟입니다."

"그 아이를 낳긴?"

"열여덟 살 때입니다."

"그 뒤론?"

"잉태도 하지 못했어요."

"그 까닭은?"

"큰마님의 시앗*이 너무나 심해서죠."

"잠자리를 통 못 했단 말인가요?"

"그런 것은 아니지만, 틈을 만들기가 쉽잖으니까요."

최천중이 선뜻 손을 뻗어 부인의 손을 쥐었다. 부드러운 온기에 부인의 정화를 느꼈다. 부인은 잡힌 손을 슬그머니 빼었다.

최천중이 이번엔 좀 더 강하게 그 손을 잡았다.

"지금 전 불공 중이에요. 몸을 청정하게 가져야 해요."

---

* 본처의 첩에 대한 경계.

부인은 한사코 최천중의 손을 뿌리쳤다.

"몸을 청정하게 가진다고 해서 액을 면하는 건 아닙니다."

하고 최천중이 그 어깨를 안고 말을 이었다.

"액을 면하는 방법은, 부인께서 아이를 하나 더 배는 수밖엔 없습니다. 큰아이를 죽여도 또 아들이 태어난다고 알면 해의害意를 가진 사람도 멈칫해질 것 아닙니까. 지금 부인은 애를 밸 그런 찰나에 있소. 이 밤을 새우고 내일이라도 한양으로 돌아가 주인과 잠자리를 하시오."

최천중의 말에 부인은 솔깃해졌다. 영특한 관상사의 말인 데다가 맹렬한 사내의 냄새에 공규空閨를 견디어온 여체가 어지럽도록 동요하기 시작한 것이다.

"아름다운 꽃엔 벌레가 덤비기 쉬운 겁니다. 도련님이 그처럼 총명하지 않았더라면 화도 없었을 터인데…."

하고 최천중은 말에 여운을 띠었다.

"꼭 그 아이를 데리고 나와야 화를 피할 수 있겠습니까?"

부인의 말은 간절했다.

"그렇습니다."

"그러나 대감께 무어라고 말씀드려야 할지. 도사님의 말씀이 그랬다고 할 수도 없는 일이구요."

"내가 한 말을 들먹이면 당신이 본부인을 모함하는 것으로 알 겁니다."

최천중이 무겁게 말했다.

침묵이 계속되었다.

최천중은 부인의 가슴속에, 또는 그 몸속에 있을 회오리 같은 감정을 짐작하고 있었다. 비록 측실이긴 하나 대관의 아내로서의 체면도 지켜야 했고, 화에 직면한 아들을 구하기 위해선 무슨 짓을 못하랴 하는 마음도 있었고, 본능이 충동질을 하는 여체의 흥분도 있을 것이었다.

이럴 땐 덤비지 말고 가만히 지켜보고 있어야 한다는 것을 최천중은 누구보다도 잘 알고 있는 터였다.

"어떻게 하면!"

하는 한숨이 부인의 입에서 흘러나왔다. 최천중이 덥석 그 부인의 손을 잡았다. 잡힌 손을 뿌리치지 않을 것이란 자신이 있었다. 만일 뿌리친다면 깨끗이 이편의 야심을 버릴 각오도 했다.

최천중이 짐작한 대로 부인은 최천중에게 손을 잡힌 채 있었다.

"내 말을 들으시오."

하다가 최천중은 다음과 같이 말을 고쳤다. 진지한 말투였다.

"내 시키는 대로, 내 하라는 대로 하십시오. 나는 부인에게서 정녕 내 아들을 갖고 싶소. 그 아들은 그 형의 생명을 지탱케 하는데 도움이 될 것이고, 부인에겐 영광이 될 것이고, 대감에겐 위로가 될 것이며, 부인과 부인의 아들을 해치려는 모든 계략과 음모를 봉쇄하는 방패가 될 것이오."

최천중은 이렇게 말을 엮으며 어느덧 부인의 어깨를 안고 있었다. 부인의 몸이 바르르 떨렸다.

"내 말을 알아들으셨죠?"

보일 듯 말 듯 부인이 고개를 끄덕였다.

"그럼 좋소."

하고 최천중은 부인의 귀에 나직이 속삭였다.

"내일 밤은 18일의 달이 뜰 것이오. 산문을 나가 왼편 언덕을 올라 바위를 돌면 숲이 있고, 숲 사이에 움푹 들어간 풀밭이 있습니다. 달이 바로 천심天心*에 있을 때 부인께서 그리로 나오기 바라오."

그리고 최천중은 포옹을 풀고,

"남의 이목이 있으니 빨리 처소로 돌아가시오."

하고 부인의 귀 언저리에 가볍게 입을 맞췄다. 최천중의 그 처사는 썩 잘한 일이었다. 부인의 아들이 저편 건물 그늘에 몸을 숨겨 최천중의 방을 지켜보고 있었는데, 어머니가 옷 매무새 한 군데 구김이 없이 나오는 것을 보자 안심하고 자기의 처소로 돌아갔다. 최천중은 그러한 기미를 미리 알고 있었던 것이다.

원래 십팔야의 달은 상련相戀, 상문相聞, 상사相思**를 이어주는 달이라고 되어 있다.

최천중은 뜻하지 않게 갑자년 이월의 십팔야에 아름다운 정연情緣을 맺게 되는 행운을 기뻐했다. 그는 행랑에서 모피를 꺼내 들고 그 장소에 미리 가 있었다. 삼라만상이 깃을 죽이고 바야흐로 시작될 거룩한 향연을 기대하고 있는 듯했다.

드디어 달이 중천에 이르렀다. 최천중은 자기도 모르게 월재천

---

* 하늘 한가운데.
** 상련: 서로를 그리워함. 상문: 서로의 안부를 묻고 소식을 통함. 상사: 서로를 생각하고 그리워함.

심여강류月在天心驪江流라고 읊었다. 그 '여강驪江'은 바로 '여강麗江'***이라고 해도 좋았다. 여강은 천심의 달을 받으며 소리 없이 흐르고 있었다.

최천중은 숲 사이로 부인의 모습이 나타나자 소년처럼 가슴이 뛰었다. 얼른 일어나 부인에게로 달려가서 손을 잡았다. 비탈에선 반드시 부축을 했다. 달빛으로 보는 부인의 얼굴은 창백했다. 동시에 귀기鬼氣가 느껴질 만큼 아름다웠다.

깔아놓은 자리에 부인을 모셔놓고, 최천중은 미리 준비해온 털옷으로 부인의 어깨를 덮었다. 부인은 손아귀에 든 참새처럼 떨고 있었다. 최천중은 우선 부인의 마음을 진정시킬 필요를 느꼈다.

"부인, 이러한 경치를 본 적이 있습니까? 달은 천심에 있고 대기는 꽃향기로 가득하고. 보시오, 여강은 저렇게 아름답게 고요하게 흐르고 있습니다. 하늘이 우리를 위해 이처럼 거룩한 결연의 자리를 마련한 거죠."

최천중의 나지막한 속삭임에 부인의 마음이 차츰 진정되어갔다.

"연년욕석춘年年欲惜春 춘거불용석春去不容惜은 소동파의 시입니다만, 해마다 봄 가는 것을 서러워하지만, 봄은 우리의 서러움을 용납하지 않고 떠난다는 뜻을 이 봄에야 나는 알 것 같소이다. 그 많은 봄도, 그리고 그 많은 봄이 지났어도 아까워할 만한 봄을 나는 맞이한 적도 없고 지나본 적도 없소이다. 그런데 이 밤, 부인을

*** 여주 지역을 흐르는 한강인 여강의 '驪'(검은말 여)를 곱다는 뜻의 '여麗'로 바꿈. 고운 강.

이 여강이 허리를 두른 봉미산에서 만나보게 되어, 비로소 나는 아까운 봄을 알았소이다."

최천중은 부인의 허리를 안아 자기의 체온을 전달할 양으로 그 포옹에 힘을 더했다.

"밤이 아직 추우시겠지만 조금만 더 참으시오. 내 심중의 불이 부인께 건너가면 화풍和風이 일 것입니다."

최천중은 이렇게 말하며 굳은 여체가 점차로 누그러드는 것을 감지했다. 그러면서도 최천중은 나직한 속삭임을 이어갔다.

"저 달이 우리의 증인이 될 것이고, 저 강과 더불어 우리의 정의는 영원히 흐를 것이요, 이 동산은 우리의 추억이 될 것이외다. 그러나 하늘이 알고, 땅이 알고, 저 강이 알고, 이 동산이 알고 나와 부인이 알 뿐, 저 별들의 신비처럼 영원한 비밀이 될 것이오. 그리고 나는 이 비밀을 관 속에 들어갈 때까지 간직할 것이니 추호의 괘념도 걱정도 마소서."

부인은 뼈가 녹은 것처럼 그 몸이 늘어졌다. 최천중은 자기 몸에 느껴지는 중량감으로써 그것을 알았다.

최천중은 부인을 반듯이 눕혔다. 그리고,

"아직도 춥습니까?"

하고 묻곤, 살래살래 흔드는 부인의 반응을 확인하자 치마의 끈을 풀기 시작했다. 천심에 달은 밝았다. 달빛에 묻은 적막 속에 북성北城, 오압烏鴨으로 이어지는 연산連山*은 아득하고, 넓게 트인 들은

---

* 죽 잇대어 있는 산.

꿈처럼 펼쳐졌다. 바람은 깃을 죽이고 벌레도 울음을 멎었다. 잠길에 새들도 잠잠한데 여강은 소리 없이 흐른다.

최천중은 섭리를 대행하는 신이 되었고, 여자는 섭리의 꽃을 피우는 화원이 되었다. 태고부터 비롯된 우주 생성의 원리가 갑자년 이월의 십팔야에 여주 봉미산 기슭에서 그 천진한 그림을 새기게 되었다.

천춘淺春의 밤, 그 야기夜氣는 차가웠으나 생명의 불길이 활활 타고 있는 남체와 여체의 열기에 그 차가움이 밀려났다.

일진일퇴에 건곤乾坤의 약동이 있었다. 상박상응相拍相應에 천지의 황홀이 있었다. 완급의 동작은 천파만파의 환희를 낳았다.

'오호, 천지의 비리祕理여!'

최천중은 스스로의 육신, 상대방의 육신을 찬양하고 싶은 격정에 휩쓸렸다.

'아아, 육신의 오묘함이여!'

그러나 동시에 관조의 미신美神이 의식에 무늬를 놓았다.

"부인, 달은 천심에 있고 여강은 아름답게 흐르오. 월재천심여강류月在天心驪江流."

최천중은 동작의 중간에 이렇게 속삭이곤, 그 여운으로 부인의 귀를 가볍게 물었다.

"봉미산상건곤융鳳尾山上乾坤融."

부인의 입에서 놀랍게도 화창和唱이 새어 나왔다. 최천중의 정감은 한층 더 고양되었다. 최천중이 강렬한 동작과 더불어,

"천지조견만세연天地照見萬世緣."

이라고 하자 여체도 따라 전동하며,

"각천인지오불망刻天印地吾不忘."*

이라고 응하는데, 그 응수는 울먹이는 소리로 되었다. 우화등선羽化登仙할 직전의 찰나인가 보았다. 최천중의 불사신이 아연 용력勇力을 더했다. 완급자재緩急自在의 비술이 천의무봉天衣無縫이라, 완緩이면 장강長江에 배 띄워 한유閑遊하는 듯했고, 급急이면 비류직하飛流直下의 전율이 따라 돌았다.

이때 몇 개의 유성이 하늘을 가로질러 그 광망을 뻗고 사라지는 장관이 있었다. 이윽고 마지막 합이 끝나자, 최천중은 여체를 살며시 안아 그 경련이 멎길 기다렸다. 최천중이 호메로스의 일리아드를 읽었더라면, 올림포스 산상에 방초芳草를 깔고 황금의 구름을 두르고 제우스와 헤라가 정사를 하는 광경을 연상했겠지만 그러진 못하고, 장자의 호접胡蝶의 꿈을 상기했다.

"추우시지 않습니까?"

"아아뇨."

"천지신명에게 부끄럼이 없죠?"

"…."

최천중은 일어나서 옷을 챙겨 입고 돌아앉았다. 부인이 옷매무시를 고치도록 배려한 것이다.

---

* 월재천심여강류: '달은 하늘 한가운데 떠 있고 여강은 흐르네.'/ 봉미산상건곤융: '봉미산 위에서 하늘과 땅이 하나로 합하네.'/ 천지조견만세연: '천지가 만세의 인연이 맺어지는 것을 지켜보네.'/ 각천인지오불망: '하늘에 새기고 땅에 눌러 박았으니 나는 잊지 못하리라.'

"나는 영원토록 이 밤을 잊지 못할 것이오."

최천중이 말했다.

"저두요."

부인의 가느다란 대응이 있었다.

동산 위로 올라가서 바위 위에 나란히 앉았다. 만세의 인연으로 맺어졌다는 흡족함과, 만나자 이별해야 하는 운명의 안타까움이 두 사람의 가슴을 설레게 했다.

"통성명을 해야겠죠?"

하고, 최천중은 관향과 이름을 밝혔다.

"전 이가라고만 알아두세요."

부인의 말투는 차분했다.

"대감, 대감 하시던데 그 성명을 알 수 없을까요?"

"홍씨라고만 알아두세요."

"홍씨? 홍씨면 지금 대사간으로 있는…."

부인이 보일락 말락 고개를 끄덕였다.

"도리 없이 홍씨 집 족보에 끼여야겠지만…."

하고 최천중이 잠깐 생각에 잠기곤,

"틀림없이 아들을 낳을 터이니 이름은 외자로 무라고 하시오. 호반무의 무武. 성과 합쳐서 홍무洪武라고 부르게 되죠."

"아들을 낳을 것이라고 어떻게 장담을 하시죠?"

"우리의 인연은 홍무를 낳기 위해 맺어진 것입니다. 천지신명에 부끄러울 것이 없다고 한 것은 그 때문입니다."

"홍씨 집안에서 남의 씨를 밴다는 게 죄 될 짓이 아닐까요?"

"태어날 아이의 거룩한 뜻으로 해서 죄 될 것이 없습니다. 좋고 나쁘고는 홍씨 가문의 일. 태어날 홍무의 생명은 천지간의 일이오."

"대감의 집안에 항렬이 있을 터인데, 어떻게 이름을 함부로 지을 수가 있겠습니까?"

"꿈에 신령의 계시가 있었다고 하시오. 홍무는 결코 나쁜 이름이 아니니 대감도 납득할 것이오."

"큰아이에게 화가 닥친다는 일은 어떻게 되겠습니까?"

"부인의 임신이 집안사람들에게 확인될 때까지는 촌시 반각도 그 아이의 곁을 떠나선 안 될 것이올시다. 특히 침식에 조심을 해야죠. 어떤 명목으로도 약을 먹여선 안 되오. 하여간 앞으로 두 달 동안이 고비입니다. 그 고비를 넘기면 무사할 것이오. 그리고 부인께서 자진해서 본실의 아들을 장자로 치도록 스스로 서적庶籍*을 찾아야 할 것이오."

서쪽으로 기운 달이 부인의 옆얼굴을 곱게 비추었다. 그 기품이 선녀를 닮았다고 생각했다.

"날이 새면 나는 절을 뜰 것이오. 부인께선 지금 곧 행장을 차려 떠날 준비를 하시오. 아들이 묻거든 여강 가에 가서 기도를 올렸다고 하시오. 그리고 잊지 말 것은, 한양으로 돌아가는 즉시 대감과 잠자리를 가질 일입니다."

부인이 일어섰다. 그러고서 한 말은,

---

* 서출의 신분.

"이젠 다시 만날 수가 없을까요?"

"인연이 있으면 또 만날 수가 있겠죠. 무슨 필요한 일이 생기거든 삼개 최팔룡에게로 연락하시오."

부인은 옷매무시를 고치고 걸음을 떼어놓았다. 최천중은 그 뒷모습이 숲속의 길로 사라지기까지 바라보고 있었다.

최천중의 얼굴엔 흡족한 웃음이 있었다. 왕씨 부인으로부터는 왕문을 얻고 홍씨 부인으로부턴 홍무를 얻는다면 언젠가 최왕문, 최홍무의 두 형제가 상봉하는 날도 있으리란 기대 때문이었다. 최천중은 힘차게 일어서서 비탈길을 내려가기 시작했다.

최천중은 늦잠을 잤다. 길을 걷기 위해선 숙면을 해두어야 했다. 더욱이 미원촌에 이르기만 하면 쉴 시간이 있을 것 같지가 않았다.

잠에서 깨어나 세수를 할 때 홍씨 부인이 떠났다는 사실을 월산 화상의 상좌의 입을 통해 알았다. 달밤 노천에서의 정사는 최천중으로서는 처음 있는 일이라서, 바로 어젯밤에 있었던 일인데 꿈같기만 했다. 최천중은 마음속으로 그 여자의 행운을 빌었다.

식사를 간단히 마치고 난 뒤 연치성, 허병섭, 강직순을 불렀다.

"한 닷새쯤을 기한하고 나 혼자 어델 좀 다녀올 것이니 자네들은 이 절에서 기다리고 있거라."

연치성은 그 연유를 알고 싶어 하는 표정을 지었지만, 최천중은 말하지 않기로 했다. 그리고 그들을 데리고 가지 않기로 작정한 것은 깊이 생각한 결과였다. 미원촌에서 있었던 일을 알릴 단계가 아직 못 되는 것이다.

"언젠간 얘기할 때가 있을 거다."

하고, 최천중은 행장을 차려 나섰다.

산문까지 배웅 나온 연치성이,

"혼자 가셔도 되겠습니까?"

하고 조심스럽게 말했다.

"자네들을 만나기 전에 나는 언제이건 어느 곳이건 나 혼자 다녔어. 걱정하지 말게."

하고 최천중이 웃었다.

혼자가 되어 들길을 걷는 기분도 나쁘지는 않았다. 더구나 미원촌으로 가는 길은 꿈을 찾아 가는 길이었다. 아름다운 추억을 더듬는 길이기도 했다. 왕덕수와 만나는 기쁨도 있었고, 태어날 새 생명을 대하는 흥분도 있었다.

'왕씨 부인은 나를 어떻게 생각하고 계실까? 그 심중에 거래하는 것은?'

이러한 추측은 한편 두렵기도 했지만 짜릿한 자극이기도 했다.

최천중은 박모薄暮*와 더불어 미원촌에 도착할 속셈을 하며 천천히 걸었다. 만상에 생명의 숨소리가 들리는 듯했다. 불서不暑, 불한不寒, 불난不暖, 불량不涼의 계절이란 생각이 들자, 최천중은 왕덕수와의 재회를 위해 한 수의 시를 마련해두어야겠다는 기분이 되었다.

'불서불한춘산정不暑不寒春山靜.'

---

* 땅거미.

214

이란 첫 구는,

'불난불량춘강정不暖不凉春江淨.'

으로 받으면 되는데, 전구轉句에 묘미를 부려야만 했다.

최천중은 겨우,

'인심미묘방춘색人心微妙倣春色.'

이란 글귀를 짜냈다.

그러고 보니 하늘에 구름이 있었다.

'백운유유효귀정白雲悠悠倣歸情.'

그런데 최천중은 불만이었다. 도저히 왕덕수 앞에 내놓을 시가 못 된다는 생각이 들었다.

단문졸장短文拙章으로 표현하기엔 자연은 너무나 신기하고, 자기의 마음 자체는 너무나 복잡했다. 왕덕수가 진상을 알면, 하는 생각이 일시 마음을 어둡게 했다. 아이가 자라나 최천중을 닮아갈 때를 예상하지 않을 수 없었던 것이다. 명문 명구가 떠오르지 않는 까닭이 그런 마음에 있다고 생각하자, '그땐 또 그때지' 하는 마음으로 생각을 고쳤다.

최천중은 허심탄회한 기분으로 걸음을 계속했다.

해 질 무렵 왕덕수의 집 앞에 섰다. 최천중은 감개 어린 눈초리로 그 집을 바라보고 섰다가 주인을 찾았다.

최천중의 소리를 듣자, 왕덕수는 신을 신는 둥 마는 둥 달려 나와 최천중의 손을 잡았다. 아무리 급해도 서둘지 않는 게 왕덕수와 같은 선비의 거동이었는데, 그러한 관념을 잊었을 정도로 반가웠던 것이다.

"작야昨夜에 호몽好夢이더니 최형을 만날 선조*였구려."

왕덕수는 최천중을 잡아끌었다.

"적조한 동안 옥체 균안한 것 같사와 동경이로소이다."

최천중이 점잖게 인사를 차리고 그 뒤를 따랐다.

좌정하자 다시 정중한 인사가 있었다. 그리고 난 후,

"최형, 어떤 바람이 불었길래 이처럼 거동을 하셨소?"

하고 왕덕수가 물었다.

최천중은 그 물음이 해괴하다고 생각했다. 분명히 작년에 헤어질 때 이맘때쯤에 찾겠다고 했던 것이다. 그러나 그걸 따질 순 없었다.

"혹시 왕씨 가문에 길사吉事가 있지 않을까 해서 왔소이다."

"길사?"

왕덕수가 의아한 표정을 했다.

"귀문에 옥동자가 탄생하실 무렵이 아닌가 해서…."

"아아, 그 말씀입니까? 하지만 아직 때가 멀었습니다. 그러나저러나 와주신 데 대해 흥감하게 생각합니다. 이번 걸음엔 좀 넉넉히 계시다가 가시도록 하시죠. 짧은 교분이었으나 나는 최형을 잊어본 일이 없답니다."

하고 왕덕수는 하인을 부르더니,

"한성에서 최천중 도사님이 오셨으니 그리 알고 유루** 없도록 준비하라."

---

*   전조.
**   遺漏: 빠짐.

고 시켰다. 그리고 곧 말을 바꾸어,

"작년에 보내주신 책 고맙게 받았습니다."

하고 새삼스럽게 인사를 했다.

작년에 보내주신 책이란 정암시집定庵詩集을 말한다. 정암시집이
란 곧 공자진龔自珍의 시집이다.

"한데, 정암의 시는 어떻습니까?"

최천중이 물었다.

"역시 대국은 다르다는 느낌을 가졌었죠. 우리는 아득히 그 후진
後塵***을 바랄 뿐이란 서글픔도 있었구요. 하여간, 현란한 대문장
이었소."

"나는 책사에서 그것을 발견하기까진 공자진이란 시인이 존재한
다는 것도 몰랐소. 그랬는데 새로 온 책이라기에 펴보았더니 개권
벽두開卷劈頭에서 혼을 빼인 것 같았소."

하고 최천중이 말하자, 왕덕수도 동감이라고 했다.

두 사람은 공자진의 시집을 펴놓고 한동안 말이 오갔다.

최천중은 '화춘천상기용복花春天上祈庸福 월명회중청환연月明懷
中聽幻緣'이란 시구를 왕씨 부인과의 관련으로 색다르게 풀이해본
적이 있었다는 기억으로 얼굴을 붉혔다. 그 색다른 풀이란 다음과
같은 것이었다.

'꽃을 천상에 바라보며 그저 평범한 행복이나 비옵소서. 달, 즉
당신의 부인이 내 품에 안긴 사실은 한갓 환중幻中의 인연으로 치

*** 사람이나 마차 따위가 지나간 뒤에 일어나는 먼지. 남의 뒤를 따르는 일.

소서.'

최천중은 그 시구를 그렇게 풀이함으로써 왕덕수에게 대한 죄송함을 내심으로 사과하고 변명했던 것이다.

그러면서도 최천중은 불안을 금할 수가 없었다. 분명히 오늘 밤, 정확하게 말하면 내일 첫새벽에 아이가 탄생해야 하는데, 왕덕수의 태도로 봐선 그런 동정이 전연 없는 것이 이상했다.

'내가 그럼, 헛짚었단 말인가?'

하는 생각과,

'그럴 리가 없다.'

는 생각이 엇갈렸다.

아이가 잉태되면 어미의 태내에 280일로부터 290일, 어떤 경우엔 3백 일쯤 머물러 있다는 걸 그가 모르는 바는 아니었지만, 최천중이 믿고 있는 자기의 영력靈力으로선 기어이 내일 첫새벽, 즉 축시丑時에 아들이 탄생해야 하는 것이었다.

그 영력에 의한 계산이 어긋난다는 것은 그의 생의 목표를 포기해야 하는 것과 마찬가지였다. 다시 시작해볼 수도 있겠지만, 최천중의 목표는 범상한 일이 아닌 것이다. 신령의 협동이 없인 무망한 노릇이었다.

그는 여태껏 그의 계산이 빗나갈 일이 없을 것으로만 믿어 스스로를 돌이켜보았다. 최천중은 그의 머릿속에 '이 나라의 왕을 만들어보자'는 생각이 든 것 자체를 신령의 점지라고 믿어왔기 때문에 그의 계산도 그냥 믿어왔던 것이다.

왕덕수는 공자진의 시에 관한 감상을 누누이 설명하고 부연하고

있었다. 최천중은 그 왕덕수의 말을 듣고 있는 체하면서도 스스로
의 마음을 좇고 있었다.

'어느 때 탄생하건 그 연후에 다시 사주를 챙겨봐야지…'

'뜻밖에도 홍씨 부인이 가질 아이가 나의 포부를…'

'그러나 아직은 시간이 있으니.'

그러고 있으면서도 밑져야 본전이라며 단념은 안 하려고 최천중
은 마음의 흐름에 제동을 걸었다.

왕덕수는 곧 최천중의 거동에 이상을 느꼈다. 하던 말을 바꿨다.

"최형, 무슨 걱정이라도 있는 것 아뇨?"

"아니외다."

"그럼 어떻게 그 얼굴빛이…"

"아니외다. 왕형이 공자진의 시에 관해 얘기하는 것을 듣고 있으
니 내 시재는 말이 아니라는 것을 느끼고…"

최천중은 당황한 기분도 없지 않아 이렇게 얼버무리다가 그 증거
라고 하면서 오늘 길을 걸으면서 떠오른 시상을 들먹였다.

왕덕수는 그 시를 듣더니 빙그레 웃었다.

"나쁠 것이 없지 않습니까. 그것을 바탕으로 추고가 있으면 되겠
죠. 즉흥으로 막 시문이 이루어지는 것이 아니니까요."

"그렇긴 합니다만."

최천중이 겸연쩍게 웃었다.

"무릇, 글자 하나에 사로잡히면 상상想想이 이지러져 성시成詩가 여
의치 않을 때가 있습니다. 형의 그 경우엔 불자不字가 탈입니다."

"미상불 적평適評이오."

이때 술상을 곁들여 밥상이 들어왔다.

"자, 한잔하십시다."

왕덕수가 주전자를 들었다.

"유붕자원방래有朋自遠方來러니."

왕덕수는 최천중의 방문이 그저 흐뭇하고 기쁘기만 한 모양이었다.

밥상을 치우고도 왕덕수는 시담이었다. 그의 호학은 가히 탄복할 만했다. 최천중도 시름을 잊고 그 호학하는 분위기에 휩쓸려들었다.

왕덕수가 말했다.

"공자진의 재기는 볼 만한 것이 있지만, 도연명陶淵明의 기품엔 아득히 미치질 못해요."

"그야 연명에 비할 수야…."

하고는, 최천중이 물었다.

"연명의 시 가운데 가장 좋다고 생각하는 건 뭡니까?"

"하나둘을 가려낼 수야 없죠. 그러나 내 마음에 드는 것을 골라보면."

하고 왕덕수는 독산해경讀山海經을 들었다. 그리고 그 가운데서도,

'중조흔유탁衆鳥欣有託 오역애오려吾亦愛吾廬(새들은 의탁할 집이 있는 것을 좋아하고 나는 내 초막을 사랑한다).'

라는 시구가 마음에 들고, 마지막 연

범람주왕전汎覽周王傳

유관산해도流觀山海圖

220

부앙종우주俯仰終宇宙

불락부하여不樂復何如

에 이르러선 기가 막힌다고 했다.

주왕전周王傳이란 주나라의 목왕穆王이 천하를 편력하는 가운데 견문한 것을 적은 일종의 신비소설神秘小說이고, 산해도山海圖는 산해경에 부록으로 붙어 있는 공상空想상의 동물과 식물을 그린 그림이다. 그것을 범람, 유관한다는 것은 천천히 책장을 넘기며 이곳저곳 바라본다는 뜻인데, 그렇게 하고 있으면 순식간에 우주를 한 바퀴 도는 기분이 되니, 그 재미가 또한 말할 수 없다는 감흥이다.

최천중은 호학하는 왕덕수의 기질, 세간의 영달을 바라지 않고 음서陰棲*하길 좋아하는 그의 성품에 꼭 맞는 시라고 생각했다. 그러나,

"최형은 어떻게 생각하오?"

하고 왕덕수가 물었을 땐,

"나는 나이가 고희쯤 되어서야 연명을 읽겠소."

하는 대답을 했다. 그리고 덧붙였다.

"나는 주왕전을 범람할 것이 아니라 천하를 두루 살필 것이고, 산해도를 유관할 것이 아니라 세간을 파고들 것이오."

"영웅이 되어보겠다는 거요?"

---

* 조용히 삶.

왕덕수가 웃음을 머금고 한 말이었다.

"영웅이 되려는 것이 아니라 신선神仙 될 생각이 아직 없다는 얘기죠."

최천중도 역시 웃음을 머금고 말했다. 이것은 최천중의 본심이었다. 그가 그의 스승인 산수도인을 끝끝내 따르지 않은 것은, 나이 어린 탓도 있었지만 이 수라修羅의 세상에 사자獅子처럼 분신奮迅*해보고 싶은 포부에서였다. 그건 한갓 객기만은 아니었다. 정은靜穩, 평화는 저세상에 가서 실컷 만끽할 수 있다고 생각한 그의 인생관이 확고했기 때문이다.

"형의 그 용기가 부럽소."

왕덕수는 최천중의 의중을 충분히 납득했던 것이다.

"용기가 아니라 근성이죠. 죽으면 싫더라도 잠잠하고 조용해질 것이 아니겠소. 나는 좋은 것이라면 빼앗아서라도 가질 참이오. 살아 있는 동안엔 말이오."

이 말엔, 그러니까 당신의 아내를 내가 일시적으로나마 뺏었다는 뜻이 포함되어 있었다. 동시에 앞으로도 뺏을지 모른다는 선언의 뜻도 있었던 것이다.

이렇게 밤은 깊어갔다.

최천중은 왕덕수와의 담화에 흥겨워하다가도 문득문득 자기의 예상이 빗나갈 것 같아 마음이 어두웠다.

'갑자년 이월 이십일 축시.'

---

* 맹렬한 기세로 일어남.

바로 이 사주에 그는 평생의 소원을 걸었던 것인데, 만일 그것이 빗나가면 그 소원이 시작에서부터 시들 뿐 아니라 자기 자신에게 대한 불신이 더 클 것이었다.

'자신 없는 관상사가 앞으로 어떻게 행사한단 말인가!'

그 감정은 거의 절망에 가까운 어두운 빛깔이었다.

'화불단행**이라! 이렇게 되면 남자가 아니고 여자가 태어날 경우도 있을지 모른다.'

하고 생각하니, 왕덕수를 대할 면목이 없다는 공포가 섞인 불안이 일었다.

"아무래도 최형이 이상하네요."

왕덕수가 신나게 얘기를 하다 말고 최천중의 표정을 살폈다. 그러고는 물었다.

"아무래도 무슨 까닭이 있는 것 아닙니까?"

최천중은 이때 변명의 재료를 만들어두어야겠다는 생각이 들었다.

"까닭이 있소."

"뭡니까?"

"내가 짐작하기론 귀댁의 길사는 갑자년 이월 이십일 축시에 있기로 되어 있었습니다. 그런데 아직도 산기마저 없으시다고 하니 그게 마음에 걸린다는 말입니다."

"허어 참, 최형두. 우리 집에 사내아이가 태어날 것이란 예견만 해도 대단하신데 그 생일 생시까지 알아맞힌다고 해서야 어디….

** 禍不單行: 화는 하나로 그치지 않고 잇달아 온다.

223

그건 귀신도 어림없는 일 아니겠소."

"아닙니다. 아직 내 예견에 어긋나는 일은 없었습니다."

"한두 달, 아니 십 일, 이십 일쯤 어긋나는 것이야, 이 경우 어긋났다고 할 수 없는 일 아니겠소."

"아닙니다. 단 하루라도, 아니 일시 일각이라도 어긋나는 것은 사주가 달라진다는 얘깁니다. 어찌 그것이 중대한 문제가 아니겠소."

"우린 후사만 얻을 수 있으면 그로써 만족이오. 선조에 대한 체면이 서게 되는 것이니까요. 사주에 약간의 변동이 있는 것쯤은 개의치 않으렵니다. 최형의 도사로서의 영력엔 추호의 하자도 없게 되는 겁니다. 자, 기분을 고치시오."

그래도 최천중의 흐린 마음은 개질 않았다.

"왕형에게 미안하다, 또는 왕형이 어떻게 생각할까 싶어서 내가 기분 나빠하는 것은 아닙니다. 나 스스로에 대한 불쾌감이죠. 만일 한 번이라도 내 예견이 어긋난다면 그로써 나의 관상술은 파탄한 겁니다. 나는 앞으로 다른 길을 걸어야죠."

"어떻게 그처럼 완고한 마음을 가지십니까. 군자는 대범해야 하는 법이오."

"어떻게 스스로를 믿는 자부와 자신 없이 관상을 봐서 남의 운명을 운운할 수가 있겠소. 나는 그처럼 뻔뻔스러울 순 없소."

"아따, 뭘 그처럼 어렵게 생각하오. 자, 술이나 듭시다. 그리고 흥이나 돋웁시다."

최천중은 큰 잔에 가득 찬 술을 단숨에 마셨다. 술에라도 취해서 잠을 청해야겠다는 생각을 한 것이다.

야반夜半이 지난 것 같은데 집안의 동정엔 변함이 없었다. 취기와 피로가 겹쳤다. 최천중은 옆방에 마련된 침구에 몸을 눕혔다. 스르르 잠에 빠져들었다.

깊은 잠길이었는데도 최천중이 벌떡 일어난 것은, 그의 신경의 일부분이 깨어 있었던 탓이었을 것이다.

옆방에서 왕덕수가 황급히 바깥으로 나가는 소리가 들렸다. 안집 쪽에서 두런거리는 소리가 있었다. 최천중은 바깥으로 나와 안집으로 통하는 중문에서 귀를 기울였다. 분명히 산부 진통이 시작된 모양이었다.

안방으로 사람들이 드나들고 부엌문이 열려 이제 막 지핀 듯한 불빛이 뜰로 비껴 나오고 있었다. 왕덕수가 안방에서 나오더니 대문을 향해 걸어 나갔다.

"약국에 다녀올게."

하는 그의 말이 대문 쪽에서 들려왔다.

'그럼 그렇지.'

하고 최천중은 하늘을 우러러봤다.

스무날께의 달이 벌써 천심을 지나 있었다. 축시에 접어든 것이다. 최천중은 가슴 깊숙이에서 끓어오르는 기쁨을 억누를 수가 없었다. 하늘을 향해 땅을 향해 호탕한 웃음을 한바탕 떨치고 싶은 충동에 사지가 벌벌 떨렸다.

최천중은 자세히 천문을 살폈다. 삼토가 두상*에 있고 칠성은 서

---

* 三土: 무속에서 섬기는 별. '두상'은 머리 위.

쪽에 있었다. 자기의 별이라고 믿고 스스로 이름 지어놓은 천랑성
天狼星은 동쪽 하늘에 있었다. 하늘의 신비는 지엄하고 묵묵했다.

　그렇게 한참 동안을 서성거리고 있는데 약국엘 다녀온 왕덕수가
사랑으로 들어왔다. 그리고 뜰에 있는 최천중을 보자 와락 소매를
붙들고 울먹이는 소리를 했다.

　"최형, 이럴 수가, 이렇게 고마울 수가, 이렇게 영특할 수 있소?"

　"왕형, 아랫것에게 물을 떠오라고 이르시오. 세수를 해야겠소이다."

　"형이 세수는 왜요?"

　"이제 곧 세상에 나올 임금님께 배알을 해야죠."

　"무슨 그런 말씀을…."

　"얘기는 이따가 합시다. 우선 세수부터 하게 해주시오."

　왕덕수가 안채로 들어가더니 하녀에게 세숫대야를 들리고 나왔
다. 최천중이 정성을 다해 세수를 하곤 천랑성을 향해 서서 묵도를
올렸다. 동시에 천지신명에게 서원했다.

　'이제 이 세상에 탄생하시는 아이의 이름은 왕문이라고 지을 것
입니다. 천지의 신령을 받들어 그 섭리에 좇아 이 나라 만백성을
다스릴 성상이 될 것이온즉, 신명은 이에 가호가 있으시어 그 이름
을 빛나게 하고 나아가 이 나라에 복이 풍부하도록 하옵소서. 왕
문이 가는 곳에 길이 트이고, 왕문이 앉는 곳에 후광이 비치고, 왕
문이 마음먹는 것에 보람이 있도록 하소서. 이 나라가 그 이름과
더불어 융융 번창하고 애애* 화합토록 하옵소서. 나라의 운이 이

* 　융융(融融): 화목하고 평화로움. 애애(靄靄): 부드럽고 포근하여 평화로움.

순간부터 트이게 하소서…'

최천중은 전신전령全身全靈이 기도로 화했다. 그것을 지켜보고 있는 왕덕수는 최천중이 내심으로 하는 기도의 말을 듣진 못했지만, 그의 성심과 성의는 알 수가 있었다. 감응력의 탓일 것이다. 왕덕수는 최천중에게 대한 외포畏怖와 더불어 그를 친애하는 감정이 솟아오름을 느꼈다.

그런데 아이는 좀처럼 나오지 않았다. 심한 진통인 모양으로, 정숙한 부인이 그 신음 소리를 바깥에까지 울리게 했다.

감격과 감동의 시간에서 깨어나자 최천중은 다른 불안에 사로잡혀 초조했다. 수각이면 축시가 지날 것 같아서였다. 영웅의 사주는 일각을 다툰다. 영광과 좌절의 거리는 간일발인 것이다. 정상이냐 나락이냐 하는, 그 무한해 보이는 거리가 기실 분초를 다투는 순간에 결정지어지는 것이다.

축시로서 매듭되는 사주는 영광의 사주이고, 축시로 끝내지 못하는 사주엔 어떤 위험이 있을지 몰랐다. 최천중은 갑자년 이월 이십일 축시의 사주가 천지인 삼재三才가 극상의 운기運氣로서 협동한다는 사실을 확인하곤, 인시寅時일 경우는 챙겨보지도 않았다. 극상의 운기가 그처럼 긴 지속력을 가질 수 없다고 단정한 때문이다.

그런데 시각은 흐르고만 있었다. 탄생의 소리는 들리지 않고, 진통하는 신음 소리만 적막을 저리게 하고 있었다. 최천중은 뜰 동편에 있는 감나무의 끝을 가늠해, 그 끝을 천랑성이 지나는 무렵을 축시가 끝나는 시각으로 작정해놓고 가슴을 떨고 있었다.

축시가 끝나는 시각은 새벽 세시를 말한다. 가슴을 떨며 초독秒讀*하는 최천중의 심정을 누구도 모를 것이었다. 최천중의 등엔 식은땀이 괴고 있었다. 그의 숨결이 가팔라 왔다. 천인절벽千仞絶壁** 위에 서 있는 기분이었다.

천랑성이 드디어 감나무 끝에 걸렸다. 그리고 차츰 자리를 옮기기 시작했다. 그는 얼른 자기가 서 있는 방위를 바꾸었다.

서 있는 자리의 방위를 바꾼들 무슨 소용이 있을까만, 감나무 끝에서 별이 떠나지 않게 하기 위한 초조가 그렇게 시킨 것이다.

그 이상 방위를 바꾸어선 동남간東南間이 된다고 생각하는데 천랑성이 기어이 감나무 끝을 지나버렸다.

'아뿔사!'

했을 때였다.

"으앙!"

하는 탄성誕聲이 적막을 깨뜨렸다.

최천중은 다리가 꺾이듯 땅바닥에 주저앉을 뻔한 몸을 가까스로 지탱한 후 겨우 발걸음을 옮겨 마루로 기어올라 방으로 들어왔다.

그때의 표정은 빈사상태에 있는 중병인의 그것이었다.

탄성을 듣고 왕덕수가 안채로 뛰어 들어갔기에 다행이지, 그렇지 않았더라면 왜 그러느냐고 질문을 받았을 때 설명이 곤란할 지경이었다.

---

* 초(秒)를 헤아림.
** 천길 낭떠러지.

최천중은 정신을 차렸다.

'분명히 축시다.'

하는 고집이 있었다.

'아니다, 인시다.'

하는 걱정이 겹쳤다.

'절대로 축시다.'

이렇게 다짐하고 있을 때 왕덕수가,

"최형, 고맙소. 남자 탄생입니다. 도사님이 예견하신 그대로."

하고 함박꽃 같은 웃음을 띠곤

"한데, 생시는 인시가 되겠죠?"

하는 말을 끼우자, 최천중은

"무슨 말을 하는 거요? 축시오, 축시. 단연코 축시요. 인시란 말
은 입 밖에도 내지 마시오."

하고 미친 사람처럼 쏘아붙였다. 왕덕수는 아연한 얼굴로 최천중
을 쳐다봤다.

최천중의 돌연한 태도를 왕덕수는, 관상사, 또는 점술사에게 있
기 쉬운 고집으로 이해했다. 그렇다고 치더라도 이상하다는 느낌이
없지 않았으나 굳이 캐어물을 것까진 없었다.

최천중은 도를 넘친 자기의 태도를 반성하고 어색한 웃음을 띠
우곤,

"용서하시오, 왕형. 그러나 사람에게 있어서 사주는 중요한 거고,
사주가 중요하다면 생시를 어떻게 함부로 고칠 수 있겠소. 왕형의
계시計時도 짐작이 있어서 한 것일 게지만, 나는 계시에 있어서는

어김이 없소. 나는 산기가 있다고 들은 후로 줄곧 천문을 살피고 있었소. 그러니 아이의 생시가 축시라는 것을 아예 의심하지 마시오."

하고 간곡한 투로 말했다.

왕덕수는 납득할 수가 없었지만, 최천중의 영특하다고 할밖에 없는 예견력을 보아온 터라,

"내가 잘못 알았던 것 같소."

하고 석연한 웃음을 띠었다.

"아이는 건전하겠죠?"

최천중이 물었다.

"건전하다는 얘깁니다."

"산모께서도 건강하시고?"

"아마 덕택인가 하옵니다."

왕덕수는 진정으로 말했다.

최천중이 눈을 감고 무엇인가를 생각해내려는 듯하더니 다시 눈을 뜨고 장중하게 물었다.

"왕형께선 태어난 아기를 위해 미리 준비해둔 이름이 있습니까?"

"미처 생각하질 못했소."

하고 왕덕수는 웃음을 머금었다.

"그렇다면…."

하고 최천중은 무릎을 왕덕수 쪽으로 조금 움직였다.

"외람하지만 아기의 사주에 맞추어 내가 지어본 게 있습니다."

"말씀해보시오."

"성명은 원래 함축이 있으면서도 간명해야 합니다. 그래서 생각한 것인데, '문'으로 하는 것이 어떨까 하옵니다만."

"문이라면 문문門인지 글월문文인지…."

"글월문이올시다."

"왕문이라…."

하고 중얼거려보더니 왕덕수는,

"그럼 획수가 사 획이로구먼요."

하며 고개를 갸웃했다.

왕王자가 사획인데 이름까지 사획이면 쌍음雙陰이 된다는 상식의 탓인가 보았다. 최천중이 얼른 말했다.

"왕의 획은 원래 옥玉자의 획으로 헤아리는 법이니 쌍음이 되는건 아닙니다."

"그렇겠군요."

왕덕수의 표정이 풀어졌다.

그러나 왕덕수는 아니나 다를까, 항렬의 문제를 끄집어냈다.

"항렬이야 가운데에 끼우건 끝에 붙이건 여부가 있습니까? 그러니 족보상으로 어떻게 처리하시더라도 이름은 문이라고 하시는 게 좋을 줄 압니다. 사주에 어울리는 이름이라야 하니까요."

"좋습니다."

하고 왕덕수가 무릎을 쳤다. 그리고 일어섰다.

"산모에게 아기의 이름을 일러야 하겠소."

그 뒷모습을 보며 최천중은 완연히 웃었다. 명실名實 아울러 왕문이 이 세상에 태어난 것이다.

아침 밥상을 물리고 난 뒤, 최천중은 지필을 가운데 놓고 왕덕수와 대좌했다.

최천중은 붓을 들어

'왕문王文, 갑자甲子, 무진戊辰, 경인庚寅, 을축생乙丑生.'

이라고 먹으로 선명하게 썼다.

그리고 장중하게 입을 열었다.

"왕형, 정좌하기 바라오."

왕덕수가 무릎을 꿇고 앉았다.

"왕형, 들으시오. 그리고 지금부터 내가 하는 말을 부인 이외의 사람에게 절대로 알려선 안 됩니다."

왕덕수의 얼굴에 긴장의 빛이 돌았다.

"이 사주는 누구에게도 알려선 안 됩니다. 이 종이는 태워 없애야 합니다."

하고, 최천중은 부싯돌을 쳐서 그 종이를 태워 재가 남자 그것을 훔쳐 자기의 입안에 넣고 물을 마셨다.

왕덕수는 최천중의 그런 해괴한 행동을 지켜보고만 있었다.

최천중이 헛기침으로 목청을 다듬곤 나직이 속삭이듯 말했다.

"왕문은 장차 제왕이 될 천운을 타고 나온 귀인이올시다."

왕덕수가 꿈틀 몸을 떨었다. 눈에 공포의 빛마저 있었다.

"제왕이 될 아이를 가진 부모가 해야 할 일을 아시겠죠?"

왕덕수는 엉겁결에 손을 저었다.

"난 원치 않습니다. 아들이 제왕이 되는 것을 원치 않습니다. 그저 호학하는 선비로서…"

왕덕수의 말을 막고 최천중이 엄하게 말했다.

"왕형, 무슨 그런 황공한 말씀을 하십니까? 제왕이 될 운기를 타고난 귀인이 제왕이 되지 못하면…."

하고 일단 말을 끊고 최천중은 왕덕수를 노려보듯 하더니 다시 말을 이었다.

"사서史書에 통효해 있는 왕형이 그걸 모를 까닭이 없겠죠. 제왕이 될 사람이 제왕이 되지 못하면 오직 슬픔이 있을 뿐입니다. 그러니 그 운기를 돕는 데 지성을 다하는 노력만이 그가 고종考終을 다할 유일한 길이며, 달리 도리가 없습니다. 제왕이 되고 안 되고 하는 문제 이전에, 천수를 다하느냐 못 하느냐 하는 문제가 있는 겁니다."

왕덕수는 비로소 사태의 중대성을 알았다. 당혹감이 그의 얼굴을 어둡게 했다.

"탄생한 이 기쁜 마당에 천수를 운운하는 외람된 말을 하는 것은, 오로지 일의 중대성이 시킨 탓입니다. 내가 왕씨가의 아들을 두고 이처럼 치성을 드리는 까닭도 여기에 있습니다."

"그럼 어떻게 해야 하겠습니까?"

왕덕수는 이렇게 물어보지 않을 수 없었다. 그는 평범한 사람으로서 평범한 아들을 바랐을 뿐인데, 그와 같은 엄청난 얘기를 듣고 보니, 게다가 그 말을 다른 사람 아닌 영특하기로 귀신이 놀랄 만한 최천중의 입에서 나온 말이고 보니 기분이 전도되지 않을 수 없었던 것이다.

최천중은 왕덕수 부부가 앞으로 해야 할 일을 세목에 이르기까지 설명하기 시작했다. 왕덕수는 전신을 신경으로 화해서 그 말을 들었다.

이때 동네엔 온통 소동이 나 있었다. 왕덕수 집에 옥동자가 태어 났다는 소식과 더불어, 그 아이의 탄생을 생년 생월 생일은 물론, 생시까지 예견한 최천중이란 관상사에 관한 소문이 동네를 뺑 돌았던 것이다.

조 진사 댁에서의 청이 있었다. 그러나 최천중은 그날 하루는 왕 덕수의 집에서 묶고, 그 이튿날 왕덕수와 같이 조 진사의 사랑에 들렀다.

"이 사람아, 미원촌에 왔으면 내 집을 찾을 일이지, 원."

조 진사는 이런 푸념까지 섞어가며 최천중을 반겼다.

"그렇지 않아도 찾아뵐 작정을 했었사옵니다."

최천중이 공손하게 인사를 차렸다.

"내 자넬 무척 기다렸다네."

하고 나서 조 진사가 물었다.

"자네의 영특함은 일찍이 고한근의 일로 알고 있던 터이지만, 왕 학사가 옥동자를 얻을 것을 안 것도 뭣한데 그 생시까지 알아맞혔 다고 하니 그게 사실인가?"

"사실입니다."

하고 왕덕수가 대신 말했다.

"과연 신통력을 가진 사람이군."

조 진사는 고개를 끄덕이며 감탄해마지않았다. 최천중은 그 방안이 작년에 왔을 때보다 훨씬 화려하게 꾸며져 있는 것을 눈여겨 보았다. 조 태후가 실권을 잡은 것과 유관할 것이라고 짐작했다. 조 진사는 태후와 같은 풍양 조씨인 것이다.

"어른께옵서 옥체가 더욱 건장한 것 같사와 동경해마지않습니다."

조 진사의 계속되는 치하에 대해서 이렇게라도 말하지 않을 수 없었다.

"이것도 최공의 덕일는지 모르지. 작년에 최공의 말을 듣고 깨달은 바가 많았거든."

조 진사는 흐뭇한 표정이었다.

작년에 최천중이 한 말이란, 벼슬을 할 생각을 말라는 충고였다.

"최공, 이번 오신 김에."

하고 조 진사는 장죽에 담배를 피워 물더니 은근히 소리를 낮추었다.

"내 장손녀가 있네. 치울 날이 가까워. 그래, 그 애의 관상과 사주를 보아주었으면 어떨까?"

"누구의 분부라고 감히 거역하겠습니까."

"그렇게 어려워할 것까지야 없지."

그러더니 조 진사는 하인에게 영을 내렸다. 손님이 내당으로 들 것이니 준비하라는 것이었다.

왕덕수를 남겨놓고, 최천중은 조 진사를 따라 내당으로 들었다. 중문을 지나 내당 뒤뜰로 돌았다. 조촐한 화단이 있고, 조그마한 못이 있었는데, 못 한가운데 정자풍의 별당이 있었다.

방문을 들어서니 곱게 빗어 땋은 머리를 뒤로 한 훤칠한 키의 처녀가 벽을 바라보고 서 있었다.

조 진사는 좌정을 한 뒤 손녀딸을 앉게 하고 얼굴을 들라고 일렀다. 최천중은 그 얼굴을 일견하자, 조 진사가 왜 손녀딸을 관상사 앞에 내놓았는지 그 까닭을 알았다. 이목구비가 빠진 데 없이 잘 짜인 호상好相이고, 예쁘다고도 할 수 있는 미색이었는데도 양미간의 뼈가 두드러지게 앞으로 나와 있었다. 물론 평범한 눈에 포착되는 것은 아니었다.

"진사 어른의 뜻을 알았습니다."

최천중이 짤막하게 말하고 그 손녀딸을 내보내도록 하라고 조 진사에게 청했다. 손녀딸은 조심스럽게 최천중의 눈앞을 지나 바깥으로 나갔다.

조 진사는 긴장한 얼굴로 최천중의 말을 기다렸다.

"나이가 몇 살이십니까?"

최천중이 물었다.

"갓 스물일세."

"그럼 을사년입니까?"

"그렇지."

이어 조 진사는 손녀딸의 생월과 생일, 그리고 생시를 대었다.

최천중은 눈을 감고 명상하는 자세가 되었다. 그러더니 뚜벅 말했다.

"진사 어른의 걱정대로입니다."

"내 걱정대로라구?"

하고 조 진사가 음울하게 중얼거렸다. 책 읽길 좋아하는 데다가 칠십 년 가까운 풍상을 견디어온 가운데 조 진사의 관상안觀相眼도 범상을 넘어 있었던 것이다. 그래, 조 진사는 손녀딸의 신상에 불길한 구름이 끼여 있다는 것을 알았다. 평생 과부로 지내야 할 상이었다.

"무슨 방도가 없을까?"

조 진사가 무겁게 물었다.

최천중은 쉽사리 답할 수가 없었다. 곧이곧대로 말할 수 있다면 이승尼僧으로 보내든지 화류계로 보내라고 해야 할 것이었지만, 양반 앞에서 그런 말을 할 수는 없었다.

그래서 겨우 이렇게 말했다.

"일이 년 기다리도록 하십시오. 그동안 방도를 생각해보겠습니다."

"최 도사의 의사가 그렇다면 하는 수가 없지. 아무려나 그 애의 일을 잊지나 말게."

조 진사는 긴 한숨을 쉬었다.

"오죽하겠습니까."

최천중이 머리를 조아렸다.

"그건 그렇고."

조 진사는 표정과 말투를 바꾸더니,

"최공을 대내大內에 천거하고자 하는데 뜻이 어떤지."

하고 은근히 물었다.

"전 관직엔 뜻이 없습니다."

최천중이 단호히 말했다.

"관직을 말하는 것이 아닐세. 지금 태후께선 국정의 추기*를 잡고 계시는데, 나라의 사정이 심히 어지럽지 않은가. 그러니 최공의 그 현철한 안목으로 태후의 눈이 되고 귀가 되어주었으면 하고 하는 말이오."

"그러한 힘이 제게 있을 것 같지 않습니다."

"지나친 겸양은 비례란 말을 아시지? 아무 말 말고 내가 청하는 대로 하시오."

"…"

"내가 태후에게 사적私的으로 상서를 올리겠소. 그리고 조두순 趙斗淳 좌의정께도 편지를 쓸 것이니 이번 그 편지를 최공이 가지고 가도록 하시오."

"그 심부름은 제가 하겠습니다."

하는데, 최천중은 황봉련이 생각났다. 그래서 다음과 같이 덧붙였다.

"소생이 알고 있는 여인으로 황봉련이라고 하는 신통력을 가진 사람이 있습니다. 태후께 필요한 사람은 제가 아니고 그 황봉련이라고 생각합니다. 편지를 쓰실 작정이오면 황봉련을 천거하는 글을 쓰시는 게 좋을 겁니다."

"황봉련?"

하고 조 진사는 그에 관해 물었다. 최천중이 소상하게 설명했다.

"무속은 내가 좋아하는 바 아니지만, 그런 사람이면 태후께 도

---

* 樞機: 매우 중요한 사무.

움이 되겠군. 더욱이 최공이 그만큼 인정하는 사람이라면 믿을 만
도 할 게구."

조 진사는 쾌히 승낙했다.

조 진사의 사랑과 왕덕수의 집을 왕래하며 최천중은 미원촌에서
꼬박 열흘을 머물렀다. 그동안 초칠일을 지난 왕문과 그 어머니를
만날 수 있었다. 아무리 내외가 심했기로서니 최천중의 특청을 왕
덕수가 거절할 수 없었던 탓도 있지만,

"그분의 영력으로 아들을 얻었으니 뵙고 감사의 말이라도 드리
고 싶사이다."

하는 왕씨 부인의 간곡한 의사도 있었다.

최천중으로선 자기의 아들이자 희망을 만나는 거룩한 장면이었
다. 그의 얼굴은 평정했지만 가슴속엔 감격의 파도가 일고 있었다.
강보에 아이를 싸안고 사랑방의 문턱을 넘어 들어오는 왕씨 부인
은 산고 때문인지 핼쑥한 느낌이 없지 않았으나 귀태는 역연했다.
이편으로 옆얼굴을 보이고 다소곳이 앉은 그 우아한 모습, 그 품
안에 안긴 영롱한 옥동자는 잠길에 있었다. 그때 바깥뜰에선 감나
무에 새들이 몰려와 쉴 새 없이 재잘거렸다.

"새들도 이 댁 경사를 축념하고 있는 것 같사옵니다."

최천중이 한 첫말이었다.

"도사님의 은혜, 평생을 잊지 않겠어요."

가늘고 낮은 음성이었으나 왕씨 부인의 말은 또렷또렷했고 만감
이 묻어 있었다. 왕덕수는 알 길이 없었겠지만, 그 자리는 최천중과
부인과 아이의 자리였다. 왕덕수는 희미한 그림자에 불과했다.

최천중과 왕씨 부인과의 사이엔 소리도 없이, 그러나 강렬하게 정감의 교류가 있었다. 어떠한 도덕도 윤리도 난관도 간여하지 못하는, 생명의 신비가 맺어놓은 강한 유대로써 두 사람은 이미 맺어져 있었다. 그것을 두 사람은 새삼스럽게 그 자리에서 실감하게 되었다.

"최형, 가까이서 어린것의 상을 한번 보아주시오."

긴장된 분위기를 어수선하다고 느꼈는지 왕덕수가 이렇게 한마디 끼어들었다. 최천중은 왕덕수의 그 '어린것'이란 말에 대해 즉각적으로 반발을 느꼈다. 말씀 조심하라는 말이 금방 입 밖으로 나올 뻔했다. 그러나 최천중은 가까스로 그 감정을 누르고 정색을 하며 정중하게 입을 열었다.

"왕문은 제왕으로서 자랄 귀인이올시다. 귀인은 어려서부터 귀인으로서의 대우를 받아야 하므로, 주위에 있는 사람도 그렇게 대접해야 합니다. 왕문은 나면서부터 제왕입니다. 타인에게 공개할 일은 아니지만, 그 사실을 알고 있는 우리들은 왕문을 모시는 데 매사에 소홀함이 없어야 할 것입니다. 비록 부모라고 해도 제왕을 모시는 덴 예의를 잃지 않아야 합니다. 방금 관상의 말씀이 있었소만, 제왕의 상은 이를 살피지 못하게 되어 있습니다. 지존지귀至尊至貴를 감히 누가 어떻게 거론할 수 있단 말입니까?"

왕덕수는 약간 거북한 듯, 그리고 무안한 듯 애매한 웃음을 띠었다. 그러고는 점잖게 응수했다.

"그러나 미지의 일을 두고 천륜 가운데서도 제일륜인 부자의 질서를 혼동할 수야 있겠소. 왕문은 왕씨의 가풍에 좇아 기를 작정입니다. 공자님께서 말씀하신 식무구포食無求飽하고, 거무구안居無求安하고, 민어사敏於事, 이신어언以愼於言 하여, 취유도이정언就有道而正焉*하는, 이른바 호학하는 군자로 말입니다….'

왕덕수의 그와 같은 말엔 대꾸도 않고, 최천중은 아직도 잠길에 있는 왕문의 얼굴을 계속 응시하고 있었다.

미상불 귀상이었다. 이마는 불광불협不廣不狹, 천중과 비량과 턱을 이은 중심선은 불왜불곡不歪不曲, 양 귀는 부대불소不大不小, 살점은 불후불박不厚不薄, 살빛은 불백불황不白不黃, 그리고 언저리에는 서기瑞氣가 감돌고 있었다. 겨우 초칠일을 지났을 뿐이었는데도 귀인으로서의 형국이 완연하여, 장차 영광으로 빛나기 위해서 이 세상에 생을 받은 대기大器임이 분명했다.

이러한 것을 파악하고도 최천중이 그 얼굴에서 눈을 떼지 못하는 것은, 왕문이 잠에서 깨어나 눈을 뜨는 그 찰나를 기다리고 있어서였다.

잠자고 있는 아이의 얼굴에 간혹 웃음이 스쳤다. 고요한 호면湖面에 가벼운 깃 하나가 떨어졌을 때 생겨나는 파문과도 같은…. 아침 이슬을 머금은 무궁화 꽃이 미풍을 받아 보일 듯 말 듯 하늘거리는 섬세한 풍정.

흔히들 그것을 '배냇짓'이라고 이르지만, 최천중에겐 그 웃음이 신비의 징조로 보였다. 왕문의 생명이 이 세상에 현신하기 전에 살

---

* '먹는 데 배부름을 구하지 않고, 거처함에 편안함을 구하지 않으며, 일은 민첩하게 하고 말은 신중히 하며 도를 지닌 사람에게 나아가 자신을 바르게 한다.'

왔던 아득한 저세상을 회상하고 있는 것 같은 느낌이었다.

드디어 왕문이 눈을 떴다. 닫혔던 신비의 문이 소리 없이 열린 그 일순, 그 명모明眸*! 잠깐 두리번거리는 것 같더니 그 시선이 최천중 쪽으로 오자 응시하는 빛깔을 띠었다. 최천중은 숨을 죽였다. 그러나 자기도 모르게 동작이 있었다. 그는 무릎을 꿇고 앉았다. 그러곤 엉겁결에 다음과 같은 말이 그의 입에서 새어 나왔다.

"황공하옵니다. 최천중이 여기 대령했습니다, 도련님."

그 간격을 두지 않은 기합氣合에 놀란 것은 왕덕수이고 왕씨 부인이었다. 아무리 보아도 꾸몄다고는 할 수 없었다. 최천중의 전신이 감동의 덩어리로 화하고 있었기 때문이다.

그 긴박한 한순간이 지난 뒤 최천중은 겨우 정신이 돌아온 듯,

"부인, 도련님의 손을 한번 잡아볼 수 있겠습니까?"

하고 조아렸다.

왕씨 부인은 강보를 풀어 왕문의 오른손을 꺼내놓았다. 왕문의 손은 꽉 쥐어져 있었다. 최천중이 그 손을 자기의 손 위에 얹었다.

그러자 또다시 뭉클한 감동이 솟았다.

"부인, 이 손을 보십시오. 이 손은 천하를 잡을 손이올습니다. 천하가 이 손아귀에 들어갑니다."

최천중은 중얼중얼 주문 외듯 했다. 그때 왕덕수가 말했다.

"최형, 누가 들을까 두렵소. 귀신이 시기할 수가 있다는 말은 어느 때인가 최형이 하신 말씀 아니오."

---

* 맑은 눈동자.

그리고 부인더러 일렀다.

"그만하면 되었으니 안으로 들어가시오."

"앞으로도 이 아이를 잊지 않고 보살펴주시기 바랍니다."

부인은 가볍게 머리를 숙여 보이곤 일어섰다. 최천중이 부인과 눈을 맞추려 했으나 빗나갔다. 이 순간 최천중은 왕덕수에게 대해 맹렬한 미움을 느꼈다.

'이자를 죽여야 할 날이 있을지 모른다.'

좌의정 조두순 앞으로 쓴 조 진사의 편지는 간곡했다. 최천중을 자주 상종하여 정무의 대소사에 관해 자문하면 실수가 없을 뿐 아니라, 앞으로 치적을 빛낼 수 있을 것이라고까지 극찬, 천거하는 문면이었다. 조 대비 앞으로 쓴 편지엔 황봉련을 천거하는 내용이 담겨져 있었다. 조 진사는 이 편지 외에 정표情表라고 하며 천 냥 돈을 나귀의 등에 실어 하인으로 하여금 한양까지 동행케 했다.

고한근을 소생시킨 일, 왕덕수 가에서 옥동자를 낳게 된 일, 자기의 손자 하나의 출세를 점쳐준 일들에 대한 감복으로 조 진사는 최천중을 높이 평가하고, 동시에 그의 마음에 들고자 하면 못할 짓이 없다는 심정이 되어 있었던 것이다.

최천중은 미원촌을 떠나기 전날 밤, 왕덕수 모르게 왕씨 부인에게 쪽지 하나를 전했다. 그 쪽지의 내용은 다음과 같았다.

'왕문은 어느 일문의 아들이 아니고 천하의 귀인이온즉, 그 생육과 교육엔 각별한 정성이 있어야 합니다. 그런고로 왕문을 위해선 앞으로 내 말을 따라야 하며, 그와 상치되는 일이면 누구의 말도 용납해선 안 됩니다. 그리고 언젠간 왕문을 한양에서 양육하고 교육시킴이 가하다는 결정이 있을지 모르니 그때 통지가 있으면 주저말고 어떤 방해를 무릅쓰고라도 왕문을 데리고 상경하셔야 합니다. 부인께서 저의 뜻을 용납하셨거든 내일 아침 밥상에 작은 주발한 개를 빈 채로 얹어두옵소서.'

왕씨 부인의 응답이 있었다. 빈 주발 하나가 아침 밥상에 얹혀있었다. 왕덕수가 빈 주발을 해괴하게 여기는 눈치를 보이자, 최천중은 화제를 엉뚱하게 돌렸다.

"자식을 키우는 데 있어선 백수소관白首素冠이 불리할 수도 있지 않겠소?"

"탐욕이 없으면 백수인들 어떻고, 소관인들 어떻겠소."

왕덕수의 답이었다.

"왕형의 한운야학閑雲野鶴을 즐기시는 심정 모르는 바는 아니오나, 자식을 위해 길을 틔워주겠다는 마음가짐쯤은 가져야 할 것 아닙니까."

"그런 마음이 없진 않지만 새삼스럽게 사관仕官하기 위해 과거를 볼 수도 없고…"

왕덕수는 겸연쩍게 웃었다.

"아니오. 왕형의 나이 서른하나면 아직 늦지 않소. 이해엔 꼭 과거가 있을 것이니 응하도록 하시오."

"세도가와 권문에 연고가 없는 사람이 과거를 본들 무슨 소용이 있겠소?"

"그런 걱정은 마시오."

하고 최천중이 단호히 말했다.

"형의 힘으로 가능하다면 선비로서 과히 욕되지 않은 방편으로 길을 틔워주시구려."

이 정도로 굽혀든 것도 왕문 때문이라고 짐작하고 최천중은,

"부모를 봉양하는 길도 쉽지 않지만, 남의 어버이 되는 길도 만만치가 않은 것이오."

하고 왕덕수의 마음먹음을 치하했다.

드디어 최천중은 미원촌을 떠났다.

그 기분은 흡사 일성一城의 공략에 성공했을 뿐 아니라, 그 성민城民을 귀복케 하고 회군하는 장수의 기분을 닮아 있었다.

갑자년 3월 3일의 일이다.

청모만성인

菁眸萬星人

신륵사에선 연치성, 허병섭, 강직순이 기다리고 있었다. 그들이 반기는 모습은 최천중을 기쁘게 했다.

　최천중은 그들과 더불어 선유船遊도 하고 영릉英陵을 구경하기도 하고, 연치성이 훈련시켜놓은 허병섭과 강직순의 무술 기량을 시험해보기도 하면서 사흘을 신륵사에서 묵었다.

　밤엔 월산화상과의 담론이 있었다. 월산이 이르되 미원촌에 다녀온 후와 그 전과는 판이하게 다른 것이 최천중의 면상에 나타나 있다고 했다.

　"화상께서도 상을 보실 줄 아십니다그려."

하고 최천중이 빈정대는 투로 말했지만, 화상은

　"심안心眼이 어찌 상만을 보겠는가. 사람의 폐부도 능히 꿰뚫어볼 줄 아느니."

하며 뽐냈다. 그리고 덧붙이길,

　"최공의 얼굴은 원래 나쁜 얼굴은 아니었지. 그런데 불가도不可圖

를 도하려고 하고, 불가식不可食을 탐하려고 하는 의중의 호랑이
가 최공의 상을 험하게 만들고 있었는데, 무슨 일인지 그 험기險氣
가 사라졌단 말야."

하며 흐뭇해했다.

최천중은 내심으로,

'국태공의 자질과 요건을 갖추었으니 상이 좋게 될밖에.'

하고 중얼거렸다. 그러나 그런 발설을 할 까닭은 없었다.

3월 7일, 최천중은 일행을 거느리고 신륵사를 떠났다. 여강에 아
침 해가 비끼고 먼 마을이 놀 속에 잠겨 있는 아침이었다.

놀이 걷힘에 따라 완연한 춘색이 주위에 생동했다. 일행의 감흥
은 높아만 갔다. 더욱이 허병섭과 강직순의 흥분은 말할 나위가 없
었다.

"한양까진 백 리 길이라죠?"

하고 허병섭이 물으면,

"백 리 길은 하룻길이죠?"

하고 강직순이 덩달아 물었다.

그만큼 한양에 대한 기대가 큰 것이다. 그러나 최천중은

"서둘러 갈 건 없어. 이렇게 천천히 걸어 오늘은 과천에서 자고
간다."

하고 그 이유를 설명했다.

"바삐 걸으면 생각이 목적지에만 있어 도중은 고되기만 하다. 그
러나 천천히 걸으면 체력이 소모되지 않을 뿐 아니라, 주변의 경치
가 모두 자기 것이 된다. 보아라, 저 강변의 수양버들을. 새 움이 터

나오는 그 연녹색이 아침 햇빛에 빛나고 있는 풍정은 말할 수 없이 아름답지 않으냐. 또 저 동산을 보아라! 신령의 손길이 다소곳이 쓰다듬어놓은 것 같지 않으냐. 말하자면 목적지에 빨리 도착할 생각만 하는 것은, 걷고 있는 동안의 우리의 생명을 그만큼 축내는 거나 마찬가지다. 하기야 화급한 일이 있을 때는 물론 일각을 다투어 목적하는 곳에 빨리 이르도록 해야 하지만, 지금의 우리들은 길을 걸으면서 이 봄을 우리의 마음으로 즐겨야 한다. 산수를 사랑하는 것이 나라를 사랑하는 것이니라. 나라를 사랑하는 것은 자기를 나라의 크기로 만든다는 뜻이니라. 자기를 나라의 크기만큼 키울 수만 있다면, 그 이상의 영광이, 행복이 다시 어디에 있겠는가…"

"산수를 사랑하는 것이 나라를 사랑하는 마음의 시작이니라."

최천중은 다시 이렇게 되풀이해놓고 바른편 산 아래에 버섯처럼 붙어 있는 초가 마을을 가리켰다.

"저 마을에 들어가봐라. 아마 하루에 두 끼 밥을 먹는 집이 드물 것이다. 기껏 두 끼, 아니면 한 끼의 죽이라도 먹을 수 있을까? 이 봄 경치의 화창하고 아름다움 속에 만물의 영장이라고 하는 인간에겐 춘궁이란 것이 있다. 강공, 허공, 자네들은 시골에서 살아보았을 테니 알 수 있지 않겠나. 지금쯤 굶고 사는 사람이 자네들 고향에도 많을 테지?"

"예, 그렇습니다."

허병섭의 답이었다.

"완연춘색인기색宛然春色人飢色! 아름다운 봄빛인데 사람의 얼굴은 굶주린 얼굴이니 이거 되겠어? 옥토를 갈고 곡식을 심어 가

꾸는 백성이 왜 굶어 죽어야 하지? 우리나라는 대국에 비하면 땅이 좁긴 해. 야불백리 강불천리니, 수만 리 들과 수만 리 강을 가진 대국에 비할 수야 없지. 그러나 사람의 수도 역시 적은지라, 아무리 이 나라의 땅이 좁다고 해도 백성들이 굶어 죽어야 할 정도로 좁진 않아. 항기恒飢*해서 백성들의 얼굴이 처량해야 할 만큼 궁하지도 않으니라. 그런데 무슨 까닭일까. 왜 백성은 항상 궁핍해야 하는가. 춘궁에 하궁이 잇따르고, 이어 추궁이고 동궁이니 일 년 사시절은 사궁四窮으로 판을 치고 있는 게 아닌가. 그 까닭이 어디에 있겠는가. 강공, 한번 답해보게."

"정사가 잘못되어 있는 까닭이 아니겠습니까?"

강직순이 간신히 말하고 최천중의 눈치를 살폈다.

"알고 있군, 강공."

최천중이 흡족한 듯 웃곤 말을 이었다.

"공자님도 말씀하셨어. 가정苛政은 호랑이보다도 무서운 것이라고."

"법대로 하면 되는 건데 법대로 안 하니 탈이 아닙니까."

허병섭이 자기의 생각을 말해보았다.

"법대로 해도 못살게 되어 있어."

하고 최천중은 다음과 같이 설명했다.

상토上土 일결一結은 2천 평에 조금 모자라는 면적이다. 땅에서 아무리 많은 수확을 올려봤댔자 쌀 30석이 될까 말까 하다. 그런

---

* 늘 굶주림.

데 국법에 정한 대로의 조세는 국납國納해야 하는 수량이 한 결마다 전세미田稅米가 6두, 대동미大同米가 12두, 삼수미三手米 1두 2승, 결미가 3두, 도합 2석. 이에 도납道納, 군납郡納해야 하는 수량은 별수미別收米 3두가 있고, 창작지미創作紙米 2석, 호조작지미戶曹作紙米 5석, 공인역가미貢人役價米 5석, 그리고 일석一石마다 가승미加升米가 3승, 곡상미斛上米가 3승, 경창역가미京倉役價米가 6승, 하선입창가미下船入倉價米가 7홉 5작이다. 그러니 2천 평을 경작하는 사람이 국법에 의해 바쳐야 하는 수량은 17석가량이 된다.

"이렇게 해서 남는 것이 고작 13석인데 향교에서, 서원에서 내라는 것이 있고, 병세兵稅라는 것이 있고, 이속의 농간에 의한 수탈이 있으니 농사짓는 사람이 먹을 수 있는 건 불과 7, 8석밖엔 되질 않는다…. 그러니까 법대로 해도 백성은 못살게 되어 있다. 그 위에 농간으로 인한 수탈이 있으니, 이 나라의 백성은 대부분이 굶어서 죽는 거라. 모진 목숨이 겨우 살아남는다고 하지만, 자네들 마을에 쉰 살을 넘겨 사는 사람이 몇이나 되더냐?"

최천중이 이렇게 묻자 허병섭과 강직순은 서로의 얼굴을 보았다. 그러나 말이 없었다.

"부자라고 이름난 집, 또는 부잣집 종노릇을 하는 사람, 또는 그들과 붙어사는 사람들을 제외하면 농사만 지어 먹고 사는 사람은 지극히 드물 것이다. 그렇지?"

허병섭과 강직순이 고개를 끄덕였다. 최천중의 말이 강개의 빛을 띠었다.

"정사가 이렇단 말이다. 하늘 아래 백성을 이처럼 예사로 굶겨 죽이는 정사가 어디에 있단 말인가. 사람의 정명은 대개 환갑까진 갈 수 있도록 돼 있는 거라. 그런데 환갑을 만난 사람이 과연 몇이나 된단 말인가. 양반을 빼놓구 말야."

연치성의 얼굴엔 슬픈 빛이 돌았다. 마음속에 무언가를 다지고 있는 그런 표정이기도 했다.

"그러나 세상이 언제까지라도 이러란 법은 없지. 없고말고. 손이 끊어질락 말락 하고 있는 게 그 징조야. 두고 보렴."

하고 최천중은 뚝 말을 끊고 새삼스럽게 주위를 살폈다.

바로 가까운 언덕에 샛노란 개나리꽃이 만발해 있었다. 이곳저곳 진달래꽃도 있었다. 황금빛과 보랏빛과 초록빛이 엮어낸 풍경은 한 폭의 그림이었다. 종달새의 노랫소리가 그 그림 사이를 누비고 있었다.

"조금 쉬어 가자."

하고 최천중이 풀을 깔고 앉았다.

일행이 갈 길은 산허리를 돌고 있었고, 눈 아래 여강이 백사장을 끼고 돌고 있었다. 일행이 앉은 왼편에 개나리꽃. 오른편엔 진달래꽃. 타오를 듯한 선명한 빛깔의 아름다움.

"침울한 얘기를 했으나 이 경치를 보고 시름을 잊자꾸나."

하며 최천중은 얼굴에 미소를 띠고,

"두보가 지은 점경點景과 어쩌면 이렇게 닮았을까."

하곤 한 수의 시를 낭창했다.

강벽조유백江碧鳥逾白

산청화욕연山青花欲燃

254

금춘간우과今春看又過

하일시귀년何日是歸年

그리고 다음과 같이 풀이했다.

"고래로 중국에선 북방의 시내는 하河라고 하고, 남방의 시내는
강江이라고 하느니라. 북방에 있으니 황하黃河이고 남방에 있으니
양자강揚子江. 그러니 두보가 강이라고 한 것을 보면 양자강의 지류
일 것이다. 그 강물은 짙은 푸르름인데, 그 푸르름으로 해서 백조는
더욱 희게 보인다. 눈을 돌려보니 청색의 산을 바탕으로 꽃은 불타
오르듯 선명한 빛깔이로다. 그런데 이해의 봄도 속절없이 지나가고
야 마는구나. 아아, 언젠가 그리운 곳으로 돌아갈 날이 있으리!"

최천중은 그리고 한참 앉아 주위 사방을 돌아보다가 강물을 내
려다보곤 했다. 그 경색의 세밀한 부분까지 망막에 또는 가슴속에
새겨넣기나 하는 듯이.

과천에 이르니 해가 저물었다. 여주와 과천과의 거리는 팔십 리,
봄날은 그처럼 길다. 느릿느릿 걸었는데도 해 질 무렵에 과천에 도
착했으니까.

"오늘 밤은 청계사에서 자기로 하자."

하고 최천중이 앞장을 섰다.

꽤나 깊은 골짜기의 길을 걸어 오르는데, 황혼에 물든 봄의 경색
이 피로를 잊게 했다. 더욱이 청계사에 이르는 그 길은 좌우에 복
숭아꽃, 살구꽃으로 치장한 호사스런 춘로春路이기도 했다.

최천중의 흥취는 또다시 시창詩唱으로 유로流露*했다.

조화무정불택물造化無情不擇物

춘색역도심산중春色亦到深山中

산도계행소의사山桃溪杏少意思

자추시절개춘풍自追時節開春風

최천중의 풀이는 다음과 같았다.

"조화, 즉 조물주에겐 감정이 없다. 그러니 공평할 수밖에 없다.
심심산중에까지도 춘색은 찾아온다. 산도와 계행의 꽃은 대단한
건 아니지만, 그래도 시절을 좇아 봄바람이 불면 꽃을 피운다."

"선생님, 이 절에도 전에 오신 적이 있었습니까?"

연치성이 물었다.

"있지."

하고, 최천중은 기막힌 추억이 이 절에 있다는 말을 하려다가 그만
두었다. 그것은 최천중에겐 첫사랑이라고 할 수 있는 그런 사건이
었다. 열여섯 살 때 가을 한 철을 청계사에서 지냈는데, 치성 드리
러 온 대갓집 마님의 몸종과 정을 통한 것이다. 비록 종이긴 했으
나, 대갓집에서 듣고 보고 한 것이 있어서 행동거조가 침착하고 그
용색도 아름다웠다.

'지금 같았으면 누구의 집인지 알아두기라도 했을 것이다. 그러

---

* 감정이 나타나다.

나 그땐 너무나 순진했다. 아아, 지금 그 여자는 어떻게 살고 있을까. 서른을 이미 지났을 것이니 시집을 갔을 것이다. 한데, 아직도 노비로 있을까?'

이런 생각에 잠겨들었는데 연치성의 말이 있었다.

"선생님이 언젠가 과천을 두고 말씀하신 적이 있었는데요."

최천중이 생각해냈다.

"그렇지. 과천 어느 곳에 우리의 집을 지을 만한 좋은 자리가 있다고 들었지. 그 말을 내가 한 것 아닌가?"

"그렇습니다. 그런데 그 자리가 이 근방에 있는 겁니까?"

"모르지. 고한근 씨로부터 듣기만 하고 아직 가보진 않았어."

"그곳이 이곳쯤이면 좋겠다는 생각을 해서 여쭤본 겁니다."

"이곳이 마음에 드는가?"

"예, 그렇습니다."

"그러나 절 가까운 데가 아닌가?"

"절이 가까우면 유리한 점도 있지 않겠습니까?"

최천중은 연치성의 그 말에 귀가 번쩍하는 느낌이었다. 안심하고 동지를 모으는 방법은 절을 이용하는 것이 상책이란 생각이 든 것이다.

"연공의 말엔 일리가 있어. 한번 생각해보도록 하지."

어둠이 짙어왔다. 초승달이 있을 것이지만 산그늘에 가려진 탓인지도 몰랐다. '산중수복의무로山重水複疑無路'**란 이럴 때의 기분

** 산은 첩첩하고 물은 겹겹이라 길이 없을 성싶다.

인가 하고 길을 모색하고 있는데, 갑자기 허병섭의 말이 있었다.

"저기서 무슨 소리가 납니다. 사람들이 모여 있는 것 같습니다."

오른편 골짜기에 일단의 사람들이 부옇게 보였다. 거기서 억눌러 가며 호곡하는 소리가 들려왔다. 밤인 데다가 숲 사이로 보이는 것이어서 어떤 사람이 몇 명이나 되는지 알 수는 없었으나, 소리를 죽여가며 호곡하고 있는 음향의 부피로 보아 상당수가 아닐까 하는 짐작이 갔다.

그런데 그 울음소리가 이상했다. 집단적으로 호곡하는 형식을 취하고 있는 것 같은데, 울음소리를 죽이려 하고 있는 것처럼 느껴졌기 때문이다. 아니면 억누르려고 해도 치밀어 오르는 울음을 억제할 수 없는 그런 상황으로 짐작되었다.

"제가 한번 가보겠습니다."

연치성이 나섰다.

"조심해서 가보게."

하고 최천중이 부근의 바위를 찾아 앉았다. 허병섭과 강직순이 연치성을 따라가려고 했다.

"너희들은 갈 것 없어. 당나귀와 함께 곧바로 올라가. 조금 가면 절의 불빛이 보일 거다."

그리고 최천중은 미원촌에서부터 따라온 조 진사의 하인더러 같이 가라고 이르고, 자기는 연치성이 간 방향으로 신경을 쏟았다.

호곡 소리는 계속 들려오고 있었다. 심심산중에 밤에 사람들이 집단을 이루어 울고 있다는 사실엔 귀기鬼氣를 느낄 만했다. 두려움과 호기심이 섞였다.

연치성이 돌아오더니 최천중의 옆에 앉으며 말소리를 낮추어 말했다.

"아마 누군가가 죽은 모양입니다. 그런데 죽은 사람이 그들의 우두머리인 것 같습니다."

"그 밖에 사정은 모르겠던가?"

"그저 울고만 있으니 알 도리가 없었습니다."

최천중은 그냥 지나쳐버릴까 하다가 그럴 수는 없다고 마음을 고쳐먹었다. 많은 사람이 비통해하는 것을 본체만체하는 것은 사람의 도리에 어긋난다는 생각도 들었고, 그 무리들의 정체를 알고 싶다는 호기심도 강하게 움직였다.

"연공, 우리 그들에게로 가보자. 그들의 사정을 들어보기라도 하자."
하고 최천중이 일어섰다.

연치성이 그 뒤를 따랐다.

가파른 언덕을 부옇게 보이는 것만 대중으로 삼고 더듬어 내려갔다. 생각하기보다는 먼 거리였다. 바닥에 내려서니 초승달 빛에 물든 하늘이 동그랗게 보였다. 일부러 그런 곳을 택해 모여든 사람들이라고 하면 만만치 않은 까닭이 있을 것이라고 짐작할 수가 있었다.

가까이에 가니 호곡 소리가 높았다. 울음소리를 억누르는 것처럼 들은 것은 거리가 먼 곳에서 들었기 때문이었다. 골짜기가 꽉 차게 호곡 소리는 통곡의 바다를 이루고 있었다. 그 통곡 소리의 사이사이로 '지기금지 원위대강'이란 말이 넋두리처럼 끼였다.

'지기금지 원위대강이 뭘까?'

최천중은 그것을 한자로 번역해보았다.

'至氣今至 願爲大降으로 되는 것일까?'

최천중은 그 무리들이 천주학이 아니면 유사한 교도들일 것이란 추측을 했다.

"선생님 가신 뒤 우리들은 어떻게 해야 옳으리까."

한 사람이 외치자 곡성은 일제히 높아졌다.

최천중과 연치성이 그 무리에 가까이 서자 호곡 소리는 일시에 멎었다. 그러나 모두들 부복한 채 얼굴만 들었을 뿐 움직이지 않았다. 그 총 수는 밤눈으로 보아서도 오십 명은 넘을 것 같았다.

"뉘기시유?"

무리 속에서 소리가 있었다.

"우리는 행인이오."

최천중이 답했다.

"이곳은 행인이 지날 곳이 아니오."

"이곳을 지나는 것이 아니라, 청계사로 가는 도중 이상한 동정이 있기에 들러보았소."

"그러시다면 우리 일 상관 마시구 돌아가시오."

공손한 말투였으나 역정이 느껴지는 소리였다.

"야밤에 이 많은 대중들의 호곡 소리를 듣고 수상하게 느끼지 않을 사람이 있겠소?"

"수상하면 어떻게 하실 것이오? 그런 일을 탐색하는 관변의 사람이우?"

"관변과는 무관한 사람입니다."

"그러시다면 그만 돌아가주세요. 우리에겐 지금 절박한 사정이

260

있소이다."

"그 절박한 사정을 알고 싶소. 행여나 내가 여러분의 힘이 될 수 있을지도 몰라서 하는 말이오."

"말씀은 고마우나 우리에겐 지금 무슨 일도 소용이 없소. 다만 통곡할 뿐입니다."

"하여간 사정이나 알았으면 하오. 우리는 여러분이 이처럼 통곡하는 것을 보고 그냥 지나갈 수 없소."

몇 사람이 소곤거리며 의논을 하는 듯하더니 이번엔 다른 음성이 있었다.

"우리는 불원, 우리를 가르치고 우리를 인도하는 어른을 잃게되어 있소. 그래서 이처럼 슬피 울고 있는 것입니다. 그러나 그 까닭은 지금 말씀드릴 수가 없습니다."

"외람하오나 내 성명을 밝히겠소. 내 이름은 최천중이오. 호왈呼曰 관상사로서 통하고 있는 자이긴 하지만, 사람으로서의 정과 의리는 있는 놈이오. 내게 말한다고 해서 여러분에게 손해는 없을 것이니 그 까닭을 말씀해보시오."

다시 의논하는 소곤거림이 있더니 아까의 음성이 들려왔다.

"우리는 수운水雲 선생의 제자들이오. 수운 선생에겐 지난 이틀날 효수형이 내려졌소. 오는 10일에 그 형의 집행이 있게 되어 있소. 그런데 우리는 속수무책입니다. 그래서 우리 경기도 내의 접주接主들이 이렇게 이 산골에 모여 통곡으로 천신께 기도를 올리고 있는 중입니다."

"그렇다면 동학?"

"세간에선 우리들을 동학 교인이라고 부르죠."

이 말을 듣자 최천중은 풀밭에 꿇어앉아 교인 대중을 향해 큰절을 했다.

"여러분의 슬픔을 이 최천중에게도 나눠 슬퍼하게 해주십시오. 고명은 일찍이 들었사오나 하교를 받을 기회는 없었사옵니다. 그러나 그 비보를 들으니 소생도 천붕지괴天崩地壞하는 것 같은 심정이옵니다."

아닌 게 아니라 최천중은 수운 최제우崔濟愚 선생에 관한 얘기를 이미 듣고 있던 터라, 동학에 관심을 갖기 시작하고 있었던 것이다. 그런 까닭으로 그는 진심으로 그곳에 모인 대중들과 슬픔을 같이 나눌 각오를 했다.

여기서 당시의 동학 사정을 간략하게나마 설명해둘 필요가 있다.

동학은 수운 최제우 선생으로부터 비롯되었다. 수운은 갑신년 (1824년) 10월 28일 경주(현재 월성군) 견곡면見谷面 가정리柯亭里에서 최씨를 아버지로, 한씨韓氏를 어머니로 하여 태어났다.

그는 일시 가업을 돌보기도 했고 상업에 종사하기도 했다. 한량들에 끼여 궁술을 배우기도 했고, 협객의 무리에 섞인 적도 있었다. 그는 총명하기도 해서 일찍이 유도, 불도, 선도, 야소교耶蘇敎에 이르기까지 모든 교설을 섭렵했다. 그러나 그는 그 가운데서는 안심安心을 얻을 수가 없었다.

드디어 그는 집을 버리고 팔도의 명산, 명승을 찾아 주유하기 시작했다. 이씨 조선 464년, 을묘년(1855년)의 일이다. 선생은 한 군데

서 더러는 50일, 더러는 백 일씩 머물면서 심신의 단련을 했다. 그
렇게 하길 6년, 어느 날 돌연 '오심즉여심吾心卽汝心'이란 자각과 더
불어 '수심정기守心正氣'의 이치를 깨닫게 되었다. 심心은 정신의
정精이고, 기氣는 육체의 수粹를 말한다. '수심정기'란 천리天理에
통하는 정신을 지키고, 천리를 체현하는 육체를 바르게 이끄는 원
리다. 다시 말하면, 정신과 육체의 종합체로서의 인간이 지켜야 할
원리인 것이다.

　이러한 원리에 따라 수운은 인간에게 있어서의 모든 불합리를
말쑥이 청소해야겠다는 원원願을 세웠다. 인간이 인간답게 살기 위
해선, 우선 사회가 지니고 있는 불합리, 부조리를 시정하지 않고는
가능할 수 없다는 대각오大覺悟에 이른 것이다.

　그렇게 해서 수운의 포교가 시작되었는데, 신유년에서 계해년까
지의 3년 동안 경상, 전라, 충청 삼도에서만도 그 교리에 추종하는
자는 무려 수만 명을 넘게 되었다.

　조정은 이러한 현상을 주목하고 선전관 정운구鄭雲龜를 경주에
파견하여 그를 체포해서 대구 감영에 가두었다.

　승정원일기 고종 즉위년인 계해 12월 20일의 기록에 '선전관 정
운구가 왕명에 의해 동학 괴수 최복술崔福述(최제우의 아명)을 포착
하기 위해 경상도 경주에 내려갔다'는 기사와 아울러 정운구의 다
음과 같은 장계狀啓가 있다.

　'신은 전교를 받아 양梁, 장張, 이李 등을 데리고 경주에 급행하
여 많은 견문을 얻었습니다. 경주 부근의 마을에선 아녀자까지도
동학의 주문을 외우고 있었습니다. 작년 경주의 영장營將이 최복

술을 체포한 일이 있었지만, 제자 수백 명의 강소强訴가 있어 방면했다고 합니다. 현재 당을 이루어 모이는 것 같은 이상 사태는 없습니다만, 수집한 정보에 의해 검토해보면 황당무계한 짓을 하고 있는 건 사실입니다. 양유풍梁有豐과 고영준高英峻을 시켜 탐색한 결과, 제자들에게 강술한 내용, 또 그 주문, 필적 등 다수를 입수할 수 있었습니다. 그래서 신은 진부鎭府의 교졸 삼십 패牌를 인솔하고 월명月明을 이용하여 달려가서 그 소굴을 급습하여 최복술을 포박한 외에 그 제자 25명을 체포했습니다.'

최천중은 그들과 더불어 통곡 기도하며 꼬박 밤을 새웠다. 새벽에 이르러 그들은 최천중에게 마음을 열어 보였다. 그때 최천중이 다음과 같은 제안을 했다.

"내가 청계사에다 천 냥 돈을 갖다놓았소. 그 돈으로 어떻게 수운 선생을 구제할 방법이 없겠소?"

회중의 우두머리인 배동일裵東一은,

"그 뜻만으로도 감지득지합니다."

하면서도,

"이번 일은 조정에서 명한 일이라, 돈으로 해결할 수 있다고 해도 이곳에서 대구까진 팔백 리, 일은 이틀 후로 닥쳤는데 어떻게 합니까?"

하고 울먹였다.

"그렇다고 해서 속수무책, 이러고 있을 수만은 없지 않소?"

"도리가 없사옵지요."

"교인은 대강 얼마나 됩니까?"

"삼남으로 가면 수만 명을 헤아리옵죠. 조령鳥嶺 이쪽 충청도, 경기도만 해도 수천 명은 넘습니다."

최천중은 불과 3년 동안의 포교로써 그만한 교세를 가졌다는 데 내심 혀를 내두르면서 짜증스럽게 투덜댔다.

"그렇게 수만의 교도가 있으면서 교주 한 분을 구해낼 수 없단 말요?"

"선생님은 국법을 어겨선 안 된다는 교훈을 평소에 하고 계십니다."

"국법을 어기지 않겠다는 어른이 국법에 치여 죽어요?"

"세상일이란 원래 그런 것이 아닙니까. 간악한 무리가 판을 치는 세상인걸요."

"한데, 이곳을 택해 기도를 올리게 된 데는 무슨 내력이라도 있습니까?"

"있지요."

하고 배동일은 다음과 같은 얘기를 했다.

"작년 겨울, 선생님께서 이 과천을 지난 적이 있습니다. 대구 감영으로부터 한양으로 이송되어 왔습지요. 그때 이 근처 숙소에서 하룻밤을 묵으셨는데, 돌연 선생님은 북천北天을 향해 통곡을 하셨습니다. 선전관이 그 이유를 물은즉, 조금 있으면 곧 그 까닭을 알 수 있을 것이라고 하셨습니다. 아니나 다를까, 철종 임금이 서거하셨다는 소식이 있었습니다. 그러자 곧 선생님을 다시 대구로 이감하라는 명령이 내려졌죠. 효수하라는 명령을 받은 것은 대구에서죠. 이런 연고로 해서 우리들은 이곳에 모인 겁니다."

최천중은 철종이 죽었대서 수운이 통곡했다는 사실이 못마땅했

다. 암우暗愚한 임금이 죽었기로서니 통곡할 것까지야 없지 않은
가. 마음에도 없는데 그런 시늉을 했다면 비굴한 노릇이고, 진심으
로 임금의 죽음을 슬퍼할 정도의 사정이면 세상을 바꾸어볼 작심
作心까지 할 필요가 없었던 것이 아닐까 해서였다. 그러나 세상 돌
아가는 일과 자기의 신세가 하도 한스러워 겸사 겸사로 통곡할 심
정이 되었을지 모른다는 짐작은 해볼 수도 있었다.

최천중이 다시 물었다.

"선생님이 돌아가시면 교세는 어떻게 되겠소?"

"선생님의 육신이 돌아가신다고 해서 그 영혼까지 없어지겠습니
까? 선생님의 영혼은 언제나 우리와 같이 있을 것이오. 그 교리는
영세 불후不朽할 것이니 교세는 날로 신장할 것입니다. 우리 교인
은 선생님의 수난을 결코 헛되게 하진 않을 것이오…."

날이 밝았을 때 최천중은 동학교인 가운데 세 사람을 데리고 청
계사로 올라왔다. 그러고는 조 진사로부터 받은 천 냥 돈을 나귀째
그들에게 주어버렸다.

천 냥이면 기막힌 돈이다. 논 백 석지기를 살 수 있는 액수이고,
논 백 석지기를 가지고 있으면 부자 소리를 들을 수 있는 때이다.

그런 거액을 받고 그들의 눈이 휘둥그레졌다.

"수운 선생의 거룩한 뜻을 이어달라는 마음의 표시일 뿐이오."

최천중의 말은 담담했다. 그리고 꼭 한 가지 부탁이 있다면서,

"앞으로 반년쯤 나와 같이 살며 동학의 교리를 가르쳐줄 사람을
하나 천거해주시오."

했다.

그들이 돌아가고 난 뒤 최천중은 연치성의 눈을 의식했다. 연치성은 재물에 관심이 있는 사람이 아니지만, 어젯밤 알았을 뿐인 사람들에게 호락호락 그런 거금을 내주는 최천중의 태도를 이상하게 생각했던 것이다.

연치성의 그러한 의혹에 대해서 최천중이 꼭 한마디만 했다.

"돈 천 냥으로 동학을 산 거다."

연치성이 빙그레 웃었다.

점심을 먹고 떠나기로 하고 최천중은 한잠을 잤다.

모두들 출발 준비를 하고 있는데, 파립폐의破笠敝衣의 청년이 최천중을 찾아왔다.

"남대욱南大旭이라고 합니다."

하고 공손하게 절을 하고 나서 배동일이 보낸 사람이라고 밝혔다.

최천중은 그의 관상을 살폈다. 파립폐의에 얼굴을 씻지 않은 꾀죄죄한 외양이었으나, 그 내면으로부터 발하는 듯한 광휘가 있었다.

"나이는 몇인고?"

"갓 스물입니다."

"고향은?"

"양지입니다."

"양지면 여기에서 가까운 곳이군."

"…"

"동학은 언제부터…?"

"재작년, 임술년 사월에 입교했습니다."

"부모님은 계신가?"

"안 계십니다."

"형제는?"

"형님 한 분이 지금 양지에서 살고 계십니다."

"처자는?"

"내자와 젖먹이 아들이 형님 집에 붙어 있습니다."

최천중은 그 이상 묻지 않았다. 낙백한 양반의 자제임이 분명했기 때문이었다. 그의 아버지는 무슨 사화에 걸려 액사했을 것이란 사실도 추측할 수가 있었다.

최천중은 연치성, 허병섭, 강직순을 불러 남대욱과 초대면의 인사를 시켰다. 그리고 다음과 같은 말을 했다.

"앞으로 반년 동안 우리와 같이 지낼 사람이다. 남공은 관자冠者*이지만 같이 평교간平交間으로 지내도록 해라."

그러자 남대욱의 말이 있었다.

"그건 어림도 없는 말씀입니다. 나는 이 자리에 스승의 자격으로서 왔습니다. 최공께서 만일 천도를 배우실 생각이 있다면, 앞으로 나에게 존대해야 합니다. 이때까진 초면 인사라서 연장자에게 연하생으로서 대했습니다만, 앞으론 용서할 수 없습니다. 그것이 불만이면 난 돌아가야 하겠습니다."

"선생님에게 대해서 너무나 무엄하지 않소."

연치성이 점잖게 한마디 했다.

"아닐세. 남공의 말이 옳아."

---

* 관례(결혼)를 치른 사람.

최천중이 연치성을 누르곤,

"장유長幼의 서序보다는 사제師弟가 더욱 중요하지."

하고 웃었다.

"그러나 선생님은 동학의 사정을 알아보시려는 거지, 동학을 배우시겠다는 건 아니지 않습니까?"

연치성은 아무래도 남대욱의 태도가 불쾌한 모양이었다.

"나는 동학의 사정을 알리러 온 사람이 아니고, 천도를 가르치려고 온 사람입니다. 천도는 곧 생명의 질서요, 윤리의 근본이며 만상萬象의 원리입니다. 그러니 그 가르침은 당연히 예의를 요구하고 도리를 필요로 합니다. 이것은 남대욱이란 자연인이 요구하는 것이아니고 천도의 위엄이 요구하는 것입니다. 이 이치를 터득하지 못하는 사람에겐 천도를 가르칠 수가 없습니다. 이 이치를 존엄하게여기지 않는 사람은 천도를 배워도 소용이 없을 줄 압니다."

남대욱의 태도는 당당하고 의연했다.

최천중은 그런 태도를 좋게 보았다. 그렇다고 해서 남대욱의 태도를 전부 승복한 것은 아니었다는 것은, 남대욱이 잠깐 자리를 비웠을 때 연치성에게 한 최천중의 말로써 알 수가 있었다.

"비이부주比而不周란 말이 있지. 너무 따지고 들면 온전하지 못하다는 뜻으로도 풀이할 수가 있는 말이다. 천도를 가르치는 사람이 비이부주해서야 안 되지. 융통무애해야 하는 거여. 남대욱에겐비이부주한 데가 있어. 그러나 배우는 입장에서 보면 그게 유리할수가 있다. 비이부주하기 때문에 철저하게, 아니 모가 날 만큼 따질것이 아닌가. 그것을 배워 융통무애한 지혜를 만들면 그만이야. 한

데, 연공이 남대욱을 이해해야 할 것은 동학이 지금 위난한 처지에
있다는 사실이다. 사람이 곤경에 빠지면 고슴도치처럼 된다. 잔뜩
경계하는 거지. 지금 남대욱의 태도가 그거다. 고슴도치처럼 도사
리고 있는 형편이다. 하니, 융통무애한 태도를 바랄 수가 있겠나?
그런데다 그 사람은 아직 젊다."

　연치성은 스승의 도량을 통해 남대욱에 대해 석연할 수가 있었다.

　반 시각 후 최천중 일행은 한양을 향해 출발했다. 허병섭과 강직
순은 이제 삼십 리쯤 걸으면 한양이다 하는 기분으로 들떠 껑충껑
충 뛰며 앞장서 걸었다.

　지난겨울 한양을 떠나 석 달 만에 돌아오는 최천중도 감개가 무
량했다. 그동안에 철종이 죽고, 이하응의 아들이 등극하는 등 나라
의 대사가 있었고, 자기 자신의 일로는 박숙녀를 정실로 맞이한 것
과, 왕문이란 아들을 얻은 대사건이 있었다.

　노량진이 내려다보이는 언덕 위에 서서 춘색에 싸인 한양을 보고
허병섭과 강직순에게 이곳저곳을 가리키며 설명을 하면서도, 최천
중은 심중에 솟아오르는 감동과 용맹력을 어떻게 할 수가 없었다.

　눈 아래 한강은 유유히 흐르고 있었다. 세월도 같이 흐르고 있
는 것이다. 그런데 그 세월이 갖가지의 의미를 만들고 있다는 감회
에 최천중은 숙연했다.

　노량진에서 나루를 건너면 바로 그곳이 삼개다. 마포엔 객주 최팔
룡이 있다. 최천중이 한양에 돌아오면 제일 먼저 찾아야 할 사람이다.

　"도사님 환경還京이시군."

최팔룡은 친형제를 만난 것처럼 반가워했다. 최천중도 최팔룡의 얼굴을 보자 비로소 한양으로 돌아왔다는 실감을 가졌다.

"이번 출향에선 톡톡히 재미를 보았던 모양이죠?"

최팔룡이 싱글벙글했다.

"재미도 있었지만 손실도 있었소."

최천중은 시답잖게 말했다.

"손실이라니?"

최팔룡이 눈을 휘둥그렇게 떴다.

"그 얘긴 차차 하죠. 그보다 그동안 있었던 서울 소식이나 들읍시다."

최천중의 이 말을 듣자,

"궁금도 할 테지, 그 많은 일을 내게 떠맡겨놓았으니."

하곤,

"그런데 무슨 말부터 헌다?"

하고 최팔룡이 덥수룩한 수염을 쓰다듬었다.

원래 최팔룡에겐 급한 사람을 감질나게 하는 버릇이 있었다. 그 버릇을 알고 있는 최천중은 일부러 무관심한 체 두루마기를 벗곤 목침을 베고 누웠다.

"실례하우. 좋은 소식은 길게 편하게 누워 들어야지."

최팔룡이 눈을 껌벅거리며 꺼낸 첫말은 이랬다.

"흥선군 어음은 고스란히 돈이 되었소."

뭐라구요, 하고 벌떡 일어나 앉고 싶은 충동을 가까스로 참고, 최천중은

"그래, 삼만 냥 돈을 받았단 말요?"

하고 태연하게 되물었다.

"사달이 나면 나으리 어음만 믿고 어느 건달에게 쌀을 주어버렸다고 엄살을 떨 참이었지. 그랬는데 그럴 것까지 없더구먼. 종로의 환전상엘 갔더니 흥선군의 어음인 줄 알자 즉각 바꿔주더란 말요."

"횡재를 한 셈이군. 나는 그걸 종이쪽지 하나 받아둔 셈으로 쳤는데."

"아따, 종씨, 앞일을 빤히 알구 받아놓구선."

돈 삼만 냥이 들어왔다는 소리가 기쁘지 않을 까닭이 없다. 약간 들뜬 기분이 되어 최천중이 최팔룡에게 재촉했다.

"또 말해보슈."

"종씨가 부안에서 모신 부인은 숭례문 가까운 양생방養生坊에 아담한 집을 마련해서 모셨소. 아무진 몸종을 사서 모시도록 했으니 불편은 없을 것이오. 집값으로 백 냥을 치렀는데, 도사님 정실을 모시는 집으로선 가히 손색이 없을 것이구먼. 양생방으로 정한 까닭은, 그 근처엔 대갓집도 관속들도 없는 곳이고 시장이 가까워 붐비는 곳이면서도 조용한 구석이 있어서 작정한 곳이오. 행랑이 두 개나 있으니 손님 모시는 데도 그다지 지장은 없을 거구."

"회현동 소식은 들었소?"

회현동이란 황봉련을 말한다.

"회현동 소식보다 먼저 전할 것이 있소."

하고 최팔룡은 담뱃대에 담배를 재었다. 무슨 중대한 얘기, 그다지 좋지 않은 얘기를 하려고 할 때 최팔룡이 하는 짓이었다. 최천중은 불안한 마음으로 침을 꿀꺽 삼켰다. 그리고 최팔룡의 눈치를 살폈다.

담배를 몇 모금 뻐끔거리고 나더니 최팔룡이 뚜벅 입을 열었다.

"만리동 집은 팔았소."

만리동 집이란, 최천중이 지난해 겨울 한양을 뜰 때까지 살고 있었던 집이다. 그리고 그 집을 팔았다는 말은, 그 집에서 같이 살고 있던 여자를 보냈단 말이다. 그 여자에 관해선 최천중이 최팔룡에게 한 말이 있었다. 어떻게 하건 보내야 하겠다는 것, 그 이유로서 어떤 놈팡이와 밀통을 하고 있는 것 같다는 사실까지 들먹인 것이다.

"까닭이야 어떻든 막상 종말을 지으려고 하니까 마음이 언짢더면. 종씨 일이 아니었으면 내가 왜 그런 남의 미움을 살 일을 했겠소. 종씨가 부안에서 장가를 들어 정실부인을 내게 보내기까지 했는데 어떻게 하겠소. 마음을 다져 먹고 그 집을 찾아갔지. 종씨의 말이라고 해놓고 집을 팔아버렸지. 그래야만 끝장이 나겠더면. 집은 쉰 냥에 팔렸소. 그 쉰 냥에다 이백 냥을 보태, 어디라도 먼 곳으로 가서 살라고 했지. 눈물을 찔찔 짜는 게 보기가 안됐더면. 한데, 돈을 이백쉰 냥이나 주었다고 성이 나는 지경이면 그건 내가 부담할 거니 그리 아슈."

아닌 게 아니라 그 화냥년에게 이백쉰 냥이나 주었다는 것은 밸이 틀어질 만한 일이었다. 쉰 냥이나 백 냥이면 또 모른다. 그런 눈치를 살폈는지 최팔룡의 말이 있었다.

"원래 근본이 그런 여자 아뉴. 그런 여자라고 알고 살았는데 탓할 게 뭐 있수. 그리고 보낼 땐 섭섭잖게 보내야 합니다. 수년을 같이 산 사람 아뉴. 나와 상관된 사람들에겐 감정을 사지 않아야지. 그 돈은 내가 부담하겠소."

"형씨도 쓸데없는 말씀을 하시는구려. 형씨 한 일은 잘한 일입니다. 고맙소."

하는 말과 동시에 최천중은 마음을 고쳐먹기로 했다.

생각하면 최천중이 빈털터리로 돌아다닐 땐 그 여자가 유일한 위로였고 안식처였다.

존재도 없는 관상사를 제일 먼저 인정해준 것도 그 여자였다.

그러니, 천업이 몸에 밴 여자이긴 했으나 그편에서 비행만 없었다면 평생을 돌보아주어야 할 의무가 있었고, 마땅히 그럴 각오이기도 했던 것이다. 최천중은 이미 떠나버린 그 여자에 대해서 일말의 연민을 느꼈다.

"회현동 황 여인께서도 가끔 사람을 보냈습죠. 소식이 궁금한가 봅디다."

최팔룡의 말이었다.

최천중은 음성에서 있었던 일을 설명했다. 채문호란 자가 딱 잡아떼는 바람에 천 석지기 토지를 찾지 못했다고 하자 최팔룡은 '헛허' 하고 웃었다.

"호랑이 잡아먹는 담비란 게 있다고 하더니 천하의 최 도사를 꿈쩍 못 하게 하는 놈도 있었구려."

"임금이 죽고, 감사가 바뀌고 하는 바람에 일을 미뤄둔 게지, 꿈쩍 못 한 건 아니오."

그러자 최팔룡이 갑자기 정색을 했다.

"종씨, 무슨 일이고 간에 다 집어치우고 그 토지나 찾도록 하십시오. 천 석의 재산이 누구 애 이름도 아니고, 그건 대단한 것이오.

274

내가 생각하기론 그보다 더 중요한 일이 있을 것 같지 않소. 당장 서둘러야 하오."

최천중도 그럴 각오를 했다. 그러기 위해선 먼저 사직동 권 진사를 찾아야만 하는 것이다.

그렇기로서니 너무 급하게 서두를 것은 없었다. 최팔룡과의 얘기를 대강 마친 뒤 최천중은 연치성, 허병섭, 강직순을 양생방 박숙녀가 있는 집으로 구철룡을 따라 보내고, 남대욱은 최팔룡의 집 부근 객사에 머물러 있도록 마련해놓곤 자기는 회현동 교자전 골목을 향해 걸었다. 황봉련을 찾아가는 것이다. 박숙녀가 비록 정실이긴 하지만 황봉련보다 우선일 순 없다는 마음이었다.

교자전 골목을 접어들면서부터 최천중의 가슴은 술렁거리기 시작했다. 황봉련을 만날 때마다 느끼는 야릇한 감동이다. 존경과 외포와 친애를 섞은 최천중의 황봉련에게 대한 사랑은 그만큼 참되고 성실한 것이라고 할 수 있었다.

대문을 밀고 들어서자 마루에 서 있던 봉련이 버선발로 뛰어 내려와 최천중의 손을 잡았다. 그것은 청풍에서의 손님을 대하듯 했던 의례적인 태도완 또 다른 것이었다.

"나으리, 반가워요."

봉련의 목소리가 떨렸다.

"그동안 고생은 없었소?"

최천중이 봉련의 손등을 어루만졌다.

"집을 지키고 있는 사람에게 무슨 고생이 있었겠어요. 객지에 계신 나으리께서 고생이었죠."

봉련은 최천중을 방으로 이끌어 올려 앉혀놓곤,

"먼저 객진客塵을 씻어야죠."

하고 목욕물을 끓이도록 하인들에게 일렀다.

목욕을 하고 식사를 하고 최천중은 가볍게 한잠을 잤다. 최천중이 눈을 떴을 때는 한밤중이었다. 머리맡에 봉련의 단정한 모습이 있었다.

"거기서 뭐 하고 있었소?"

"잠자는 임의 얼굴을 지켜보고 있었습니다."

"사나운 꼴이었을 텐데."

"아녜요. 어린애와 같은 얼굴이었어요. 사심이란 한 점도 없는 어린애의 순하디 순한 얼굴, 귀여워 죽을 뻔했어요."

내로라하는 자부심을 가진 자기를 어린애로 보는 황봉련! 마음과 눈이 같이 부신 느낌이었다.

최천중은 자리에 일어나 앉았다.

황봉련이 차를 따라 권했다. 식은 차였으나 담백한 가운데서도 향긋한 맛이 혀끝에 남는 이상한 차였다.

"동지사冬至使로 연경에 갔다 온 사람들이 가지고 온 차예요. 청해성靑海省 산골짜기에서 자란 향초香草를 말린 차라고 하였소."

"그럴듯하군요."

"이 차는 식혀서 마셔야 한답니다. 심기 왕성하게 만들고 불로장수케 하는 영차靈茶라고 하옵데요."

"그래서 대국 사람들은 모두 천년수千年壽를 하는가 보지?"

"대국 사람들이라고 해서 모두 이런 차를 마실 수 있는 줄 알아요?

이 차통茶筒 한 개의 값이 이만한 부피의 금값과 맞먹는답니다."

"임자도 한잔하시구려."

하고 차를 찻잔에 따르려고 하자 봉련이 막았다.

"전 안 마시겠어요. 이 차는 나으리만 마시면 돼요."

"그건 고맙소만, 나으리란 말은 어쩐지 귀에 어색한데."

최천중이 겸연쩍게 웃었다.

"제 나으리인걸요."

하는 황봉련의 웃음은 화사했다.

이런 얘기 저런 얘기 하다가 한 고비를 넘겼을 때 최천중이 말투
를 정중하게 바꿨다.

"나는 아들을 얻었소."

"반가운 일이군요."

황봉련이 놀란 빛도 없이 말했다. 미리 짐작하고 있었던 것이다.

"이름은 왕문이라고 지었소."

"좋은 이름이군요."

"그러나 최왕문이라고 부를 날이 있을진 모르겠소."

"사주는 어때요?"

"내가 짐작한 그대로."

"상은?"

"왕재의 상이었소."

"그렇다고 해서 서둘진 마세요. 정자나무라고 해서 모두 크게 자
라는 것은 아녜요. 수만 개 정자나무 씨앗에서 겨우 하나가 천년을
견디는 고목이 되는 거예요."

황봉련의 말은 담담했다.

"그러니까 임자의 힘도 빌려야겠소. 왕문을 천년을 견디는 거목으로 만드는 데 임자의 힘이 있어야 하겠소."

"누구의 아들인데 제가 소홀하게 하리이까. 억지를 쓰질랑 말라는 얘기예요."

그리고 황봉련은 나직이 말을 이었다.

"그저 자연스럽게 무리 없이 자라도록 해야 해요. 왕재로 키울 생각을 말고 인재를 키울 요량으로 있으면, 그 인재가 왕재로 되는 것이오. 왕문을 키우는 아버지와 어머니의 사랑이 그에게 저절로 배도록 나으리께선 멀찌감치 서서 지켜봐야 할 거예요. 나으리가 설쳐대선 안 된단 말예요."

"왕이다, 하고 키우면 왕이 되는 것 아니겠소."

"강화도령은 지게를 지워 산골에 팽개쳐두어도 왕이 되었답니다."

"그것과는 사정이 다르지. 뿐만 아니라, 그 따위 왕이면 무슨 소용이 있겠소?"

"제 말대로 하세요. 그 아이 나이가 스무 살이 될 때까지 그 아이를 잊으시오. 듣건대 왕덕수라고 하는 사람은 호학함이 이만저만이 아닌 인물이라고 하였소. 왕문의 교육은 그에게 일임해도 부족이 없을 것이오."

"그럴까?"

했지만, 최천중은 내심으로 도저히 그럴 수는 없다고 생각했다.

"그럴까가 아니라 그렇게 해야 합니다. 당신이 자꾸 나타나면 그 어린애와 당신이 닮은 점이 자연 눈에 띄게 될 것이오. 만일 그게 왕덕수란 사람의 의심을 사게 된다면 어떻게 되겠어요? 당신이 나타나는 일만 없으면 다소 닮은 데가 있기로서니 아무 일 없이 지나갈 수 있을 거예요. 그러나 왕재 운운하기에 앞서 인재로서 지장 없이 크게 하기 위해선 이십 년쯤 그 아이를 잊으란 말예요. 그동안 당신은 재물이나 모아놓으면 그 아이는 그대로 왕자王者가 될 것 아니겠소."

그렇다는 느낌이 들었다. 하나의 예에 불과하지만 재물을 통해 왕의 행세를 할 수 있고, 재물이 없인 왕의 꿈을 꿀 수 없는 것이다.

'그러나 이십 년 동안이나 왕문을 잊고 산다는 것은?'

최천중은 도저히 그건 불가능한 일이라고 느꼈다.

"밤이 깊었을 텐데 임자도 자리에 드시구려."

최천중이 손을 뻗어 황봉련의 어깨를 안았다. 마음의 탓인지 그 어깨가 약간 굳어 있었다. 박숙녀의 생각이 뇌리를 스쳤다.

아무리 황봉련이 대범한 여자이기로서니 박숙녀에게 대한 감정은 미묘할 것이라고 짐작했기 때문이다. 그래서 최천중은 한양으로 돌아오자마자 봉련을 제일 먼저 찾은 것이라고 하면서 자기의 진실을 밝혀놓을까 하는 생각이 없지 않았다. 그러나 묻지도 않은 소릴 지껄이는 건 긁어 부스럼을 만드는 노릇이 될지도 몰랐다.

황봉련은 자기의 어깨를 안은 최천중의 손을 살며시 풀어놓고 보일 듯 말 듯 웃음을 지었다. 무슨 중요한 말이 그 입에서 터져 나올 찰나라고 느꼈다. 아니나 다를까,

"여주 신륵사에 들르셨다죠?"

"미원촌으로 가기 위해서 그곳에 들렀소."

"그곳에서 만난 여인이 있죠?"

최천중은 깜짝 놀랐다. 금방 지친 얼굴이 되었다.

"놀라실 건 없어요. 어떤 여인을 만났죠?"

봉련은 조용히 되물었다.

"만났소. 한데, 어떻게 알았소?"

"그 여인이 누군지 아셨소?"

"뒤에사 알았소."

"하여간 남의 여자란 사실은 미리 아셨던 거죠?"

"그야 물론."

"한데, 남의 여자를 탐한 까닭은?"

"…"

"거기서 또 왕재를 얻을 생각을 하셨수?"

"…"

"당신이 왕문을 위할 마음이 있다면 마음을 집중할 줄도 알아야 하는 거예요. 또 자식을 탐한다는 건, 그것도 외방에서…. 당신은 자신이 불행의 씨를 뿌리고 다닌다는 생각을 해본 적은 없으세요? 자식이 필요하다면 정실이 있지 않소. 이젠 정실을 가진 몸 아녜요? 외람된 말씀이오나, 당신에겐 그런 경박성이 있어요. 그런 이유 때문도 있으니 왕문을 이십 년 동안 잊고 있으라고 한 겁니다. 왕씨 집 근처에 얼씬도 말구요. 당신이 그 집에 드나들면 그 왕씨 부인과 또 무슨 일이 생겨요. 또 아이를 낳게 돼요. 동시에 왕문과 당신과 닮은 데가 나타나게 돼요. 그렇게 되면 당신은 가장 버거운 적을 갖게 되는 결과가 되는 거죠. 여자란 슬픈 겁니다. 아무리 요조숙녀라도 그 마음과 몸에 음심이 배게 되면 음수陰獸가 될밖에 없어요. 왕씨 부인은 이미 음수가 되어 있소. 그 아들이 백일을 지내고 나면 그 부인의 몸은 당신의 몸을 원해 목마른 사람이 물을 찾듯 할 것이오. 그럴 즈음에 당신이 통기만 하면 무슨 구실을 꾸며서라도 그 부인은 당신을 찾아 한양으로 올라올 것이오. 왕재를 왕으로 키워야 한다는 구실과 명분이 있으니 얼마나 좋겠수. 음수가 된 여자는 못 할 짓이 없는 거예요. 그런데 당신은 또 하나의 음수를 만들어놓았소. 신륵사에서 만난 홍 대감의 소가小家도 이미 음수가 되어 있소. 누구를 비유할 것 없이 나처럼 말요. 당신은 가는 곳마다에서 여자를 음수로 만들고 있으니…. 제 이 말을 질투가 시킨 말이라고만은 생각하지 마세요. 물론 질투가 없을 까닭이 있겠소만, 그것만으로 얘기하는 것은 아닙니다. 당신 생명의 문제가 있어요."

황봉련의 말은 간절했다.

최천중은 다소의 변명을 안 할 수가 없었다. 열 살 난 소년의 얼굴에 사상死相이 나타나 있었다는 것, 그 어머니의 몸은 또 하나의 아들을 갖기 위한 냄새를 풍기고 있더라는 것, 절묘한 미색에 홀리기도 했다는 것, 아이 하나 살려주는 대가로 자기 아들도 하나 더 갖고 싶어졌다는 것….

조용히 듣고 있던 황봉련은 어이가 없다는 듯 최천중을 바라보았다.

"천명에 역逆할 수 없다는 걸 누구보다도 당신이 잘 알고 있을 것 아뇨. 천명에 역하는 짓을 하면 기필 화가 자신에게 미칠 것이란 사실을 모르시는 바도 아니겠죠."

황봉련은 최천중을 노려보는 듯한 눈초리로 말을 계속했다.

"그 아이가 미구未久에 죽어야 한다는 사실을 제가 먼저 알았어요. 그 집은 제 단골집이에요. 그런데 그런 말을 어떻게 하겠어요? 그래서 절에 가서 부처님께 기도를 하라고 했죠. 어쩔 도리가 없는 걸 사실대로 알릴 필요도 없고, 그렇다고 해서 가만있으라고도 할 수 없는 것 아녜요? 열심히 불공이나 하라고 할 수밖에요. 그랬는데…."

하고, 황봉련은 말을 뚝 끊었다.

최천중은 전신이 신경으로 화하고 있었다.

"그랬는데 신륵사에서 돌아왔다면서 그 집에서 저더러 와달라는 전갈이 있었어요. 전 가지 못하겠다고 했지요. 바쁜 일이 있다고 핑계를 댔지만, 사실은 불원 화가 닥칠 사람들의 얼굴을 보기가 싫었던 거예요. 제가 못 가겠다고 했더니 저편에서 그 아들을 데리고 왔어요. 얼마나 놀랐는지. 부인의 얼굴에서 액기가 가셨을 뿐만 아니라, 연꽃처럼 서기瑞氣가 발하고 있었소. 그 아이의 얼굴에는 사상이 말쑥이 없어져 있는 대신, 누군가를 죽일 흉상이 돋아나 있었소. 지금 당장은 아니겠지만 십 년, 이십 년 후에라도 꼭 사람을 죽이고야 말 징조가 역력하더란 말예요. 전 신륵사에서의 불공이 그처럼 영험이 있는 것이었을까 하고 참으로 크게 놀란 겁니다. 하여간 나와 친숙하게 지내는 그 부인의 얼굴이 행복에 빛나고 있는 것이 반갑기도 했구요. 동시에 까닭을 알아봐야겠다고 작정했죠."

그러고는 아이를 바깥으로 내보내놓고 황봉련이 물었다는 것이다. 진작은 말할 수가 없었지만, 곧 큰 화가 닥칠 뻔했는데 그 액기가 흔적도 없이 사라졌노라고 전제해놓고, 필시 무슨 일이 있었을 것이라고 단정하고 캐물었다.

부인은,

"부처님의 공덕이겠죠."

라고만 대답했다.

그러나 황봉련은 그럴 까닭이 없다고 판단했다. 부처님의 공덕이 있기로서니 그렇게 빨리 효력이 나타날 리가 없는 것이다. 반드시 신상에 결정적인 변화가 있기 때문일 것이라고 따져 묻곤,

"사실대로 얘기해서 사후를 잘 살펴봐야지, 그렇지 않으면 가져진 액기가 언제 도로 되살아날지 모릅니다."

하고 겁을 주었던 것이다.

"그제야 부인의 말이 있었소. 신륵사에서 어떤 관상사를 만났는데, 아이에게 위난이 닥칠 거라고 하고 그 위난을 방비할 방법을 가르쳐주었다는 거예요. 그런데 그 방법이 그냥 들어맞는 것 같은 기분이라고 했어요. 그때 짚이는 게 있어 전 그 이상은 묻지를 않았어요."

황봉련이 함축 있는 웃음을 웃었다.

"그래, 뭣이 짚이더란 말요?"

어색한 기분이었지만 최천중은 물어보지 않을 수 없었다.

"그건 당신께서 더 잘 아시겠죠."

"…"

"관상사를 만났다고 들었을 때 당신일 것이란 짐작을 했어요. 그리고 그 부인의 약간 들떠 있는 듯한 화려한 표정으로, 당신과의 사이에 어떤 일이 있었는가도 짐작했구요. 그러니 자연 그 아이의

상을 보았을 것이란 짐작, 그때 사상을 발견했을 것이란 짐작, 그리고 그대로 말했을 것이란 짐작 등이 다음다음으로 이어졌는데…"

하는 황봉련의 얼굴이 어둡게 그늘졌다.

최천중은 다음 말을 기다렸다.

"그 아이는 당신을 죽일 거예요."

황봉련의 말은 납덩이처럼 무거웠다.

최천중은 등골이 오싹했다.

"그 아이는 죽게 돼 있었소. 당신의 조작이 없었다면 벌써 지금쯤은 죽어 있을 거예요. 그걸 당신이 천리에 역해 살려놓았소. 그 보상을 당신이 하게 되었단 말요. 그 아이가 그 어머니의 배 속에 들어 있는 아이 때문에 당신을 죽일 날이 올 거요."

황봉련의 말이 결정적인 선고나 다름없다는 것을 최천중은 알고 있었다.

"당신이 살려면 그 아이를 죽여야 하오. 당신이 일시적인 흥으로 한 경솔한 짓이 그런 무서운 인과를 만들어버렸단 말요."

최천중은 천 길의 나락으로 추락하는 것 같은 느낌을 가졌다.

황봉련이 차를 한 잔 따랐다. 그러고 한다는 말이,

"그러나 걱정하지 마세요. 미리 알고 있다는 것은, 그것을 방지하라는 뜻이기도 한 거예요. 제가 알고 있으면서 당신을 호락호락 죽이도록 놔두겠수? 감당해야 할 일은 감당해야죠. 그렇다고 해서 겁을 먹을 것까진 없어요."

"꼭 그 아이를 죽여야 할까?"

"그밖엔 도리가 없죠."

"…."

"이왕 죽을 애라고 생각하면 될 것 아뇨. 천리를 좇는 일인데요."

"그러나…."

하고 최천중이 신음했다.

"뿌린 씨앗은 거둬야죠."

황봉련의 말은 싸늘했다.

"달리 방법이 없을까?"

최천중이 다시 한 번 중얼거렸다.

"달리 방법이 없다는 것을 명심해야 합니다. 그 아이는 당신과 자기 어머니의 관계를 알고 있어요. 눈치가 빠른 그 애는 모든 것을 알고 있단 말예요. 그런데 그 애는 영리하기 짝이 없소. 요절하지 않고 자라면 약관에 권세를 잡을 사람이오. 게다가 홍 대감의 아들이란 권세가 있소. 절대로 당신을 그대로 두지 않을 것이오. 보나마나 당신과 그 여인과의 관계는 가끔 계속될 거구. 그러니까 각오를 해야 하오. 당신이 살려면 그 아이를 죽일 수밖에 없다는 것을 말요."

황봉련의 최천중에게 대한 사랑은 그를 우울 속에 오래 빠뜨려 놓지 않았다.

"알고만 계시란 말예요. 모든 일은 내가 대신 처리할 테니까요."

봉련은 화사하게 웃고,

"기분을 고치시기 위해선 술을 한잔하셔야죠."

하고 일어섰다.

그래도 최천중의 마음은 무거웠다. 자기로 인해 누구를 죽여야 한다는 사실이 마음에 부담이 안 될 까닭이 없었다. 사람을 죽인다는 것, 그것은 천지에 대해 대죄를 짓는 일이다. 생명에 대한 대죄, 그것은 곧 가장 신성한 것에 대한 대죄인이 된다는 뜻이기도 했다.

험한 길을 살아오는 동안 최천중이 특정인에게 살의를 품어본 적이 한두 번이 아니었지만, 사람을 죽이면 그로써 인간으로서의 덕과 복은 끝난다는 인식으로 그런 살의를 억눌러왔었다. 그런 심정이 된 데는 스승 산수도인의 유교遺敎*의 탓도 있었다. 최천중이 세간으로 나가려고 하자 스승의 간곡한 말이 있었다.

"죽으려는 사람을 살려주는 것은 위대한 공덕이다. 이와 반대로 살아 있는 사람을 죽이는 것은 엄청난 죄악이다. 그리고 그 죄악은 영원히 보상하지 못하고 용서받지 못한다. 사람의 손으로 만들지 못하는 생명을 사람의 손으로 죽일 순 없는 것이다. 사람을 죽였을 때 네 인생은 끝난다. 이 말만은 평생토록 명심하라."

그러나 그를 죽이지 않으면 이편에서 죽어야 할 때는, 하고 최천중은 생각에 잠겼다.

'내 목적을 달성하기 전에 중도에서 죽을 순 없다…….'

최천중은 신륵사에서 있었던 일을 회상했다. 그 여인이 방문을 열고 나갈 때 저편 건물 그늘로 그 아이는 재빨리 몸을 숨겼다. 그때 그 아이가 자기들을 감시하고 있는 것을 눈치챘던 것인데……. 그런 아이가 밤중에 절을 빠져나가는 어머니의 뒤를 밟지 않았을 까닭이 없었다.

---

* 후인을 위해 남긴 가르침.

'월재천심여강류月在天心驪江流할 때 나는 그 무서운 인과를 만들고 있었던 것이로구나.'

그러면서도 최천중은 그 여인과의 환락을 후회하진 않았다. 봉미산 품 안에서 그 여인을 안은 황홀한 감동이 한 폭의 그림처럼, 영원히 깨고 싶지 않은 꿈처럼 회상되는 까닭은 무엇일까. 봉련의 신통력을 의지하는 안심의 탓도 있었거니와, 하여튼 이만저만한 업이 아닌 것이다. 그는 씁쓸하게 웃었다. 자학도 자조도 아닌, 스스로가 스스로를 어떻게 할 수 없는, 진정 업이라고밖에 말할 수 없는 자기의 소행에 대한 어색한 웃음이었다.

술상을 들고 봉련이 들어왔다. 그때의 봉련의 모습엔 아까까지의 엄하고 싸늘함은 말쑥이 없어져 있었고, 임을 반기는 여자의 교태만이 있었다.

"대국 소흥에서 온 술이와요."

백자의 잔에 암녹색 술을 따라놓고 황봉련이 한숨을 섞으며 아양을 떨었다.

"꽃이라면 남의 집 높은 담장도 아랑곳없는 이 한량님 마음을 어떻게 하면 독차지할 수 있을까!"

"도인절화途人折花**는 인지상정인데, 그게 그처럼 아니꼽단 말이오?"

술이 한잔 들어가니 최천중은 활달한 기분이 되었다.

"아니꼽긴, 소녀의 마음이 안타깝단 말예요."

황봉련은 사랑을 비는 소녀처럼 수줍게 속삭였다.

** 나그네는 가지째 꽃을 꺾음.

최천중이 팔을 황봉련의 허리에 둘렀다. 팔 길이의 반도 찰까 말까 한 세요細腰를 안으며 대답했다.

"독차지고 뭐고, 나는 이미 부처님 손아귀 위에서 노는 손오공이나 다를 바가 없소. 어딜 가나 무엇을 하나 임자의 그늘 속에 있으니 말요."

봉련이 가느다란 손가락 하나를 뻗어 최천중의 입에 갖다대곤 나직이 시를 읊었다.

억석재가위녀시憶昔在家爲女時

인언거동유수자人言擧動有殊姿

선연양빈추선익嬋娟兩鬢秋蟬翼

완전쌍아원산색宛轉雙蛾遠山色

소수희반후원중笑隨戱伴後園中

차시여군미상식此時與君未相識

최천중은 그 시가 백낙천白樂天의 정저인은병井底引銀瓶 가운데의 수절數節임을 알아차렸다.

"옛날 집에서 처녀로서 차리고 있을 때, 사람들은 모두들 거동이 남다르게 아름답다고 했더이다. 추선의 날개처럼 곱고 고운 좌우의 빈모鬢毛*, 아미**를 닮은 양미는 먼산의 빛과도 같이 아련했더이다. 친구들과 웃음소리 재잘거리며 뒤뜰에서 놀았더이다. 그때 당

---

* 살쩍. 관자놀이와 귀 사이에 난 머리털.

288

신을 미처 몰랐더이다."

최천중은 읊고 있는 봉련의 얼굴을 망연히 바라보았다. 그 얼굴
엔 눈물이 줄을 이어 흐르고 있었다.

그 시는 지음분야止淫奔也***란 부제副題를 가진 것으로서, 어쩌
다 음정淫情으로 인해 신세를 망친 여자의 한탄을 적은 것이다.

"나를 안 것이 한스럽단 말인가요?"

최천중이 물었다.

황봉련이 고개를 저었다.

"아녜요. 내 여체를 슬퍼할 뿐입니다. 당신 없인 살 수 없는 스스
로의 마음이 안타까울 뿐입니다."

"그런 내 버릇을 고치란 말인가?"

"그것도 아녜요. 전 이미 당신을 알기 전 몸과 마음을 더럽힌 여
자. 그러니 정실의 자리는 탐할 수가 없구요. 그렇다고 보면 봉접蜂
蝶의 탐화探花를 막을 수도 없는 이치구요. 그렇다면 나으리, 나는
나으리에게 무엇이 되는 것일까요?"

봉련의 물음은 처량했다.

최천중이 허리를 안았던 팔을 풀고 황봉련을 정면으로 대하는
자세로 고쳐 앉았다. 그러고는 양팔을 들어 봉련의 어깨에 얹었다.

"임자, 내 말을 들으시오. 임자는 당신이 내게 있어서 무엇이냐
고 물으셨죠? 내가 답을 하리다. 임자는 나의 맹우盟友이자 정려正

**   蛾眉: 누에나방의 눈썹이라는 뜻으로, 가늘고 길게 굽어진 아름다운 눈썹을 이르
는 말.
***   '음란함을 막고자 함이다.'

289

侶*요. 정실이 맹우에게 당하리까. 정처正妻가 정려에게 당하리까. 남자의 마음은 간혹 비와 같아서 삼라만상 위에 두루 뿌려지기도 하지만, 그 본령은 도도한 대하가 되어 대양을 향하는 데 있소. 임자는 여성의 몸으로 장부의 맹우가 될 수 있었고 장부의 정려가 될 수 있었으니 내 어찌 우러러 받들지 않겠소."

그러나 잠자리에선 맹우도 정려도 없었다. 남자의 수粹가 있었고, 여자의 정情이 있을 뿐이었다.

최천중은 춘일지보春日遲步의 놀이부터 시작했다. 백사청초白沙靑草의 강변을 춘일을 쬔 소처럼 육중하게, 그러나 부드럽게 소요하는 이 놀이는 특히 요堯가 즐기던 놀이라고 전해오지만 전거典據는 없다. 전거야 있건 말건 제왕의 놀이라고 할 만도 하다. 탐하지 않고 서두르지 않고 명승을 감상하는 것이 제왕의 풍風이니까.

춘일지보하는 소에게도 잠깐 쉬는 사이는 있어야 한다. 이 놀이에 이어 오월세류五月細柳가 훈풍에 나부낀다. 풀어 늘어뜨린 봉련의 머리칼이 백옥의 살결 위로 바람결의 수양버들처럼 하늘거리는 풍정이면, 시인이 아니라도 유서(柳絮, 버들개지) 춘풍에 날고 요조窈窕** 오열한다는 감흥을 느낄 것이다.

오월세류는 흠흠향영欣欣向榮의 유월의 놀이로 옮아간다.

'지상화공한접시枝上花空閑蝶翅.'***

라고 남이 읊으면,

'임간심미활앵성林間葚美滑鶯聲.'****

이라고 여가 창화唱和한다.

흠흠향영의 놀이엔 취우뇌성驟雨雷聲의 놀이가 따르게 마련이다. 공규이월空閨二月의 여체가 한천旱天의 자우慈雨*****처럼 최천중을 기다렸으니, 소낙비가 뇌성을 동반하는 것도 무리가 아니다. 건곤도 일월도 없고, 노하고 격하는 생명이 있을 뿐이다. 음과 양이 부딪치면 전광이 인다.

그래도 남의 수粹가 수일 수 있다면, 남아 있는 힘이 있어야 한다. 정精은 타올라도 다시 회정回精하니, 수는 그동안을 정신의 여유를 갖고 끈기 있게 기다릴 줄 알아야 하는 것이다. 넋을 잃은 황봉련의 군데군데를 쓰다듬으며 최천중이 나직이 읊조린 대목은

종야간여불염여終夜看汝不厭汝

평생시여오자락平生侍汝吾自樂

산고수심미급심山高水深未及心

천상천하유아행天上天下唯我幸

(밤새워 당신을 보아도 당신이 싫지를 않소.

평생 동안 당신을 모셔도 나는 스스로 즐거울 것이니,

높은 산, 깊은 물이 내 마음엔 미치지 못할 것이오.

아아, 하늘 아래 나만이 행복하구나)

**** '숲에서는 오디가 맛있게 익어 꾀꼬리 울음소리도 매끄럽다'
***** 마른 날의 단비.

봉련은 가느다랗게 눈을 뜨고 말이 있었다.

"어떻게 당신 혼자뿐일까요?"

이 말이 신호가 되었다. 최천중은 서호유기西湖遊記를 시작했다. 문자로선 유기遊記가 되지만 밀실密室의 비의秘儀로선 유기遊技가 된다.

서호유기는 특히 최천중의 장기이다. 사합의 합환 뒤에 있게 된 이 서호유기를 최천중은 황봉련 이외의 여자에겐 쓰지 않기로 마음먹고 있었다. 그것이 봉련에 대한 최천중의 지조이며 성실이었다.

봉련은 순풍에 돛을 달고 잔잔한 호수를 선유하는 황홀경에 빠져들었다. 이런 선경으로 이끌어주는 이 사나이를 내 어찌 잊을 수 있을쏜가. 여자로 태어난 행복을 길이 축복하기 위해서도 옥황상제의 며느리가 되어 있는 어머니께 빌어야 하겠다고 마음속으로 울먹였다.

'홍가의 아들이 아니라 누구의 아들이건 이 남자를 해칠 수는 없다.'

정녕 여체는 슬프고 안타까운 것이다.

큰 갓, 옥색의 도포, 호백*의 구슬 띠에 황피 가죽신. 황봉련이 알뜰하게 마련한 장구로써 치장하고 교자전 골목을 빠져나온 최천중은 문득 북악과 남산을 번갈아 보았다. 거기엔 의구한 청산이 있었고 우러러 만고의 푸른 하늘이 있었다. 그는 자기의 차림에도 흡족했거니와 앞으로 지배할 장안의 거리가 자기를 반갑게 맞이해주는 것 같아서 마음이 포근했다.

양생방은 세 마장을 걸으면 있다. 최천중은 최팔룡으로부터 들

---

* 皓白: 매우 흼.

은 대로의 지점을 마음속에서 가늠해가면서 걸었다. 대문은 낮고 투박하고 담장은 흙돌담이 되어 볼품은 없으나 어느 한 군데 퇴락한 곳은 없다고 하면서 최팔룡은 이렇게 말했다.

"난세에 선비가 사는 집은 외황내실外荒內實, 또는 외빈내화外貧內華해야 하는 법이오."

"그 말이 옳소."

했던 것인데, 최천중은 낮고 투박한 대문이 달린 흙돌담 집을 눈여겨 찾았다. 한편을 성벽으로 한 비좁은 골목 안에 그 집이 있었다. 남향이긴 했으나 성벽 때문에 한쪽의 채광이 나쁘달 뿐, 집의 위치나 방위는 최천중의 마음에 들었다. 한길에서 골목의 그곳까지가 깔끔하게 청소되어 있는 것도 기분이 좋았다. 구철룡의 정성일 것이라고 짐작이 갔다.

소리를 질러 대문을 열 것까지도 없었다. 문 앞에 서자마자 문이 저절로 열렸다. 구철룡이 문간방에 앉아 밖의 동정을 살피고 있었던 것이다.

"진작부터 사모님이 기다리고 계십니다."

사모님이란 말이 자연스러운 것을 보면, 구철룡이 그 생활환경에 익숙해진 모양이었다. 행랑채로 통하는 중문이 있었다. 사대부의 집은 아니고 장사하는 사람의 집인 것 같았지만 꽤 구색이 맞아 있구나 하는 생각이 들었다.

중문을 구철룡이 열었다. 뜰 안에 박숙녀가 서 있었다. 짧은 동안 같이 있었을 뿐으로, 그 얼굴의 윤곽을 그다지 뚜렷하게 기억하고 있었던 것은 아니어서 최천중은 숙녀의 청초한 기품에 새삼스럽게 가슴이 설레었다.

"어서 오사이다."

가볍게 머리 숙인 바람에 드러난 귀밑 언저리의 목이 섬세하고 청결했다.

"부인, 너무나 오래 기다리게 했군."

이 여자가 나의 부인夫人이란 느낌에서 온 흐뭇하고도 안정된 마음이 좋았다. 내실로 들어갔다.

괴목재로 된 장롱이 눈에 띄었다. 질박한 가운데 품위가 있었다. 최팔룡의 정성일 것이다. 한데, 방 한구석에 눈에 익지 않은 한 쌍의 이상한 은촉대가 있었다. 크기나 세공이 아직껏 최천중이 보지 못했던 촉대였다. 최천중의 의아해하는 마음을 알았음인지 숙녀는 가늘고 작은 소리로 말했다.

"어머니께서 제게 남기신 물건이에요."

좌정을 하고도 그 촉대에서 눈을 떼지 못하고 있는데,

"서방님께 인사드리겠사옵니다."

하는 소리가 밖에서 있었다.

숙녀가 문을 열었다.

"쇤네, 석쇠어미라고 하옵니다."

하고 초로의 아낙네가 축담에서 큰절을 했다. 노비가 상전에게 첫인사하는 식이 저렇더라고 생각했다. 최천중으로선 종으로부터 절을 받긴 그때가 처음이었다.

최천중의 한양에서의 나날은 바빴다. 서소문 정씨녀도 찾아보지 않을 수 없는 사람이었고, 다방골 여란의 집에도 들러봐야만 했다.

정씨는 최천중의 옷소매를 잡고 눈물을 짰고, 여란은 교동 김씨도 내리막인 것 같다고 한숨을 지었다.

이런 소소한 체면치레를 하느라고, 최천중이 사직동 권 진사의 집을 찾게 된 것은 3월도 보름날을 넘긴 뒤의 일이었다.

적조한 동안의 인사를 하고 나서, 최천중이 대뜸 백낙신의 거처를 물었다. 백낙신은 연전* 진주민란을 발생케 한 장본張本의 탐관으로, 귀양살이를 하다가 최천중의 주선으로 풀려난 사람이다.

"백 병사는 왜 찾소?"

권 진사가 조심스럽게 물었다.

최천중은 음성 채문호의 일을 들먹이곤,

"백 병사 자신이 서둘러 그 일을 처리해주지 않을 경우엔 제게도 생각이 있습니다. 음성의 땅이 여의치 않으면 그것과 대체되는 땅이건 재물이건 내놓아야 할 게요."

하고 대들었다.

마음이 약한 권 진사는 어쩔 줄을 몰랐다. 당장 백낙신의 집에 사람을 보내어 선처하도록 하겠다고 사과를 겸해 간청을 했다. 최천중은 권 진사에게 감정이 있었던 것은 아니었으므로, 곧 마음을 풀고 한나절을 그 사랑에서 놀았다.

권 진사의 사랑은 별의별 소문이 다 쏟아져 들어오는 곳이었다.

최천중은 그 자리에서 많은 얘기를 들었다.

---

* 年前: 몇 해 전.

그 가운데서 가장 큰 얘기는 한때 나는 새도 떨어뜨릴 세도를 가지고 있던 김병기金炳冀가 광주유수廣州留守로 낙천했다는 소문이었다. 병기는 영의정 김좌근의 아들로서 훈련대장을 거쳐 이조, 예조, 형조, 공조의 판서를 역임한 사람으로서, 교동 김씨 일문 가운데서는 출중한 인재로 손꼽히던 인물이다.

"동일엽桐一葉*의 감회로군. 오동잎 하나 떨어지매 천하의 가을을 안다고 했는데, 장동 김씨의 계절도 추풍낙엽으로 접어드는가 보지."

한 사람이 말을 이렇게 꺼내자, 좌중은 발칵 소란의 도가니가 되었다. 혹자는 김문이 말로에 들어섰다고 하고, 혹자는 아직도 당상관의 대부분은 김문이 차지하고 있는 사례를 들어 까딱없다고 주장했다. 그런가 하면 영감(대원군)의 책략이 무궁무진하니 김문을 명주 끈으로 목 조르듯 할 게라고 단언하는 사람도 있고, 김문의 재물을 빼내기 위해서라도 성급하게 서둘진 않을 것이란 의견을 내세우는 사람도 있었다.

그러자 권 진사가 최천중에게 물었다.

"도사의 생각은 어떤가?"

"소인은 원래 정사엔 용훼**하지 않거니와 알려고도 하지 않습니다."

좌중을 둘러보며 최천중이 침착하게 말했다.

김병기 얘기가 한 단락 끝나자 심의면沈宜冕, 심이택沈履澤 부자 얘기가 꽃을 피웠다. 심의면은 전 참판인데 인현왕후仁顯王后의 구

---

* 초가을에 떨어지는 벽오동나무 한 잎.
** 참견.

제구第***인 감고당感古堂을 개조해서 겸종잡거傔從雜居****의 방으로 했대서 죄를 얻었고, 그 아들 심이택은 의주부윤義州府尹으로 있을 때 27만 냥의 공금을 횡령했다는 죄로 제주도로 유배되었다는 것이다.

익살스런 사나이가 있었다.

"말이나 될 법한 소린가? 글쎄, 인산첨사麟山僉使 김낙유金洛裕는 기만 냥을 범장했대서 엄곤嚴棍***** 사십 도하고 원악도遠惡島에 귀양 가서 죽을 때까지 종노릇을 하라고 명해놓고, 그보다 백배나 나쁜 짓을 한 심이택이란 놈은 제주도에 위리안치圍籬安置******할 정도로서 두다니, 원."

하고 그가 흥분했다.

"입돈立豚, 와돈臥豚*******을 탓하는 것 아닌가. 아니, 대도大盜, 소도를 다스리는 세상인걸."

한 사람이 이렇게 받자,

"설단舌端에 화가 있나니 말조심들 하시라."

고 쉬쉬했다. 그러나 중구衆口는 난방難防이었다.

"풍천에서 민란이 있었다며?"

하는 사람이 있었고,

***   구택舊宅. 여러 대를 이어서 살아온 집.
****   종들도 섞여 살게 함.
*****   엄하게 곤장을 침.
******   죄인이 달아나지 못하게 가시로 울타리를 만들어 그 안에 가두어 둠.
******* 서 있는 돼지, 누워 있는 돼지.

"내 친구 정건식이 서천부사로 있어 봄, 여름을 서천에 가서 잘 지내보려고 했더니 놈이 파직되었다잖아. 그놈의 운이 나쁜 게 아니고 내 재수가 없는 거라."

하고 투덜대는 자도 있었다.

"형조판서 집에 도둑이 든 얘길 들었수? 하인 놈들이 도둑놈들을 잡아놓고 두들겨 때렸더니 울면서도 이렇게 말하더라오. 도둑놈 괴수 집에 와서 도둑질을 하면 상을 줄 줄 알았는데 이게 웬일이냐구. 그랬더니 하인이 한 말이 그럴듯했다오. 네가 이놈아, 붙들리지 않고 감쪽같이 도둑질을 했다면 상을 받고도 남을 것인데 붙들렸으니까 얻어맞는 거라구."

꾀죄죄한 차림의 과객이 한 말인데 좌중이 왁자그르르 웃었다. 그러자 또 한 사람이 이런 얘길 했다.

"김흥근 대감 집의 어린애가 엽전을 삼켜버렸더라우. 기겁을 해서 하녀가 사랑으로 뛰어나와 어떻게 하면 좋겠느냐고 했더니, 그 집 문객으로 있는 정수동 영감이 뭐라고 했는지 아우? 걱정 말라. 이 댁 대감은 수십만 냥을 삼키고도 까딱하지 않는데 그 어른의 손주가 엽전 한 닢쯤 삼켰다고 탈이 나겠수."

정수동의 얘기가 시작되자 다음다음으로 그의 기언기행奇言奇行이 피력되었다. 그 가운데의 일품은 정수동이 김흥근의 조복朝服을 훔쳐 입고 기생방에 나가 만취하여 자버린 바람에 대감 집에선 난리가 났다는 얘기였다. 사실 여부는 어떻건, 정수동이면 능히 그런 짓을 할 사람이라고 최천중은 짐작했다. 정수동은 장자의 도徒라고 할 수 있었다. 그 언젠가 최천중이 정수동과 술자리를 같이했

을 때 퇴기인 노녀가 대감과 그처럼 친하게 지내고 있으니 무슨 역
직役職이나 이권利權을 얻어 편히 살 궁리를 하라는 충고를 했더
니, 정수동이 장자의 말을 빌려 다음과 같이 말했던 것이다.

"새가 깊은 숲에 집을 짓지만 일지一枝*면 족하고, 쥐가 대하에
서 물을 마신들 그 배를 채울 정도로밖엔 마시지 못한다. 사람도
그와 같은 것이여. 항상 음식을 맛있게 먹으려면 궁해야 하는 법이
야. 역직과 이권이 내게 무슨 소용이란 말인가."

최천중은 김흥근을 방문할 겸, 정수동을 찾아봐야겠다는 마음
으로 권 진사의 사랑에서 나왔다.

최천중이 교동 김흥근의 집 안에 섰을 때는 긴 봄철의 해도 기
울어 땅거미가 나무의 그늘과 어울렸을 무렵이었다. 바깥사랑으로
통하는 대문에 수월하게 들어설 수가 있었다. 누구냐고 따지는 문
지기 하인이 보이지 않는 것이 시대의 변화를 느끼게 했다.

바깥사랑엔 손님이 세 사람밖에 없었다. 그로써도 무너져가는
세도를 알 수가 있었다. 한직이라고는 하나 김흥근은 그래도 전관
의 예우를 받고 있을 것이었고, 그의 아들 병덕炳德이 아직 의정부
당상에 있는 터이지만, 실권이 없어졌다는 역연한 증거가 쓸쓸한
바깥사랑의 광경이었다.

청지기와는 면식이 있었다. 최천중이 대감을 뵙게 해달라고 청지
기에게 청했다. 청지기는 큰대감께선 신양**이 있어 누워 있고 젊은

---

* 가지 하나.
** 身恙: 몸에 생긴 병.

대감은 출타 중이라고 주저주저했지만 최천중이,

"관상사 최천중이 왔다고 전하슈. 위독하지 않으시다면 나를 만나고 싶어 할 거요."

하고 우겼다.

최천중의 짐작은 옳았다. 곧 안사랑으로 들라는 전갈이 있었다.

방으로 들어서자 일어나 앉은 김흥근이 흐트러진 빈모*를 쓰다듬어 올리고 있더니 최천중을 반가이 맞이했다.

절을 하고 좌정을 하기가 바쁘게,

"그동안 어디에 있었던가? 궁금했네."

하고 김흥근이 최천중의 근황을 물었다.

최천중이 대충 설명했다.

설명을 노상 고개를 끄덕거리며 듣더니,

"자네에겐 뭔가 신통력이 있는가 보아."

하고 중얼거렸다.

"요즘 지내시기가 어떠하옵니까?"

"한인의 한일월일세."

"공성명수攻成名遂한 뒤의 한일월이면 군자로선 지복이옵니다."

최천중이 조아렸다.

"아닐세. 다년多年이면 다욕多辱이라는 말이 있는데, 늘그막에 욕된 일을 당하지 않을까 두려우이."

김흥근의 수연한 말투였다.

---

* 貧毛: 숱이 적은 머리카락.

300

"그런 일이야 있겠습니까?"

이 말엔 대답하지 않고 김흥근이 다시 중얼거리는 투가 되었다.

"확실히 그때 최공은 뭣인가를 알고 있었던 것 같애."

그것은 작년 여름 흥선을 경계하고 빨리 서둘라고 쓴 최천중의 쪽지를 두고 하는 말일 것이었다. 그러나 이제 와선 발설할 수 없는 일이다.

"이젠 정사엔 마음을 두시지 말고 유유자적하소서."

"유유자적?"

하고 애매하게 웃더니 김흥근이 덧붙였다.

"일야一夜 전전긍긍이라네."

"무슨 그런 위험이 있습니까?"

"아닐세. 그런데 앞으로 어떻게 하면 좋을까?"

"지나친 거동은 물론 삼가야 하지만, 그럴 경우가 있으면 이理를 따르고 명분이 서는 방향으로 명쟁明爭**하여 중인衆人으로 하여금 관지觀之케 해야 합니다. 천하의 이목 앞에서 명가명문名家名門이시고 누대 군주의 외척이 되는 집안의 인물이 정론을 펴면 절대로 대사에 이르지는 않을 것이올시다. 자기들의 용렬함을 부각시키는 꼴이 되니까요."

옳은 일, 옳은 말로써 흥선에 대해 맞서란 최천중의 충고는 들어둘 만한 것이었다. 사실 김흥근은 흥선의 아들 명복命福으로 하여금 대통을 잇게 하려고 했을 때 정면에서 이를 반대했었다.

** 당당히 싸운다.

"명복으로써 대통을 잇게 하면 살아 있는 대원군을 있게 하는
것이고, 그렇게 되면 왕의 권위 위에 또 하나의 권위가 있게 되어,
대궐의 법도에 위화가 생길 우려가 있으니 절대로 불가하다."
하고 김흥근은 역설했던 것이다.

이것이 김흥근뿐만 아니라 교동 김씨의 입장을 구하는 계기의
하나가 되었으니 세상일이란 묘한 것이다. 고래로 뚜렷한 자세를 취
하는 정적은 이를 죽이지 못한다. 천하가 모두 정적의 사이란 걸
알 땐 만일 무슨 일이 있으면 '정적이니까 그렇게 했다'고 짐작하
고, 되레 이편의 화를 자초하는 결과가 된다. 흥선군 이하응의 경우
도 예외는 아니었다. 아무리 김문이 밉기로서니 정연한 이로理路로
써 반대하는 상대를 처단, 또는 거세할 순 없었다. 그렇게 하면 이
편의 옹졸함을 세상에 공표하는 셈이 되어 앞으로의 정사에 적잖
은 폐단이 생길 것은 불문가지한 일이었다.

그래서 흥선 대원군은 하는 수 없이 겨자[芥子]를 먹어야만 했
고, 김문의 거세를 다른 수단으로 해야겠다고 마음먹었던 것이다.
그사이의 동정을 김흥근이 모를 까닭이 없다. 그러니 언제나 불안
한 것이었다.

"대감의 춘추는 금년에…."

"예순아홉일세."

최천중은 김흥근의 얼굴을 자세히 바라보곤 정중하게 다음과 같
이 말했다.

"아직 십 년은 정정하게 사실 수가 있습니다."

"앞으로 십 년?"

하더니 김흥근은 다음의 말을 기다리는 표정이었다. 뭣을 알고 싶어 하는가를 최천중이 알았다.

최천중이 힘 있게 말했다.

"대감께선 오복五福이 구유俱有하신 분입니다."

오복을 구유하고 있다는 것은 횡사, 액사, 옥사 등 처참한 꼴을 당하지 않고 고종명할 수 있다는 함축을 가진 말이다.

"어쩐지 바늘방석에 앉아 있는 것 같아. 워낙에 갈피를 잡을 수 없는 사람이 돼놔서."

김흥근이 길게 한숨을 쉬었다.

갈피를 잡을 수 없는 사람이란 물론 흥선군을 말한다. 김흥근을 비롯한 김문 일족들은 그렇게 생각할 만도 했다. 상가의 개나 다름없이 시정市井에 낙백*해 있던 자가 돌연 천하의 대권을 잡았으니, 무슨 일을 할지 갈피를 잡을 수 없는 건 당연한 일이다.

"일문一門의 걱정은 거두시는 게 좋을 겁니다."

최천중의 말에 김흥근이,

"나는 우리 일문만을 생각하고 있는 것이 아닐세. 나라의 꼴이 어떨지…."

하고 기침을 했다.

최천중이 속으로 웃었다. 족벌정치로 백성을 도탄에 빠뜨려놓은 장본 가운데의 한 사람이 이제 나라 걱정을 하고 있다 싶으니 웃지 않을 수가 없었던 것이다.

---

* 落魄: 영락(零落).

"왜 웃지?"

김흥근의 눈이 날카롭게 빛났다. 최천중이 속으로 웃은 것이 얼굴의 표면에 나타난 것을 재빠르게 눈치챈 것이다.

"세상 돌아가는 것이 우습지 않습니까?"

하고 최천중이 슬쩍 말을 돌렸다.

"뭣이 우습단 말인가?"

"정사의 정政은 인정의 정情과 통해야 하는 법 아닙니까. 충忠에 정情이 묻어 있지 않으면 허례허식일 뿐입니다. 그런데 대감 앞에서 심히 외람된 말입니다만, 대비의 입놀림 한 번만으로써 누항*의, 아직 철들지 않은 아이가 임금이 되어, 그 임금이 만백성에게 충성을 요구하고, 그것에 편승해서 시정의 잡배가 천하에 호령한다는 것이 우습지 않고 무엇이 우습단 말입니까? 충에 정이 없고, 그러니 정사에 정情이 통하지 않는데 정사의 근본이라고 할 수 있는 덕화德化가 어떻게 이루어지겠습니까. 대감들이 그 무거운 관冠을 쓰고 부복하는데, 대체 어디에다 대고 부복한단 말입니까? 허례와 허식으로 된 꼭두각시놀이가 아니고 뭡니까. 우스운 얘기죠, 우스운 일입니다."

김흥근은 처신이 난처했다. 의당 대갈大喝하여 혼쭐을 내어야 할 판인데 최천중을 상대로 해서 그럴 수도 없는 일이었다. 그래서 기껏 한다는 말이,

"무엄하구나. 정사니 인정이니 하기에 앞서 법도法度라는 것이

---

* 陋巷: 좁고 지저분하며 더러운 거리.

있는 거여. 법도 없인 금수가 사는 꼴이 되지 않을까. 충성은 법도 앞에 충성이고 임금은 나라의 법도의 중심이니라. 대비의 말씀은 일개 아녀자의 소리완 달라. 법도야, 바로 그것이 법도란 말이다."

그러나 김흥근의 말엔 메아리가 없었다. 허망한 소리였을 뿐이다. 본인도 그것을 알고 있었다. 최천중의 말은 틀림이 없었다.

그런데도 그 말을 틀렸다고 해야만 하는 데 허망감이 있었다.

"알겠소이다. 전부야인田夫野人의 망발을 그렇게 해본 것뿐입니다."

하고 최천중이 머리를 조아렸다.

그렇게 해야만 어색하게 된 그 자리를 수습할 수가 있었던 것이다.

최천중이 일어서려고 하자 김흥근이 만류했다.

"최공에겐 빚이 있어. 관상은 공짜로 봐선 안 된다며? 내 사례를 해야겠어."

"얼마나 주시렵니까?"

최천중이 어리광스럽게 물었다.

"천 냥 주지."

김흥근이 호기 있게 말했다.

"이왕이면 만 냥쯤 주십시오."

최천중이 아무렇지 않게 말했다.

"만 냥?"

김흥근의 얼굴엔 '이 사람이!' 하는 어이없다는 표정이 있었다.

그 표정을 덮치듯 최천중의 말이 쏟아졌다.

"천 냥이면 받질 않겠소이다. 지성은 원래 값이 없습니다. 그러니 이왕 받으려면 만 냥쯤 받아야만이 제 말이 그만한 무게를 갖게

되는 것 아니겠습니까? 천 냥을 제가 받으면 전 그로 인해 제 말의
가치를 낮추는 셈이 되니 손해이고, 대감께선 그 따위 말에 천 냥
돈을 버리는 것이니 역시 손해입니다."

"좋아. 만 냥을 내지."

김흥근이 담뱃대로 재떨이를 툭 치며 소리를 높였다.

"여봐라."

그 이튿날.

최천중은 김흥근으로부터 받은 만 냥 돈을 최팔룡에게 맡겨놓고
근처의 객사로 남대욱을 찾았다.

"선생님을 모셔놓고 너무나 적조했습니다. 오래 비워두었다가 한양
에 돌아오니 밀린 일이 많아 그렇게 되었소. 해량 있으시길 바라오."

최천중의 간곡한 말에 잔뜩 토라져 있던 남대욱의 감정이 다소 풀
린 모양으로 즉시 강의를 시작하려고 했다. 그때 최천중이 말했다.

"받을 그릇이 되어 있어야 원하는 걸 받을 수 있지 않겠습니까?
원하는 게 있어야 줄 것이 있지 않겠습니까? 그러니 선생님께서 강
설을 하실 것이 아니라 묻는 데 대답해주시면 좋겠습니다."

"그것도 하나의 방법이죠. 그럼 그렇게 하기로 합시다."

이렇게 합의가 이루어진 후 문답은 다음과 같이 계속되었다.

문: 동학이 행하고자 하는 길은 어떤 것입니까?

답: 천도를 행하고자 하오.

문: 천도란 예로부터 일컬어오던 것인데 동학의 천도는 그것과

다른 것입니까, 같은 것입니까?

답: 도즉동道則同이요, 이즉비理則非라고 할 수 있습니다. 고인古人이 말하는 천도란 인간 이외의 곳에 최고무상最高無上의 유일신을 상정하고, 인간이 이를 신배信拜하며 자기의 생사와 화복이 그 명령에 따라 정해지는 것으로 치는 것입니다. 그러나 우리 교에 있어서의 천도는 이와는 달리 인내천人乃天, 천내인天乃人, 즉 사람이 하늘이고 하늘이 곧 사람이란 사상입니다.

문: 인내천, 즉 사람이 하늘이란 어떤 뜻입니까?

답: 형形이 있는 것을 사람이라고 하고 형이 없는 것을 천이라고 합니다. 이렇게 유형, 무형에 따라 이름은 각각 다르지만 원리는 하나입니다. 혹자는 물에도 근원이 있고 나무에도 뿌리가 있는데, 사람 위에서 사람을 지배하는 천이 달리 없다는 것은 납득할 수 없다는 의견을 말하지만, 그 이치는 다음과 같습니다. 가령 물에 근원이 있다고 하면 그 근원의 근원이 있어야 할 것 아닙니까. 나무에 뿌리가 있다고 하면 그 뿌리의 뿌리가 있어야 할 것 아닙니까. 이와 마찬가지로 신이 사람을 만들었다고 하면, 그 신을 최초로 만든 것은 도대체 누구이겠습니까? 부모 없이 사람이 살 수 있습니까? 그 부모의 부모가 또 있어야 할 것 아닙니까. 이렇게 해서 수만 대를 거슬러 올라가도 최초의 부모는 알 수가 없습니다. 흔히들 천황씨天皇氏가 사람의 조종祖宗이라고 합니다만, 천황씨 이전의 사정은 어떻게 설명해야 할지 모릅니다. 따라서 인간의 근본을 따지면 최초부터 최후까지 사람이라고밖엔 말할 수가 없습니다. 사람 이외에 사람의 근본이 없다면, 사람 밖에 천이 있을 까닭이 없지

않겠습니까. 그런 까닭으로 인내천이라고 하는 것입니다.

문: 사람을 지배하고 운명을 주재하는 신은 없다는 말씀입니까?

답: 그렇습니다. 사람을 지배하는 것은 사람이지, 달리 무엇이 있을 까닭이 없습니다.

최천중과 남대욱의 문답은 계속되었다.

문: 그렇다면 '시천주侍天主'란 무엇을 뜻하는 말입니까?

답: 천주가 존재한다면 그것은 자기 자신 속에 있는 것이니, 자기 속의 천주를 잘 모셔라, 즉 자기 자신을 소중히 하라는 뜻이 되는 것입니다.

문: 동학도가 외우고 있는 주문, 이를테면 '지기금지至氣今至 원위대강願爲大降'이란 것은 무슨 뜻입니까?

답: '지기至氣'란 천지간에 있는 궁극의 기를 뜻합니다. 이 기는 지허지령至虛至靈하고 무소부재無所不在 무소불섭無所不攝*한데, 사람도 이 기에 의해 생생生生하고 만물도 이 기에 의해 생깁니다. 게다가 형용하려 해도 형용할 수가 없고, 들으려 해도 듣지 못하고 시이불견視而不見**이니, 이를 일러 혼연일기渾然一氣라고 합니다. '금지今至'란 동학의 길에 드는 자는 반드시 지기에 의해 탄생하고, 지기에 의해 살고 있다는 것을 알라는 뜻으로 되겠습니다. '원위대

---

* '지극히 허하고 지극히 영검해서 없는 곳도 없고 잡히는 곳도 없다.'
** 보고는 있어도 보지 못함.

강원위대강降'이란, 자기 속에 있는 지기와 우주 간에 있는 지기가 합쳐 크게 화化할 것을 원한다는 뜻입니다.

문: 시천주조화정侍天主造化定, 영세불망만사지永世不忘萬事知는 무슨 뜻입니까?

답: '시천주'는 사람은 모두 자기 속에 있는 영靈이 있음으로 해서 살고 있으니 그 영을 소중히 하라는 뜻이고, '조화造化'는 무위無爲로서 화化한다는 뜻입니다. 즉, 기라는 것은 사람이 태어날 수 있도록 '화하는 것'인데, 그 생성의 근거가 신비로워 무위로써 화하는 그 자체를 실이라고도 하고 조화라고도 합니다. '정定'은 무위로써 화한 영靈과 무위로써 화함으로써 이루어진 기가 융합하여 마음으로 정해진다는 뜻입니다.

다시 말하면, 자기 밖에 있는 천天을 믿지 말고 자기 내부에 있는 천을 믿으라는 가르침입니다. 그리고 '영세불망'은 글자 그대로 해석하면 될 것이고, '만사지'는 사람이 자기로 인해 겪는 갖가지 일을 올바르게 인식하라는 뜻으로 알면 될 것입니다.

문: 결국 자기의 몸가짐을 단단히 하라는 교훈이겠습니다.

답: 그렇긴 하지만 단순한 교훈과는 다릅니다. 도를 알아야 한다는, 그리고 도를 따라서만 지知가 있을 수 있다는 지혜의 근본입니다.

문: 도란 무엇입니까?

답: 도는 스승이 제자에게 전달하는 것이지만, 그 영원은 자기 속에 있는 것입니다. 자기가 자기의 도를 탐구해야 합니다.

문: 앞으로 올 세상에 대한 전망은 어떻습니까?

답: 선생님의 가르침은 다음과 같았습니다. 기왕의 삼강오륜은

쇠퇴되고 말았으니 요순堯舜의 정치, 공맹孔孟의 도덕으로써도 감당하기 어려울 것이라고 했습니다. 앞으로 사람들은 제각기 자각으로써 살아야 할 것입니다. 시대는 크게 변하고 천지는 새로 개벽될 것이니, 나라의 형편은 비참하기 짝이 없을 것입니다. 억만의 도읍都邑이 폐허가 되고, 무수한 인명이 죽게 되겠습니다. 선생님은 이러한 화난을 미연에 방지하고 이 나라를 복지福地*로 만들기 위해 가르치심을 편 것이올시다.

최천중과 남대욱의 응수는 간연間然**할 바 없이 호흡이 맞았다. 최천중은 남대욱의 요령 있고 빈말 없는 답변에 감동했고, 남대욱은 최천중의 핵심을 찌르는 질문의 방법에 감탄했다.

남대욱은 계속해서 유·불·선, 그리고 야소교와 대비해서 동학의 교의를 설하고, 이어 교조 수운 선생의 행장을 설명했다.

최천중이 물었다.

"선생님이 돌아가셨는데 그 뒤를 이어 교단을 통솔한 분이 계십니까? 계시다면 그건 누구십니까?"

남대욱은 명목***하여 교조의 명복을 빌고 나서 눈을 뜨고 다음과 같이 말했다.

"선생님이 생전에 택해놓으신 분이 있습니다. 그분의 이름은 최, 시時자 형亨자라고 하옵니다."

"유도를 배척하면서도 행동은 유도 식으로 하십니까? 내 생각입

---

*　복 받은 땅.
**　서로의 사이에 틈이 있음.
***　瞑目: 눈을 감음.

니다만, 사람의 이름은 아무리 고귀한 분이라도 똑바로 부르는 것이 옳을 듯한데요. 시자, 형자라고 하는 것보다 최시형 선생님이라고 하는 편이 활달하지 않을까요?"

최천중이 이렇게 말해보았다.

"모든 습속을 한꺼번에 바꿀 수는 없습니다. 더욱이 포교의 마당에선 근본적인 대사가 아니면 서둘러 위화감을 일으킬 필요는 없으니까요."

남대욱의 대답은 침착했다.

"한데, 그 최시형 선생을 내가 직접 만나뵐 수가 없겠소?"

"입문을 하십시오. 입문을 하면 소생이 방도를 만들겠습니다."

"입문하지 않고는 만나뵐 수 없을까요?"

"입문하실 생각도 없는데 무엇 때문에 만나시겠다는 겁니까?"

남대욱의 반문은 날카로웠다.

최천중은 차분히 자기의 심정을 피력했다.

"나도 앞으로 닥칠 세상이 험난하다는 걸 짐작하고 있습니다. 그리고 이 난세를 어떻게 살아야 하느냐, 나 하나만이 아니라 모든 백성들과 더불어 어떻게 하면 안온하게 살 수 있느냐, 하고 생각하고 있습니다. 내가 최시형 선생을 만나보고 싶은 것은 제자와 스승의 관계로서가 아니라, 같이 나라의 장래를 걱정하는 동우지사同憂之士로서 의논해보고 싶어서입니다. 동학이 개인의 수양만으로 끝나는 것인가, 경국제민經國濟民할 포부와 책을 가지고 있는 것인가를 알고 싶다, 이 말씀입니다. 나는 동학이 개개인의 수신에서 끝나는 것이라면 별반 관심을 두지 않겠습니다. 만일 경국제민

할 포부가 있는 것이라면, 일려*의 힘을 보탤 각오가 있습니다. 그것
도 교도로서 하는 것이 보다 보람이 있을까, 맹우로서 밖에서 돕는
것이 더욱 보람이 있을까를 검토해서 말입니다. 동학이 경국제민할
포부를 가지고 있다면, 나는 그 외각의 세력을 만들어보겠소. 한
데, 그런 얘길 교주를 만나지 않고 할 수 있겠소? 교인 이외의 사람
은 만나지 않겠다는 그러한 협량으로 교세를 확장할 수가 있겠소?
하나, 걱정하지 마시오. 나는 동학의 교리를 터득하기 전엔 최시형
선생을 만나지 않겠소."

다시 문답이 시작되었다. 최천중의 이해가 너무나 빠르고 한번
들은 것은 잊지 않는 자질에 남대욱은 속으로 혀를 내둘렀다.

최천중은 일단 열중하면 딴 것을 돌보지 않는 버릇이 있었다. 며
칠 안 되어 그 주문과 화결和訣을 죄다 외기까지 했다.

방방곡곡행행진坊坊谷谷行行盡

수수산산개개지水水山山個個知

송송백백청청립松松柏柏靑靑立

지지엽엽만만절枝枝葉葉萬萬節

노학생자포천하老鶴生子布天下

비거비래모앙극飛來飛去慕仰極

운혜운혜득부運兮運兮得否

시운시운각자時云時云覺者

---

* 一侶: 한 벗.

312

봉혜봉혜현자鳳兮鳳兮賢者人

하혜하혜성인河兮河兮聖人

춘풍도리요요혜春風桃李夭夭兮

지사남아낙락재志士男兒樂樂哉…**

동산이 밝고 밝아 오르고자 함이여, 서봉은 무슨 일로 길을 막
고 막는고.
로 비롯되는 수십 행을 단번에 암송하는 덴 남대욱이 거듭 놀랐다.

남대욱이 영리하며 송재誦才가 뛰어났다고 해서 강사로서 발탁
되어 교단의 중진이 되어 있는 터라, 자기보다 우월한 최천중을 발
견하곤,

"오늘부터 말씀을 낮추어주시기 바랍니다."
하고 무릎을 꿇었다.

최천중은 동학을 익혀감에 따라 묘리를 터득하는 느낌으로 만
족을 더했다. 더욱이 화결의 구구절절이 마음에 들었다. 그 화결을
염송하고 있으면 마음의 평정을 얻을 수가 있었다.

수운 선생은 과연 위대했다는 느낌이 날로 깊어졌다. 위대하지
않고서야 다음과 같은 시구가 나올 까닭이 없는 것이다.

** '방방곡곡 돌아보니／ 물마다 산마다 낱낱이 알겠더라.／ 소나무 잣나무는 푸릇푸
릇 서 있는데／ 가지가지 잎새마다 만만 마디로다.／ 늙은 학이 새끼 쳐서 온 천하
에 퍼뜨리니 날아가고 날아오며 사모하기 극치로다.／ 운이여 운이여, 얻었느냐 아
니냐,／ 때여 때여, 깨달음이로다.／ 봉황이여 봉황이여, 어진 사람이요,／ 하수여 하
수여, 성인이로다.／ 봄바람의 복숭아꽃 오얏꽃이 곱고도 고움이여／ 뜻있는 남아는
즐겁고 즐거워라.'

춘래소식응유지春來消息應有知

지상신선문위근地上神仙聞爲近

차일차시영우회此日此時靈友會

대도기중부지심大道其中不知心*

　그러나 최천중은 동학에 입교할 생각은 없었다. 왕의 아버지는
어떠한 종교, 어떠한 교파에도 사로잡혀선 안 된다는 의식이었다.
불속불기不束不羈**의 몸으론 대도를 걷는 활활지신闊闊之身이어
야만 비로소 천하의 대동大同을 이룰 수 있다는 신념이기도 했다.
　그러면서도 동학과 결연結緣해야겠다는 의사는 있었다. 해동에
나라를 이루어 사는 사람의 교로선 동학이 으뜸이라고 생각했고,
필시 그 세력이 망국의 언저리에서 새로운 생명력을 만들어내는 지
혜의 원천이 될 것이라고 믿었기 때문이다.
　최천중은 남대욱의 강설을 듣는 한편, 동국대전東國大全과 용담
유사龍潭遺詞를 필사하기 시작했다. 필사는 최천중에게 있어선 곧
암송이다.
　"이러시다간 육 개월 동안이나 제가 곁에 있을 필요가 없겠습니
다."
하고 남대욱이 어느 날 말했다.
　"아니지. 남공의 강설은 그 안에 끝날지 모르지만 남공의 인간은

---

*　'봄 오는 소식을 응당히 알 수 있나니/ 지상 신선의 소식이 가까워오네./ 이날 이
　때 영우(靈友)들이 모였으니/ 대도 가운데 그 마음은 알지 못하더라.'
**　아무 데도 얽매이지 않음.

무궁무진한 것이니, 나는 반년 아니라 평생을 같이 있고 싶소."

이것은 최천중의 진심이었다. 전신이 신앙의 덩어리처럼 되어 있는 남대욱은 그야말로 시천주 조화정의 전형이라고 할 수 있었던 것이다. 그러니 남대욱의 학문을 넓히고 깊게 하면 어느 시절 무는 연치성, 문은 남대욱으로서 쌍을 이룬 충성의 성을 쌓을 수 있을지 모른다는 바람 같은 마음이 괴게 된 것이다.

그런데 그 무렵 연치성에게 하나의 사건이 있었다.

사건은 최천중의 심부름으로 연치성이 우의정 조두순趙斗淳에게 편지를 전달하고 돌아오는 도중에 발생했다.

그 많은 수심과 고통을 안고도 한양의 봄은 남산과 북악을 병풍으로 하고 나름대로의 꽃밭을 이룬다. 그 봄날의 오후 한때를 연치성은 천천히 걸었다. 만리 같은 전정***을 두고도 뚜렷한 목적을 가지지 못했다는 것은 청춘의 상심이다. 상심은 강개로 변하고, 강개는 또한 분격으로 타오르는 경우가 있다. 연치성의 마음은 강개와 분격 사이를 오락가락했다.

양덕방陽德坊에서 삼청동三淸洞으로 이어지는 골목에 접어들었을 때이다. 아래에서 사인교四人轎가 올라오고 있는 것이 눈에 띄었다. 사인교에는 쥘부채로 석양을 가린 젊은 선비가 단정히 앉아 있었다. 큰 갓하며 옥색 비단 도포로 보아 어느 대갓집의 아들임이 분명했다. 그리고 그 사인교 뒤를 교군꾼 둘이서 멘 가마가 바싹 따라오고 있었다.

*** 前程: 앞길.

일견一見해서 젊은 부부가 친척집에 나들이를 갔다가 돌아오는 행차로 보였다.

양덕방에서 삼청동으로 빠지는 골목길은 넓다고 할 수는 없으나 사인교 두 개가 서로 무리 없이 비켜 갈 정도의 너비는 된다. 사인교가 가까워졌을 때, 연치성은 자연스럽게 외면하며 비켜설 수가 있었다.

그랬는데 사인교의 선두 왼편을 메고 있던 상노가 비틀하더니 하마터면 연치성이 그 가마채에 가슴을 찔릴 뻔했다. 연치성이 살짝 몸을 피했다. 그 찰나, 연치성은 교군꾼 하나로부터 왼발을 밟혔다. 그 반사 작용으로 연치성은 오른발로 자기의 왼발을 밟은 교군꾼의 정강이를 힘껏 걷어찼다. 채인 교군꾼은 '아이쿠' 하고 그 자리에 거꾸러졌다. 사인교가 급격히 기우는 바람에 그 위에 타고 있던 선비가 연치성의 발아래에 뒹굴었다.

연치성이 얼른 그 선비를 부축해 일으켜 세웠다. 큰 갓 한쪽이 망가지고 얼굴 왼편이 깎여 살큼 피가 번지고 있었다.

"이거 안됐군요."

연치성이 수건을 꺼내려고 할 즈음 정강이를 채인 상노가 가마 멜빵을 풀고 일어서더니,

"왜 남의 정강이에 발질이우?"

하고 삿대질을 하며 연치성에게 덤볐다. 연치성이 삿대질한 그 손을 홱 뿌리치며 소리 질렀다.

"네가 이놈, 내 발을 먼저 밟지 않았느냐."

"내 발 아래 왜 발을 두었수?"

"뭐라구? 나는 비켜서 있었다. 그걸 네가 고의로 밟은 것이 아니냐."

상노는 뒷군 선비 앞에 굽신하더니,

"서방님, 소인의 잘못은 없습니다요. 이 사람이 소인의 정강이를 차는 바람에…."

하고 손을 비볐다.

그러자 선비는 증오에 가득 찬 눈으로 연치성을 노려보며 뱉듯이 말했다.

"잘못을 했으면 사과를 하는 것이 사람의 도리가 아니겠소?"

연치성이,

"잘못이 없는데 무슨 사과를 해요?"

하고 어이없다는 듯이 웃었다.

그런데 젊은 선비의 말이 당돌했다.

"요즘 장안에 건달배가 횡행한다더니 과연 이런 치를 두고 하는 말이군."

"뭐라고 말씀하셨소? 그 말 한 번 더 해보시오."

연치성이 감정을 억누르며 침착하며 되물었다. 이때 상노 하나가 불쑥 나섰다.

"무엄하게도 젊은 서방님 앞에서 무슨 말대꾸냐? 서방님, 이런 건달패는 상대할 것도 없습니다요."

연치성이 사정없이 그놈의 주둥아리를 주먹으로 쳤다. '악' 하고 그놈이 거꾸러지는데 이빨 다섯 개를 피와 함께 땅바닥에 토해냈다.

일순 아연한 것 같더니, 선비는

"이자, 참말로 건달이군. 사람한테 상처를 내놓구 당신 온전할 것 같으냐?"

하고, 먼저 가마를 내려놓고 우물쭈물하고 있는 놈들에게 명령했다.

"너희들은 빨리 아씨를 모셔라. 그리구 집안의 젊은 놈들을 빨리 이리로 보내라. 남은 놈들은 이자를 꿈쩍도 못 하게 붙들어놓아라!"

연치성이 코웃음을 치며 선비의 꼴을 지켜보았다. 이때 가마 속으로부터 무슨 말인가 있었다. 선비가 안 된다고 하는 것으로 미루어, 상관 말고 가라고 했던 것 같았다.

"네놈들은 꿈쩍 못 하게 이자를 붙들고 있다가 사람들이 오면 합세해서 집으로 끌고 오라."

하고 호통을 치곤 가마의 뒤를 따라 걸음을 떼어놓았다.

"못 가."

연치성이 성큼 선비의 앞을 막아섰다.

"이게?"

경멸에 찬 표정이 선비의 얼굴에 있었다. 상노 하나가,

"이 양반이 송 대감님의 아드님도 몰라보구."

하고 연치성의 팔을 잡으려고 했다. 찰나, 그 상노는 길바닥에 헌 걸레 조각처럼 팽개쳐졌다. 또 한 놈이 덤벼들었다. 그놈은 가슴팍을 쥐어 박혀 꺾어지듯 길바닥에 주저앉았다. 돌멩이를 들고 뒤에서 덤비던 놈은 획 소리를 내더니 낯짝을 밑으로 하고 길바닥에 납작 엎어졌다.

이렇게 되고 보니 연치성과 그 선비 두 사람만의 대결이 되었다.

연치성은 선비의 얼굴에 깔린 교만한 빛깔을 보자 미움이 치밀

어 올랐다.

"듣자하니 송 대감의 아들이라고 하는데 명색이 양반이란 자가 그처럼 경우를 모를까?"

연치성의 눈은 이글거리고 있었으나, 말은 조용했다.

선비의 얼굴이 백지장처럼 하얗게 되었다.

"뭣을 믿고 덤비는 거지?"

"…"

"대감인 아버지 믿구? 메밀대 같은 저놈들 믿구?"

"…"

"전후 사정을 살펴보고 입을 놀려도 늦진 않았을 텐데… 양반의 주둥아리가 그렇게 가벼워?"

"…"

"당신은 누가 잘못했는지 알려고나 했수?"

"…"

"왜 갑자기 벙어리가 됐지?"

연치성이 선비 앞으로 바싹 다가섰다.

가난한 사람을 업신여기는 부자의 교만, 상인常人을 천시하는 양반의 교만, 서출이라고 해서 멸시하는 적출의 교만… 그러한 교만이 겁에 질려 있는데도 그 선비의 얼굴에 골고루 새겨져 있는 것을 연치성은 느꼈다. 분대로 성대로 할 수만 있다면 그 콧날을 꺾고 관골을 부수어 사람의 꼴 아닌 묵사발 꼴로 만들고 싶은 충동이 있었지만 연치성은 참아야만 했다.

'미움을 갖고 사람을 쳐선 안 된다.'

'남이 덤비기 전엔 이편에서 손을 대선 안 된다.'

'참다운 무술은, 정의를 나타내고 약한 자를 구하기 위한 무술이어야 한다.'

연치성은 내심에서 스승의 소리를 듣고 있었다. 그러나 놈의 교만만은 꺾어야 했다.

"건달이 또 뭔가? 내가 건달이란 걸 어떻게 알았지?"

"…."

"하인들이 보는 앞에서 이자, 저자 하고 마음대로 지껄였는데, 대감의 아들이면 그처럼 함부로 말해도 좋은가?"

"…."

"왜 말을 못 하지?"

하고 연치성은 이빨 다섯 개가 부러져 담 옆에 쭈그리고 앉아 계속 피를 뱉어내고 있는 놈을 가리켰다.

"저놈이 내 발을 밟았어. 그 직전에 가마채로 내 가슴을 들이받으려고 했구. 대감 믿고 아무에게나 행패하라고 그렇게 하인을 가르쳤나? 사과할 놈은 저놈이야."

이렇게 쏘아붙이고 있는데도 상노들은 꿈쩍도 하지 않았다. 겁에 질려 어떻게 할 엄두가 나질 않는 모양이었다.

"늦긴 했지만 지금이라도 좋아. 당신이 대신 사과해."

하고 연치성이 언성을 높였다. 선비는 움찔 뒷걸음질을 하며,

"내, 내가 사, 사과…."

했을 때였다.

우르르 골목을 뛰어 내려오는 발걸음 소리가 있어 연치성이 뒤

돌아봤다. 대소가의 장정들을 끌어모은 모양으로, 여남은 되는 수의 사람들이 몰려오고 있었다. 선비의 겁먹은 얼굴에 생기가 돋아나고 있는 것을 곁눈으로 알 수가 있었다. 연치성이 외쳤다.

"여기 거꾸러져 있는 놈들을 봐라. 두 번도 아니고 내가 한 번씩 손을 댄 놈이다. 이걸 보고도 덤비려면 덤벼라. 이빨을 몽땅 부숴놓든지 팔다리 한 개씩 분질러놓든지, 하여간 평생 동안 병신을 만들어줄 테니까."

이래 놓고 연치성은 두루마기 자락을 걷어 허리춤에 차고 날렵한 자세가 되었다. 그때 연치성은 오른쪽 담장 위로 화사한 여인의 얼굴이 잠깐 숙였다가 꺼져버리는 것을 눈여겨봤다. 바깥이 소란하자 구중심처九重深處에 있는 처녀가 호기심으로 담장을 넘어다본 것으로 짐작할 수 있었다.

몰려온 무리들은 연치성의 기함에 주춤하는 것 같았다.

"뭣 하고 있어, 그놈을 때려 눕혀."

악을 쓰는 소리가 있었다. 어느덧 열 걸음 뒤쪽으로 물러서 있던 선비가 지른 고함이었다.

그 고함이 신호가 된 듯 무리들이 덤벼왔다. 순식간에 골목은 수라장이 되었다. 팍, 턱, 아이구, 악 하는 타박의 소리와 비명소리가 요란했다. 연치성의 시야에 아까의 그 화심한 처녀의 얼굴이 담장 너머로 나타났다가 말았다가 했다.

연치성의 가까이에 간 놈은 저마다 부상을 입었다. 그러니 싸움이 오래갈 리가 없었다.

"포졸을 불러라!"

"포도청으로 사람을 보내라!"

하고 고함들이 있었다.

"그놈을 절대로 도망치게 해선 안 된다."

벌써 수십 명이 상처를 입고 길바닥에 뒹굴고 있는데도 수는 줄어들지 않았다. 자꾸만 가세하는 사람이 생겼기 때문이다. 보니, 골목은 아래위로 꽉 막혀 있었다. 연치성은 몇 놈을 죽일 요량을 하면 빠져나갈 수 있지만, 그러지 않고선 빠져나갈 수 없다는 것을 알았다.

'어떻게 하나. 죽이고라도 빠져나가야 하나. 그러나 사람을 죽일 수야.'

심중에서 재빠른 계산을 하고 있는데, 아까 화심한 여인의 얼굴이 나타나곤 하던 담장 언저리에 하얀 수건이 걸려 있는 것이 눈에 띄었다. 연치성은, 필요하다면 그리로 뛰어넘어 오라는 표적으로 짐작했다. 그러자 돌연 용기가 솟았다. 계략을 써야 하겠다고 생각한 것이다.

"송 대감 집이 어디에 있느냐."

하고 연치성이 고함을 질렀다. 이어 다음과 같이 덧붙였다.

"너희놈들은 나를 송 대감 집으로 끌고 갈 작정이지? 그럼 좋다. 내 발로 걸어가마. 그러나 내 몸에 누구도 손을 대선 안 된다. 내 몸에 손대는 놈은 그 자리에서 죽을 줄 알아라. 너희놈들이 앞장을 서라. 나는 뒤따라가겠다. 그리고 내 뒤에 오는 놈들은 이 이상 가까이 오지 말라. 만일 가까이 왔다간 목숨이 없을 것이다."

시끌벅적한 소란이 있더니 골목 뒤편에 있던 놈들이 되돌아 걸기 시작했다. 연치성도 따라 움직였다. 골목 아래쪽에 있던 놈들도 올라오고 있었다.

연치성은 다시 한 번 담장 쪽을 보았다. 하얀 수건은 그냥 남아 있었다. 그 부위를 눈여겨보아두었다.

두 마장쯤 걸어 올라갔을 때 열려 있는 대문을 보았다. 긴 봄날의 해도 어느덧 지고 땅거미가 끼어들고 있었다.

연치성은 무리들을 따라 대문을 들어서서 뜰 한가운데 섰다.

"그놈이 바로 억지패냐?"

고함소리가 대청마루로부터 울려 퍼졌다.

"그러하옵니다."

하는 대답이 있자 호통이 내렸다.

"당장 그놈에게 오라를 먹여라."

한 놈이 오라를 들고 덤볐다. 연치성의 대단한 동작도 없었던 것 같았는데 덤빈 놈이 땅바닥에 뻗었다.

"엉뚱한 분부는 거두시오. 아랫사람들을 상하게 할 뿐이오."

연치성이 버텨 선 채 냉정히 말했다.

"저, 저런 놈을 뻣뻣하게 세워두었느냐. 냉큼 오라를 먹이지 못하느냐!"

호통과 더불어 마룻바닥을 치는 소리가 한꺼번에 울렸다. 그러나 아무도 덤비려고 하지 않았다. 연치성이 언성을 높였다.

"내가 오라를 받을 까닭이 없소. 그보다 당신이 만일 대감이거든 아들의 버릇과 하인들의 버릇이나 고치슈."

"도대체 저놈은 누구냐. 저놈을 잡아 족칠 놈이 없단 말인가. 몽둥이건 뭐건 갖고 저놈을 족쳐."

흥분을 가눌 길 없다는 듯 대감은 마룻바닥을 치며 고래고래 고함을 질렀다.

연치성은 빠져나갈 틈을 찾고 있었다. 오른쪽 뜰 한구석에 한 그루 나무가 있었다. 그 나뭇가지를 휘어잡고 담장을 뛰어넘으면 될 것 같았다.

이러한 작정을 하자, 그는 보다 침착하게 언동할 수가 있었다.

"잘못은 그편에서 저질러놓고 화풀이는 누구에게 대놓고 하려는 거요? 사람으로서 최소한도의 체면도 차릴 수 없는 사람이 어떻게 대감이 되셨소. 아들놈의 버릇도 고치지 못하는 주제에 국록을 먹다니 한심하구려."

"저놈이 누구냐, 저놈을 못 족쳐?"

송 대감은 꽤 성질이 급한 모양으로, 급기야는 엉덩방아를 찧어가며 야단이었다.

"상대가 방불*하다면 왜 내가 내 이름을 대지 않겠소. 그러니 내가 누군지 알려고는 하지 마슈."

"군졸을 불러라. 저놈을 의금부에 넘겨라!"

의금부라는 말을 듣고 연치성이 치를 떨었다. 다시 그곳에 갇히는 날이면 생명이 없어지는 것이다.

너무 여기에 머물러 있어선 안 되겠다는 생각이 들었다. 필시 누군가가 포도청이나 군영으로 달려갔을지도 몰랐다. 마침 어둠이 깔

---

* 비슷한 상황 조건에 있음.

리기 시작하기도 했다.

"포도청이나 의금부가 송 대감의 사랑이우? 나는 그런 데 안 간다."

연치성이 냉소를 섞어 말했다.

"네놈의 주둥아리를 맘대로 놀리도록 내버려둘 줄 아느냐?"

"그렇지 않아도 썩은 대감 상대하기에 진력이 났다. 언젠가 한번 은 이 집을 찾아오리라."

하고 연치성은 몸을 날려 아까 봐두었던 나무 쪽으로 달렸다.

"저놈 잡아라!"

"당장 잡아라!"

하는 호통에 무리들이 '와' 하고 연치성을 뒤따르긴 했으나, 그건 잡으려는 것이 아니고 영에 못 이겨 쫓는 척하는 동작에 불과했다.

연치성은 성큼 뛰어 툭툭한 나뭇가지에 팔을 걸곤 나는 새보다 가벼운 동작으로 담을 넘었다.

그리고 달리기 시작했다. 뒤쫓는 소리가 '와' 하고 등 뒤에 들려왔 다. 연치성이 사인교와 부딪힌 지점에 왔을 때였다. 골목 아래편으 로부터 몰려오는 듯한 꽤 많은 수로 짐작되는 사람 소리가 들렸다.

눈을 돌렸다. 담장 위 바로 그 부위에 하얀 수건이 그냥 남아 있 었다. 연치성은 그 목표를 향해 힘껏 도약해선 담장 위에 섰다가 그 흰 수건을 집어선 담장 안쪽으로 내려 뛰었다. 그리고 담벼락에 몸을 붙이고 귀를 기울였다.

골목 위에서 뒤쫓아오던 무리와 아래쪽에서 올라온 무리들이 그 곳에서 마주친 모양이었다.

"뛰어 내려가는 놈 못 봤소?"

"아무도 그런 사람 없던데?"

"그럼 어딜 갔을까?"

"아마 담장을 뛰어넘은 모양이지?"

하는 응수와

"도대체 어떤 일이 있었기에 우리를 불렀는가?"

"기막힌 선비가 나타났지. 송 대감에게 대판 욕을 퍼붓곤 비호처럼 도망쳐버렸어."

하는 응수도 있었다.

"하여간 송 대감을 뵈어야겠다."

"그보다도 그놈을 찾아야지."

하다가 무리들은 멀어져갔다. 아마 연치성이 뛰어들어간 집의 대문 쪽으로 가는 것 같았다.

한숨 돌리고 담장 위에서 집은 수건으로 땀을 훔치고 있는데 별당으로 보이는 집에서 초롱이 하나 흘러나오더니 연치성이 숨어 있는 곳으로 다가오고 있었다. 연치성이 주위를 살폈다.

주위엔 아무도 없었다. 관목의 숲이 있고 화단이 있을 뿐, 벌레 소리도 들리지 않았다. 왼편으로 검고 크게 보이는 것이 몸채의 건물일 거란 짐작이 들었다.

연치성은 움직이지 않고 그 자리에 선 채 초롱불이 가까워지길 기다렸다. 초롱불의 임자가 아까 눈에 뜨인 그 처녀일 것이라는 자기의 추측을 의심하지 않았다. 하얀 수건이 얹혀 있던 담장 밑은 풀밭으로 되어 있어 무심코 뛰어넘어도 다치지 않을 것이란 사실로 미루어, 그 수건이 뛰어넘을 자리를 지시한 것임에 틀림이 없다는 판단도 해볼 수 있었다.

초롱불은 다섯 걸음쯤 앞에서 멎었다. 어두워 얼굴을 볼 수는 없었으나 초롱불의 반영으로 초롱을 든 손의 윤곽만은 선명했다. 그 손의 윤곽만으로도 처녀의 섬세한 모습을 상상할 수가 있었다.

"절 따라오시죠."

조용하고 가는 목소리였다.

그리고 초롱이 움직였다. 연치성은 초롱이 밝히는 길을 밟았다.

관목의 숲을 돌고 화단의 사이를 누빈 길을 한동안 걸었다. 여자는 문을 열고 먼저 들어가더니 초롱불을 껐다.

"이리로 들어오세요."

차분한 목소리가 어둠 속에서 들렸다. 연치성은 방안으로 들어섰다.

"조금 왼편으로 보료가 있을 거예요. 앉으시죠."

연치성이 시키는 대로 했다.

어둠이 눈에 익숙해짐에 따라 서창 쪽으로 붙어 있는 여인의 윤곽만이 보였다.

"저를 쫓고 있는 무리들이 이 댁의 대문으로 들어간 듯합니다. 저 때문에 댁에 화가 미쳐서야…."

연치성이 나직이 속삭였다.

"걱정 마세요. 누구도 이곳까진 들어오지 못합니다. 설혹 선비님께서 이 집에 있는 걸 안다고 해도 그들이 어떻게 할 순 없을 거예요."

조용조용한 말로 대답이 있었다.

"이 댁은 누구의 댁입니까?"

"모르시는 게 마음이 편할 겁니다."

"그래도 이런 신세를 졌는데 어찌…"

"차차 알게 되겠죠. 마음을 쓰시지 마십시오."

한동안의 침묵이 흘렀다.

여인이 일어서는 동정이 있었다.

"그럼, 잠깐만 그대로 앉아 계십시오."

하고 여인은 밖으로 나갔다.

연치성은 움직이지 않았다.

'도대체 이 집은 누구의 집일까?'

얼마나 지났을까, 몸채로부터 초롱불이 나타나더니 별당으로 가까워졌다.

"상을 두고 너는 저만큼 나가 있거라."

하는 여인의 말과 함께 초롱과 밥상이 방안으로 들어왔다.

"이젠 불을 켜놓아도 좋아요."

하고 여인이 불이 켜진 초롱을 방 한구석에 놓았다. 여자의 약간 상기된 듯싶은 얼굴이 목련꽃처럼 아름다웠다.

"시장하실 테니 진지를 드시죠."

여인은 상을 앞으로 밀어놓았다.

"황송합니다."

연치성이 숟갈을 들었다. 그리고 슬그머니 운명이란 것을 느꼈다.

〈4권으로 이어집니다〉